은해상단 막내아들 22

초판 1쇄 발행 2025년 3월 24일

지은이 ⅼ 향란
발행인 ⅼ 최원영
편집장 ⅼ 이호준
편집디자인 ⅼ 박민솔
영업 ⅼ 김민원 조은걸

펴낸곳 ⅼ ㈜ 디앤씨미디어
등록 ⅼ 2002년 4월 25일 제20-260호
주소 ⅼ 서울시 구로구 디지털로32길 30 코오롱디지털타워빌란트 1301-1308호
전화 ⅼ 02-333-2513(대표)
팩시밀리 ⅼ 02-333-2514
E-mail ⅼ papy_dnc@dncmedia.co.kr
블로그 ⅼ blog.naver.com/gnpdl7

ISBN 979-11-364-6073-8 04810
ISBN 979-11-364-4602-2 (SET)

11장. 명명상단

명명상단

우리는 은해상단 사천지부에 도착했다.

"헉! 소, 소단주님?"

사천지부의 정문에 서 있던 한 무사가 나를 알아보고는 깜짝 놀라며 맞아 주었다.

"첫째 소단주님께서 실종 상태라고 들었습니다. 아이고, 이를 어찌합니까……."

정호 형이 뒤에서 모습을 드러내며 말했다.

"저는 여기 있습니다. 서호 덕분에 무사합니다. 걱정해 주셔서 감사합니다."

"헉! 살아 계셨군요! 정말 다행입니다. 아니, 이럴 때가 아니지! 어서 들어오십시오."

그리고 그는 얼른 문 앞의 종을 쳤다.

방금 신호는 최고로 중요한 인물이 왔다는 신호.

하긴 나도 그렇지만, 실종되었던 정호 형이 살아서 복귀했으니 저 신호를 보낼 만도 하지.

곧 안에서 숙부님을 비롯하여 한 무리의 이들이 우르르 달려 나왔다.

"무슨 일이냐?"

"첫째 소단주님께서 돌아오셨습니다! 살아 계셨습니다!"

"뭐라고?"

숙부님은 마당으로 들어온 우리를 보시더니, 이내 눈물을 글썽이며 달려오셨다.

"정호야!"

"숙부님. 심려 끼쳐드려 송구합니다."

"살아 있었구나! 이 녀석! 살아 있었어!"

"서호가 저를 구해 주었습니다."

"서호가?"

"네."

나는 숙부님께 포권해 보이며 말했다.

"소식을 전해 들은 아버지께서 직접 사천으로 가시겠다고 하여, 이를 만류하고 제가 대신 왔습니다. 그리고 형이 있을 만한 곳을 수색하던 중에 발견했습니다."

"그랬구나! 다행이다, 다행이야⋯⋯. 어서 들어와 몸을 편히 하거라."

"감사합니다."

"그런데 그 옆의 아이는⋯⋯."

이내 그 정체를 알아챈 숙부님께서 깜짝 놀라 물으셨다.

"함께 실종되었다던 명명상단의 성유진 소공자 아닌
가?"

숙부님의 말에 그 아이가 포권해 보였다.

"맞습니다. 성유진입니다. 지부장님을 뵙습니다."

나는 숙부님께 양해를 구했다.

"당분간 소공자가 이곳에 머물러야 할 듯합니다. 소공
자의 심신이 안정되지 않았는지, 정호 형에게서 떨어지
려고 하질 않아서 말입니다."

"허…… 그래, 그럴 수 있지. 그렇게 하거라."

숙부님이 유진 공자에게 말했다.

"마음고생이 심했을 텐데, 편하게 지내다 가게."

"감사드립니다."

"그럼 나는 명명상단에 소식을 전해야겠군!"

"부탁드립니다."

"아, 네 아비에게 소식은 전했느냐? 지금 소식을 무척
이나 애타게 기다리고 있을 터인데."

"네. 형을 찾자마자 소식을 전했습니다."

곧바로 금령을 보내 소식을 알렸고, 이미 답장도 받았
다.

답장에는 안도하는 아버지의 그 마음이 고스란히 담겨
있었다.

안내받은 처소에 도착해 씻고 옷을 갈아입었다.

유진 공자가 입을 만한 옷을 어찌 찾을까 걱정했지만…….

"내가 어릴 때 입던 옷인데, 잘 맞는군요."

숙부님의 둘째 아들인, 충석 형님이 어릴 때 입던 옷이 아직 남아 있었기에 그걸 입혔다.

그리고 식사를 하고 차를 마시며 쉬고 있을 때 팔갑이 소식을 알렸다.

"명명상단에서 상단주님이 직접 오셨습니다요. 그리고 거기 있던 저희 은해상단의 직원들도 함께 왔습니다요."

어? 상단주님이 직접 오셨다고?

우리는 급하게 나가서 인사를 드렸다.

"명명상단의 상단주님을 뵙습니다."

"유진아!"

하지만 상단주님은 우리는 안중에도 없고, 오직 정호 형의 옷깃을 꼭 잡고 있는 유진이만 보고 계셨다.

감격한 얼굴이다.

"조, 조부님……."

"유진아…… 살아 있었구나! 정말 살아 있었어! 우리가 얼마나 걱정했는지 아느냐?"

"심려 끼쳐드려서 송구합니다."

"괜찮다. 네가 살아 있는 모습을 본다면, 네 아비와 어미는 물론 모두가 기뻐할 거다."

모두?

아닙니다. 상단주님. 모두가 기뻐하는 건 아닐 겁니다.

그는 말을 이었다.

"네 아비와 어미가 함께 오지 않았다고 서운해하지 말

거라. 너를 찾기 위해 저 아래쪽에 내려가 있으니까. 이제 소식이 전해졌으니 곧 돌아올 것이다.”

그 순간, 나는 우리가 성도로 올 때 도 조장에게 들었던 내용을 떠올렸다.

“유진 도련님께서는 소단주님의 하나뿐인 아들입니다.”

“그렇군요. 성준민 소단주께서 정말 상심이 크셨겠습니다.”

“무슨 말씀이십니까? 성준민 도련님께서는 소단주가 아닙니다. 소단주님의 함자는 성청민입니다.

이에 나는 순간 멍해졌다.

뭐지? 내가 아는 명명상단의 소단주는 성준민인데?

잠깐.

그러고 보니 내 지난 삶에서의 기억에 의하면 명명상단의 장남이 불행한 사고로 인해 소단주가 된 지 세 달도 되지 않아서 죽었다고 했지.

그래서 당시에 백대 상단 회합에 참석했던 정호 형이 “명명상단의 소단주가 바뀌었더구나.”라고 말했다.

그리고 내가 지난 삶에서 만났던 명명소단의 소단주는 성준민이었다.

“이런, 죄송합니다. 그나저나 소단주가 되신 지 얼마 되지 않았나 봅니다.”

"네. 이제 두 달째입니다."

내 뇌리를 스쳐 지나가는 생각 하나.

설마?

유진 공자를 죽이려고 했던 이유가 그건가?

나는 다급히 물었다.

"지금 소단주께서는 어느 쪽에 계십니까?"

"응? 지금쯤 아미산 서남쪽 자락에 있을 텐데? 이런!
내 정신이 없었군. 정말 미안하네. 내 은해상단의 첫째
소단주의 안부를 먼저 물었어야 하는 건데. 자네 괜찮은
가? 어디 다친 곳은 없고?"

"저는 괜찮습니다."

유진 공자가 나서서 덧붙였다.

"제가 살 수 있었던 건 정호 아저씨 덕분입니다."

"그래, 그랬구나. 내 이 은혜를 어찌 갚아야 할지."

지금 이런 대화가 중요한 게 아니다.

"상단주님, 죄송합니다. 먼저 자리를 뜨는 무례를 용서
해 주십시오."

내 짐작대로라면, 지금 성 소단주의 목숨이 위험하다.

"서우 무사님, 진유 무사님은 저를 따르십시오. 그리고
다른 분들은…… 형과 유진 공자를 보호하십시오."

"네!"

우리는 주강마에 올라탔다.

성청민 소단주의 소지품을 이용해 금령에게 성청민 소

단주를 찾으라고 하면 빠르긴 하지.

그러나 이를 설명하기가 난감했고, 금령이가 다녀오는 것을 기다릴 여유도 없다.

우리는 주강마에게 빠른 속도로 움직일 것을 요청했다.

"히이잉!"

주강마는 크게 울부짖으며 속도를 높였다.

* * *

십이월이지만, 성청민의 이마에서는 땀이 흘렀다.

자신의 눈앞에서 하나뿐인 아들이 강에 빠졌고, 그대로 급류에 휩쓸려 사라졌다.

"아버지!"

아들이 자신을 애타게 불렀지만, 자신이 할 수 있는 건 없었다.

아직도 눈을 감으면, 급류에 휘말려 멀어져 가는 아들의 모습이 눈에 선했다.

'유진아…….'

솔직히 아들과 은정호 소단주가 살아 있을 가능성은 없다고 봐야 했다.

하지만 시신이라도 찾아야, 애타는 마음이 진정될 것 같았다.

시신도 찾지 못했는데, 어찌 아들을 보내 줄 수 있을까?

인근 객잔에는 부인도 있었다.

그녀도 아들을 찾기 전까지는 돌아갈 수 없다며 완강하게 버티고 있었기 때문이다.

"저쪽에는 없었습니다. 그 옆을 수색해 보죠."

"그럽시다."

그의 주변에서 수색을 돕는 이들의 상당수는 은정호와 함께 온 호위들과 은해상단의 직원들이었다.

은정호가 자신의 아들을 구하려다가 급류에 휘말린 셈이니 그로서는 미안할 수밖에 없었다.

"정말 미안하게 되었습니다. 뭐라고 미안함을 표해야 할지 모르겠군요."

그의 사과에 한 무사가 고개를 저었다. 은정호의 호위인 전우진 무사다.

"그런 말씀 마시지요. 제 주군은 이런 걸로 원망하실 분이 아닙니다. 게다가 소단주님의 아드님 역시 함께 실종되지 않았습니까? 지금은 그런 말을 하는 힘조차 아껴서 수색에 집중해야 할 때라고 생각합니다."

"그대 말이 맞습니다."

그렇게 그들은 수색을 이어 갔지만, 도무지 찾을 수가 없었다.

몇몇 시신을 찾기는 했다.

하지만 그 시신들은 그들이 찾는 시신이 아니었기에 기대는 실망이 되었고, 그 실망은 다시 기대가 되었다.

그렇게 며칠이나 수색을 이어 갔을까?

거의 보름쯤 되었을 때.

털썩.

"소단주님! 소단주님!"

"정신 차리십시오!"

그는 결국 쓰러지고 말았다.

제대로 먹거나 쉬지도 못한 채 무리하게 수색을 이어 온 탓이었다.

다른 이들처럼 무림인이 아니었던 데다가 심적으로도 무척 지쳐 있었고.

눈을 뜬 그는 자신이 침상에 누워 있음을 알아차렸다.

"유진아……."

사실 그는 냉철하고도 철두철미한 인물이다.

그렇기에 제법 큰 성과들을 내며 형제들을 제치고 소단주가 될 수 있었다.

하지만 그런 그에게도 인간적인 부분이 있었으니, 바로 아들에 대한 마음이었다.

눈에 넣어도 아프지 않다는 것이 무슨 뜻인지, 아들을 얻었을 때 비로소 알게 되었으니까.

그런 아들이 실종되었으니 어찌 제정신일 수 있을까?

끼이익.

그때 문이 열리고 누군가 들어왔다.

쭈뼛한 감각과 함께 몸에 소름이 돋았다.

"누구냐?"

"어라? 깨어 계셨습니까?"

들어온 자는 흑복을 입고 복면을 쓰고 있었다.

'누구지? 다들 어디에……'

하지만 그의 생각은 더 이어지지 못했다.

"이렇게까지 흔들리실 줄은 몰랐습니다. 덕분에 기회가 쉽게 왔군요."

"나를……. 죽일 셈이냐? 누, 누구의 사주를 받았느냐?"

"평소에 똑똑하시더니, 아들이 죽으니 머리가 바보가 되었나 봅니다. 지금 그쪽이 죽으면 누가 이득을 보겠습니까?"

그 말에 성청민은 입술을 깨물었다.

자신이 죽으면 이득을 보는 자가 생각보다 많았으니까. 하지만 그 누구보다 이득을 많이 볼 수 있는 자는 이번 소단주 경합에서 차순위가 된 넷째다.

"준민이냐?"

복면인은 대답하지 않았지만, 미세하게 움직이는 복면을 통해 그 추측이 사실임을 알 수 있었다.

동시에 드는 하나의 추측.

"설마, 유진이…… 사고가 아니었던 거냐?"

"그냥 슬쩍 미니까 그대로 떨어지더군요. 밧줄은 미리 풀어 놨고요. 은해상단의 소단주가 같이 빠질 것은 예상하지 못했습니다만."

"이 자식이!"

퍽!

하지만 그는 복면인의 손짓에 나동그라질 수밖에 없었다.

"거기 누구 없느냐? 살려다오! 괴한이다!"

"아, 백날 소리 질러 봤자 헛수고입니다. 지금 이 객잔의 모두는 잠들어 있거든요."

성청민은 주먹을 꽉 쥘 수밖에 없었다.

수색에 참석하지 않은 자신의 호위무사들과 시종은 이미 이자에게 제압당한 듯했다.

복면인은 조용히 그를 보며 선언했다.

"한숨 주무시면, 모든 것이 끝나 있을 것입니다."

열린 문을 통해 수면향이 들어오는지, 성청민은 눈이 감기는 것을 느꼈다.

괴한은 침상의 이불을 찢어 그것으로 길게 줄을 만들어 성청민의 목에 감았다.

"그리고 당신은 아들을 잃고 상심한 나머지 자진한 것으로 세상은 알게 되겠죠."

성청민은 저항하려 했지만, 수마에 잠식되어 가는 그의 몸은 손가락 하나 마음대로 움직일 수 없었다.

문득 그런 생각이 들었다.

이렇게 죽으면 저세상에서 아들을 만날 수 있지 않을까 하는 그런 생각 말이다.

그때였다.

콰직!

창문을 뚫고 들어오는 누군가가 있었다.

붉은 옷을 입은 미청년은 그대로 괴한에게 쇄도해 주먹을 날렸다.

퍼억!

"컥!"

그 위력이 어찌나 강력했는지, 괴한의 몸은 세 바퀴나 돌며 날아가 벽에 처박혔다.

"후우, 후우, 후우, 젠장! 늦을 뻔했네."

* * *

나는 숨을 몰아쉬었다.

명명상단의 상단주가 알려 준 곳으로 향한 우리는 그곳에서 수색 중인 은해상단의 일행을 만났다.

"셋째 소단주님 아니십니까?"

"정말 송구합니다. 저희가 첫째 소단주님을 제대로 보필하지 못했습니다."

나는 그들의 사죄를 받지 않았다. 저들이 사죄할 이유가 없으니까.

그리고 더 급한 일이 있다.

"지금, 명명상단의 소단주는 어디에 있습니까?"

"저쪽의 객잔에 계십니다."

"탈진하셔서 지금 침상에 누워 계실 겁니다."

젠장!

나는 재빨리 그 객잔으로 향했다.

객잔에 다가가면서 흑도의 기운이 느껴졌다.

그러나 엄청 강하지는 않고, 넓게 퍼져 있었다.

뭔지 모르지만, 상당히 위험한 상황.

나는 흑도의 기운이 제일 강한 곳으로 향했고, 문을 열고 들어갈 시간도 없었기에 그대로 창문을 깨고 안으로 뛰어 들어간 것이다.

그리고 복면을 쓴 자를 향해 다짜고짜 주먹을 날렸고.

내 뒤를 따라 들어온 진유 무사가 다급하게 코를 막으며 말했다.

"수면향입니다!"

나는 고개를 끄덕이고는 태음빙해신공을 운용했다.

기본적으로 정신을 맑게 하는 공능이 있는 만큼, 수면향의 기운에도 저항할 수 있다.

그리고 숨을 몰아쉬며 기운을 갈무리한 후 아직 어안이 벙벙한 상태인 성청민 소단주에게 물었다.

"귀하가 유진 공자의 아버지 되십니까?"

"네? 그, 그렇습니다만?"

"유진 공자를 구출했음을 알리기 위해서 왔습니다."

내 말에 그는 눈을 번쩍 뜨며 되물었다.

"네? 그, 그럼? 유진이가 살아 있다는 말입니까?"

"그렇습니다."

나는 힘을 주어서 말했다.

"제 형이, 유진 공자를 살렸습니다. 그리고 유진이가

지금 부모님을 많이 보고 싶어 합니다.”

그 말에 벽에 처박혔다가 일어난 복면인이 더듬거리며 외쳤다.

“그, 그럴 리가 없다! 그 급류에 휘말렸는데 살아날 리가 없다! 급류 중에서도 가장 위험한 급류에 휘말렸단 말이다!”

어, 그러고 보니…….

내가 정호 형에게 어떻게 그 급류를 헤치고 나와 땅으로 올라올 수 있었는지에 대해서 물어보지를 않았구나.

뭐, 그건 나중에 알아보면 될 일이고, 지금은 저자부터 처리해야지.

나는 그 복면인에게 다가가, 주먹에 내공을 담아 다시금 그의 배를 후려쳤다.

“커헉!”

그리고 숨이 막혀 컥컥대며 괴로워하는 그의 복면을 벗겼다.

드러난 그 얼굴에 성청민은 눈을 감으며 한숨을 내쉬었다.

그리고 다시 눈을 떴을 때.

“……!”

나는 오싹함을 느꼈다.

저런, 성준민 공자.

당신은 건드리지 말아야 할 사람을 건드렸군요.

표행이나 상행을 하는 이들 사이에 전해지는 격언이 하

나 있다.

짐승이 새끼와 함께 있을 때, 절대 새끼를 먼저 건드리지 말라는 것.

새끼가 죽는 것을 본 짐승은 죽어 혼이 되어서라도 복수하고야 만다는 것이다.

짐승도 그럴진대, 하물며 사람의 원한이 짐승보다 덜할까?

유진 공자가 죽지 않았으니까 된 거 아니냐고?

비록 유진 공자가 죽지 않았다고 하더라도 죽을 뻔한 모습을 눈앞에서 봤다.

죽는 것을 본 것과 진배없지.

우선은 성청민 소단주를 진정시킬 필요가 있다.

"괜찮으십니까?"

"아, 네."

나는 그의 목을 감은 천을 풀어 주며 말했다.

"이자를 포박해서 증인으로 삼아야지 않겠습니까?"

"아! 그렇군요."

나는 진유 무사와 함께 복면을 쓰고 있던 자를 제압하여 포박했고, 재갈을 물렸다.

"그런데, 아시는 얼굴입니까?"

"동생 준민의 호위무사입니다. 상단주 자리가 욕심나면 정정당당하게 승부할 것이지, 어떻게 이런 비열한 술수를!"

"세상에는 비열한 이들이 많음을 잘 아시지 않습니까?"

"물론입니다. 하지만…… 그게 제 형제 중 하나일 거라고는 생각지 못했군요."

그리 말하는 그 얼굴은 무척이나 씁쓸해 보였다.

.

.

.

더 이상 수색을 할 필요가 없기에 성 소단주는 사람들을 불러모아 성도로 향했다.

하지만 명명상단으로 가는 것이 아니라, 은해상단 사천지부로 먼저 향했다.

"오셨습니까?"

문 앞의 무사가 나를 반겨 주었다.

"여긴, 명명상단의 소단주 내외분이십니다."

"아! 그러시군요. 안으로 드시지요."

우리는 안으로 들어갔다. 그리고 종소리를 듣고 나온 숙부님께서 우리를 맞아 주셨다.

"왔느냐?"

"네. 숙부님. 다녀왔습니다."

"안 그래도 네가 급하게 뛰쳐나가서 무슨 일인가 의아해하던 참이었다."

정호 형이 숙부님에게는 그 일에 대해 이야기하지 않은 모양이구나.

하긴 그 이야기는 무척 조심해야 하는 부분이니까.

고개를 돌린 숙부님께서 깜짝 놀라셨다.

"아니! 이게 누구십니까? 명명상단의 소단주 내외분이 아니십니까?"

"맞습니다. 이리 뵙는군요. 제 아들이 지금 이곳에서 신세를 지고 있다고 들었습니다."

"아, 유진 소공자 말이군요."

"예. 제 아들을 잘 돌봐 주셔서 감사합니다."

"그런 말씀 하지 마십시오. 유진 소공자 덕분에 요즘 웃을 일이 많아졌습니다."

"그렇습니까?"

"나이가 나이인지라 아이들만 봐도 웃음이 나오더군요. 허허."

그러고 보니 대석 형님은 이미 혼인을 하셨고, 아이까지 있다.

충석 형님은 혼인을 앞두고 있고.

향옥 누님은 아미파의 제자이니 혼인은 이미 물 건너갔다.

려옥이는…….

그때 정호 형님과 유진 공자가 나왔다.

허겁지겁 나온 것을 보니 우리가 왔음을 전해 들은 듯했다.

"아버지! 어머니!"

유진 공자는 힘차게 성청민 소단주 내외를 부르며 달려왔다.

"유진아!"

유진 공자는 그대로 달려가 아버지와 어머니의 품에 안겼다.

그간 어른스러운 모습을 보여 주었지만, 아직 열 살 아이다.

그간 얼마나 부모님이 보고 싶었을까.

그렇게 상봉한 성청민 소단주 내외와 성유진 공자는 서로를 부둥켜안고 엉엉 울었다.

그 모습에 정호 형은 눈시울을 붉혔다.

은해상단 본단의 가족들이 생각났기 때문이겠지. 그곳에 정호 형의 무사귀환을 간절히 바라는 가족들이 있으니까.

잠시 후, 마음을 진정시킨 성청민 소단주가 일어나 정호 형에게 포권하며 고개를 숙였다.

"제 아들을 구해 주셔서 감사합니다. 덕분에 제 아들이 무사할 수 있었습니다. 그 와중에 제 아들로 인해 고초를 겪으셔서…… 죄송하고, 또 감사합니다."

"그런 말씀 마십시오. 제 선택이었습니다. 그리고 눈앞에서 아이가 물에 빠지려는데 어찌 가만히 있겠습니까?"

성청민 소단주는 그 말에 감탄하더니, 이내 표정을 진지하게 바꾸었다.

"마음 같아서는 지금 당장 유진이를 데리고 가고 싶지만, 아직은 유진이가 마음의 준비가 되지 않은 듯합니다. 그러니 조금만 더 보호해 주시기를 지부장과 은 소단주께 간곡히 부탁드립니다."

그건 이미 오기 전에 나와 의논한 사항이다.

"여부가 있겠습니까?"

"제 마음을 다하겠습니다."

그리고 성청민 소단주는 몸을 굽혀 유진을 바라보며 말했다.

"조금만 기다려 주거라. 아버지가 반드시, 집을 안전한 곳으로 만들어 놓고 너를 데리러 오마."

"네, 아버지. 기다릴게요."

그는 다시 일어났고, 몸을 돌려 명명상단으로 향했다. 그 눈빛은 방금과 달리 서늘하기만 했다.

성청민 소단주 일행이 떠나고, 전우진 무사가 정호 형에게 다가갔다.

"주군, 살아 계시다니…… 정말 다행입니다."

그는 그 자리에 부복했다.

"만약 돌아가셨다면, 저 역시 뒤를 따랐을 겁니다."

전우진 무사의 말이 끝나기 무섭게, 그 땅이 눈물로 한 방울 한 방울 젖어 갔다.

"그러니까……."

나는 전우진 무사의 뒷말을 알 것 같았다.

이기적이어도 좋으니까, 본인이 살 궁리를 하라고…….

본인을 먼저 챙기라고.

그리 말하고 싶은 거겠지.

하지만 이 자리에 유진 공자가 있으니 차마 그 뒷말을

하지 못하고 눈물만 흘리는 것이다.

털썩.

그 앞에 정호 형이 무릎을 꿇었다.

"……!"

그 누구도 예상치 못한 행동이었고, 전우진 무사도 당황했다.

"미안합니다."

"주, 주군."

"정말 미안합니다. 걱정시켜서, 그리고 마음 아프게 해서 정말 미안합니다."

"일어나십시오! 어찌 이러십니까?"

"하지만…… 저는 앞으로도 그런 일이 생긴다면 같은 행동을 할 겁니다."

지금 형은 당당하게 자신의 뜻을 피력하고 있었다.

"나는 은해상단의 소단주입니다. 그리고 앞으로 상단주가 될 겁니다."

형은 나를 바라보았고, 나는 고개를 끄덕여 주었다.

"은해상단은 신뢰를 가장 중요하게 생각합니다. 그런데 눈앞에서 다른 사람의 위기를 모른 척하는 사람을 신뢰하라고 할 수 있겠습니까?"

형은 전우진 무사를 바라보았다.

"그러니까, 그 점 이해해 주십시오."

전우진 무사는 고개를 끄덕였다.

"주군께서는 그런 분이시죠. 그런 분이시기에 제가 목

숨을 바쳐 충성한다는 것을 잠시 잊을 뻔했습니다."

그는 말을 이었다.

"저 전우진, 주군께서 가시는 길 함께 갈 수 있도록 허락해 주십시오."

"내가 무사님을 내 호위로 선택했을 때부터 이미 함께 걷기 시작했습니다."

"크윽! 주군……."

나는 헛기침을 했다.

"험험, 저기 감동적인 상황인 건 알겠는데…… 언제까지 그러고 있을 건데?"

"어?"

"나 배고픈데, 밥 안 먹어?"

내 말에 정호 형은 얼른 자리에서 일어났고, 허허 웃으며 말했다.

"아, 미안하다. 나도 모르게."

그나저나, 정호 형의 진심이 느껴졌는지 유진 공자의 얼굴은 한결 편해 보였다.

자신을 구한 것이, 정호 형의 협의에서 비롯된 것임을 알게 되었기 때문이겠지.

자신을 원망하지 않는다는 것도.

우리는 각자 처소로 흩어져 씻고 옷을 갈아입었다.

그리고 함께 점심을 먹었다.

이곳 사천 지역은 매우 풍요로운 곳이다.

지속되는 흉년으로 제국 대부분이 힘들어하고 있지만, 이곳은 그 정도는 아니었다.

　몇 년 전처럼 곡식이 남아도는 정도는 아니지만, 그래도 아사자가 거의 나오지 않을 정도지.

　그렇게 점심을 먹은 후 나는 전우진 무사를 찾아갔다. 그는 정호 형의 옆에 있었다.

　그리고 마침 주변에는 아무도 없었다.

　"제자리를 찾으신 것, 축하드립니다."

　내 말에 전우진 무사는 나에게 포권하며 말했다.

　"주군께 들었습니다. 셋째 소단주님께서 제때 주군을 도와주지 않으셨다면 불가능한 일이었습니다. 정말 감사드립니다."

　"뭘요. 제 형이잖아요."

　나는 씨익 웃었다.

　"그런데 뭔가 달라진 것 느끼셨습니까?"

　"네? 그게 무슨 말씀이신지?"

　아직 알아차리지 못했나 보군.

　"정호 형의 기운 말입니다. 뭔가 달라졌을 텐데요."

　내 말에 고개를 갸웃하던 그는 정호 형에게 말했다.

　"송구합니다. 잠시 손목을 좀."

　정호 형은 순순히 손을 내밀었고, 전우진 무사는 손목을 잡고 눈을 감았다.

　"……!"

　이내 그는 깜짝 놀라 눈을 부릅떴다.

"이, 이게, 이게 어찌 된…….."

전우진 무사는 절정의 무인이다. 그런 만큼 정호 형의 변화를 금방 알아차린 것이다.

"어찌 주군의 내공이 갑자기 이렇게 늘었습니까? 거의 두 배 이상 늘었습니다."

"그게, 내가 굶어 죽지 않기 위해 먹은 것이 영약이라더군요."

내가 적절하게 끼어들었다.

"정호 형은 백년자령마라는 버섯을 먹었습니다. 그로 인해 내공이 늘었습니다. 유진 공자 역시 마찬가지입니다."

나는 말을 이었다.

"이런 것을 전화위복이라고 하는 거겠죠."

"허, 이런 기연이…….."

"제 생각에 명명상단에서 유진 공자를 데리러 올 때까지 좀 시간이 있을 겁니다. 그리고 영약으로 얻은 내공은 빠른 시간 안에 몸에 적응시켜야 탈이 없다고 알고 있습니다."

"맞습니다."

내 말에 전우진 무사가 긍정했다.

"갑자기 늘어난 내공을 몸에 적응시킬 수 있는 가장 좋은 방법은 신체를 움직이는 것 아니겠습니까? 그러니 잘 부탁드립니다."

내 말에 전우진 무사는 잠시 생각하더니 이내 고개를

끄덕였다.

"당연히 제가 해야 할 일입니다."

나는 고개를 돌려 도 조장을 보았다. 지금 그는 유진 공자의 호위 목적으로 함께 다니고 있었으니까.

"혹시, 명명상단에서 따로 배우는 무공 같은 것 있습니까?"

내 물음에 그는 고개를 저었다.

"없습니다. 그리고 상단주님 가족분들 역시 따로 무공을 배우지 않으셨습니다."

"그러면 도 조장님께서 유 공자에게 무공을 알려 주지 않으시겠습니까?"

"제가 말입니까?"

그는 깜짝 놀란 표정을 지었다. 나는 고개를 끄덕였다.

"네. 앞으로 무공을 배우기 위해서는 계속해서 함께 붙어 있어야 하는데, 저희는 불가능하지 않겠습니까?"

"그렇긴 합니다만……."

"그리고 조장님 정도면 충분히 공자를 지도하기에 무리가 없을 듯합니다."

유진 공자는 처음 무공을 익히는 것이고, 도 조장은 일류 거의 끝에 다다른 무인이니까.

그때 유진 공자가 물었다.

"제가 무공을 배우면, 부모님과 상단을 지킬 수 있는 건가요?"

뜻밖의 질문.

아직 열 살인데 그런 질문을 할 거라고는 생각하지 못
했다.

하지만 이미 보통 사람들은 겪기 힘든 쓴맛을 봤으니
보통의 상황이라 보면 안 되지.

그리고 그리 질문한 이유를 알 것 같기도 하고.

나는 미소를 지으며 말했다.

"네. 맞습니다. 무공을 배우면 강해지고, 강할수록 더
쉽게 지키고 싶은 것을 지킬 수 있습니다."

"그러면, 무공을 배우고 싶습니다."

그리고 도 조장에게 포권했다.

"사부님으로 모시겠습니다."

"도, 도련님……."

"저는 꼭 강해져야 합니다. 그래서 부모님과 상단을 지
키고 싶습니다. 부디 저를 제자로 받아 주십시오."

그의 말에 도 조장은 포권하며 감사를 표했다.

"저를 믿어 주시니, 저는 최선을 다할 뿐입니다."

나는 유진 공자의 머리에 손을 얹었다.

"하지만, 공자. 공자가 한 가지 잊으면 안 되는 것이 있
습니다."

"네? 그게 무엇입니까?"

"누군가를 지키려 하든, 복수하려고 하든, 절대로 조급
해해서는 안 된다는 겁니다. 조급함은 본인만을 갉아먹
을 뿐입니다."

그러고는 형에게 고개를 돌리며 물었다.

"형도 같은 생각이지?"

"맞아. 조급함은 독이 될 뿐이지. 그러니까 유진아."

"네, 아저씨."

"나랑 약속하자. 절대 조급해하지 않겠다고."

그 말에 유진 공자는 고개를 끄덕였다.

"네. 조급해하지 않을게요. 약속할게요."

"나랑 약속해 줘서 고맙다."

그때 전우진 무사가 말했다.

"그럼, 주군. 적응 훈련을 시작하겠습니다. 우선……
저희 은풍대의 기본 체력훈련인……."

"삼대 기초 수련입니까?"

"네."

정호 형의 얼굴이 일그러졌다.

그도 그럴 것이 이전에 고일평 외총관께 무공을 배울
때 매일같이 했던 것이니까.

달리기, 팔굽혀펴기, 기마 자세로 오래 버티기.

그걸 한 시진 동안 해야 했다.

내가 해 봐서 진짜 힘든 거 알지만 어쩌겠어?

이게 다 형의 무병장수를 위해서다.

* * *

명명상단.

상단주의 넷째 아들 성준민에게 소식이 전해졌다.

"크, 큰일입니다! 일을 맡겼던 송평이 실패하고, 사로
잡혔다고 합니다!"

"뭐라고? 이런 멍청한 놈! 실패할 것 같았으면 자결했
어야지!"

자신의 형인 성청민을 죽이는 것도 실패했고, 자신의
조카인 성유진을 죽이는 것도 실패했다.

성유진이 구사일생으로 살아났고, 현재 은해상단의 사
천지부에 있음을 알게 된 것이 며칠 전이다.

그리고 오늘 성청민이 귀환했다.

그런데 그의 일행에는 뜻밖의 인물이 있었다.

바로 성준민의 호위무사.

자신이 그리 지시했다고 증언한다면 궁지에 몰리게 될
터.

하지만 그건 상관없었다.

얼마든지 그 증언을 뒤집을 수 있으니까.

문제는 그의 큰형이다.

현 소단주인 성청민이 어찌 나올지 알 수 없다는 것.

성청민이 화를 내면 얼마나 무서워질 수 있는지는 그
역시 잘 알고 있다.

그렇기에 그렇게 비열한 방법을 사용한 것이다. 그게
아니면 자신이 성청민을 이길 방법이 없으니까

그는 답답한 속을 진정시킬 목적으로 방금 하녀가 가져
다 놓은 찻주전자를 들었다.

그 아래 놓인 쪽지.

"……!"

그들에게서 온 쪽지다.

그는 얼른 그 쪽지를 펼쳐 보았다.

[반드시 그를 제거하도록]

그는 쪽지를 꽉 쥐고는 심복에게 물었다.

"지금, 유진이가 은해상단 사천지부에 있다고 했지."

"그렇습니다."

"없애라."

사실 그가 성유진을 죽이려고 했던 이유는 그의 형을 흔들어 빈틈을 만들기 위해서이기도 했지만, 성유진을 없애는 것 자체가 목적이기도 했다.

성유진은, 보지 말아야 할 것을 봤으니까.

*　　*　　*

나는 밤늦게까지 처소에서 서류를 살피고 있었다.

내가 사천에 온 가장 중요한 이유는 정호 형을 구하기 위해서였지만, 이제 정호 형을 구했으니 일상으로 돌아와야 한다.

내 일상…….

그렇다. 일이다, 일.

촉금의 수급 문제를 비롯해서 사천에서 할 수 있는 사

업들에 관한 일이 많았다.

"소단주님, 이건 어떻게 할까요?"

옆에서 서향 소저가 물었다. 이곳에 올 때 함께 왔으니까.

그리고 지금까지 내 일을 도와주고 있다.

"아, 이건 실물을 살펴야 할 듯합니다."

"그럼 옆에 빼놓을게요."

서향 소저는 그 두루마리를 말아 옆에 놓으려다가 멈칫했다.

그녀의 눈동자가 잠시 초점이 사라졌다가 다시 돌아왔다.

"어……."

그는 나를 돌아보며 말했다.

"성 소공자께 지금 당장 가 보셔야 해요."

"네?"

"소공자가 위험해요."

뭐?

그녀의 조언을 무시하는 건 정말 멍청한 짓이다. 나는 즉시 자리를 박차고 유진 공자의 처소로 향했다.

달려가면서 명종 무사에게 전음을 보내 지시를 내리고 외처의 별당으로 향했다.

현재 유진 공자는 그곳에 머물고 있기 때문이다.

아무리 귀한 손님이라도 외부인을 내처에 들일 수는 없으니까.

그래서 정호 형도 유진 공자와 함께 지내고 있다.

별당에 가까워지면서 흑도의 기운이 느껴졌고, 그 살기가 유진 공자의 처소를 향하고 있다는 것도 느껴졌다.

나는 몸을 공중으로 띄웠고, 그 기운을 향해 쇄도했다.

쾅!

그는 재빠르게 검을 들어 나의 공격을 막았다.

기운과 기운이 부딪치며 굉음이 울려 퍼졌고, 우리는 서로 거리를 두며 마당에 착지했다.

그 소리에 놀란 도 조장과 전 무사가 뛰쳐나왔고, 나는 그들에게 소리쳤다.

"도 조장님! 유진 공자를 보호하십시오!"

"네?"

"정신 안 차립니까! 저자는 지금 유진 공자를 노리고 있단 말입니다!"

내 일갈에 그는 퍼뜩 정신을 차린 후 서둘러 안으로 들어갔다.

"합류하겠습니다!"

나는 고개를 저으며 전우진 무사에게 말했다.

"위치로 가십시오. 그것이 저를 돕는 것입니다."

"알겠습니다."

"그리고 휘말릴 수 있으니, 다른 무사들을 대피하게 하십시오."

그러곤 고개를 돌려 흑복을 입은 복면인을 바라보았다.

"제법이군. 내가 저 애새끼를 노리는 것을 알아차리다

니 말이야."

"제가 좀 합니다."

"하지만 그거 아나? 열 포졸이 도둑 하나를 잡지 못한다는 것을. 즉, 열 호위가 살수 하나를 막지 못한다는 거지. ㅎㅎㅎ."

그리고 그는 품에서 암기를 꺼내며 말했다.

"막아 볼 테면 막아 봐라!"

그는 그렇게 외치며 암기를 날리고는 건물 쪽으로 향했다.

내가 암기를 막느라 지체하는 사이, 유진 공자를 해하려는 거겠지.

하지만 저 살수는 모른다.

저딴 암기 따위로는 내 발목을 잡을 수 없다는 것을.

탓! 타닥!

살수가 던진 암기는 내 호신강기에 튕겨 나갔다. 나는 허공섭물로 그 암기를 회수했다.

써먹을 데가 있을 수도 있으니까.

그리고 나는 경공을 최대로 발휘해 문 안으로 진입하려는 그에게 검을 내질렀다.

"큭!"

챙ㅡ!

"젠장! 끈질기군!"

그는 짜증을 내며 내 검을 튕겨 냈고, 우리는 계속해서 검을 부딪쳤다.

살수답게 그의 검은 쾌검이다.

하지만, 내가 익힌 진설십이식검법에도 쾌검은 있다.

네 번째 초식인, 설풍.

설풍을 잠재울 수 있다고 하여 설풍궁이라 불렸다지만, 그게 정설은 아니다.

아직 설풍궁이라 불리게 된 정확한 이유는 모른다.

그러나 설풍이 그만큼 무서운 것이라는 건 안다.

북해의 지배자라고 할 수 있는 북해빙궁의 무사들은 물론, 영물들조차 두려워하는 자연현상이다.

바로 이 네 번째 초식인 설풍은 북해에 부는 설풍을 본떠 만들어진 무공이다.

그리고 조사님의 안배에 들어갔을 때, 나는 이 초식의 진의를 볼 수 있었다.

내 경지가 아직 그 정도는 아니지만, 그래도 어느 정도는 흉내 낼 수 있다.

내가 진기를 끌어 올리자, 주변의 온도가 낮아졌다.

나는 그 기운을 활용해 살수를 향해 쇄도했다.

검을 잡은 내 몸은 유려하게 움직였지만, 내 검은 빠르고 또 날카롭기 그지없었다.

쇄! 쌔액!

보이지 않을 정도로 빠르게 움직이는 나의 검은, 살아 있는 모든 것을 찢어발기는 설풍의 냉정하기 그지없는 바람 그 자체다.

그는 힘겹게 내 검을 막으며 뒷걸음질 쳤고, 내 의도대로 점점 별당에서 멀어졌다.

이 정도나마 내 검을 막을 수 있다는 건 그의 수준이 절정은 된다는 의미.

"크윽! 네놈, 힘을 숨기고 있었던 거냐! 네놈은 분명히 절정이라고 들었는데."

"내가 누군지 알고 있다는 말이군요."

나는 말을 이었다.

"이래서는 불공평하죠. 당신은 나를 아는데, 나는 당신을 모른다니요."

"원래 세상은 불공평하지."

순간, 살수가 씨익 웃으며 검을 내질렀다.

"잡았다!"

"무엇을요?"

"······!"

놀란 눈의 살수.

나는 거침없이 살수의 얼굴을 향해 검을 휘둘렀다.

바닥으로 떨어지며 검풍에 흩날리는 복면 조각들.

드러난 맨얼굴은 경악으로 물들었다.

"어, 어떻게? 분명 목을 꿰뚫었는데?"

저자는 모르겠지.

진설십이식검법에는 쾌검이 설풍 말고도 하나 더 있다는 것을.

바로 아홉 번째 초식인 설광이다.

눈의 반짝임을 보고 만든 초식인 만큼, 빛의 속도로 움직이는 것을 목적으로 한다.

또한, 설광은 환검의 초식인 설화보다 상승의 초식이기도 하지.

환검은 검의 변화가 무쌍하여 상대방이 제대로 대응할 수 없게 하는 검술이다.

조사님께서는 이를 응용하는 모습도 보여 주셨지.

설광을 사용하실 때, 본인의 신형을 빠르게 움직여 엉뚱한 곳을 공격하도록 만드셨다.

그때 배운 수법이다.

나는 그의 드러난 얼굴을 보며 씨익 웃었다.

"이제 공평해졌네요?"

나는 검을 들어 올렸다.

"크윽! 내가 네놈만큼은 절대 가만두지 않을 거다!"

"아, 그러세요."

내 도발에 그는 분노를 드러냈다.

쯧쯧, 감정을 드러내다니. 살수로서 자격이 없군.

나는 뒤쪽을 힐끔 보곤 말했다.

"그래서, 유진 공자의 목숨을 왜 노리는 겁니까?"

"그건 네가 알 것 없다!"

"아니, 진짜 너무한 거 아닙니까? 아직 열 살밖에 안 된 어린아이인데 죽이려 들다니 말입니다."

나는 말을 이었다.

"이를 이용해서 소단주를 흔들려는 겁니까? 그 계획은 이미 실패한 것 같은데요?"

"상관없다. 어쨌든 그 녀석은 죽어야 한다! 죽은 자는 말이 없으니까."

뭐?

방금 그 말은…… 살인멸구가 목적이라는 거잖아?

그나저나 이제 슬슬 끝을 내야겠군.

나는 검을 고쳐 잡고는 경고했다.

"단념하시죠."

"네놈이야말로 단념하지? 솔직히 아무 상관도 없는 아이인데 왜 그렇게 집착하지?"

"제 형님이 살리고 지킨 아이입니다. 죽게 내버려두는 건 제 자존심이 허락 못 합니다."

나는 말을 이었다.

"그리고 저희 은해상단에서 이런 일이 생겨서 보호하고 있던 아이가 죽으면, 그로 인한 문제를 그쪽이 해결해 줄 것도 아니잖습니까?"

"흐흐흐, 그렇긴 하지."

그는 씨익 웃었다.

"그런데 말이지, 너만 실력을 숨긴 게 아니다. 나 역시 실력을 좀 숨겼거든. 그러니 죽더라도 원망하지 마라. 어리석은 네놈이 자초한 일이니."

그쪽이 실력을 다 내보이지 않고 있던 거 알아차리고 있었습니다.

예전에 진유 무사가 말했던 것을 떠올렸다.

"칼밥을 먹고 사는 이들이라면 으레 그렇지만, 특히 살수는 더더욱 실력의 삼 할을 숨겨야 합니다."

"특별한 이유라도 있나요?"

"일을 마치고 도주해야 하니까요."

그렇다.

저 살수는 도주를 위해 실력을 숨기고 있었다.

하지만 얼굴이 드러난 지금은 도주가 아닌 목격자인 나를 없애기 위해 숨긴 실력을 드러내려는 것이다.

뭐, 그것도 넓은 의미의 도주겠지.

그나저나 저자의 말대로라면 유진 공자가 무언가 비밀을 알고 있다는 뜻인데…….

그걸 반드시 알아내야 한다는 예감이 들었다.

"유진 공자가 뭐 듣지 말아야 할 거라도 들었나요?"

"……."

"아니면 보지 말아야 할 거라도 봤나 보군요."

순간 움직이는 눈동자.

그거군.

그럼 유진 공자가 대체 무엇을 봤기에, 저들이 저렇게 기를 쓰고 죽이려고 하는 걸까?

아무튼, 궁금한 건 알아냈지만 내가 원하는 말을 아직 듣지 못했다.

"그런데 그거 아시나요?"

나는 씨익 웃었다.

"당신이 이곳에 올 거라는 거 이미 알고 있었습니다. 당신의 주군이 알려 주더군요."

"무, 무슨 소리를 하는 거지?"

"그쪽의 주군이 그러더군요. 자신의 비밀을 너무 많이 알고 있어서 불안하다고. 저와 그쪽의 주군과 모종의 거래가 있었거든요."

"무슨 개소리를!"

"그렇게 믿고 싶은 거겠죠. 아무튼, 성준민이라는 자도 참 매정하군요. 이렇게 충성스러운 부하를 희생양으로 쓰다니."

"헛소리! 내 주군은 그럴 분이 아니다."

"자신의 조카를 죽이라고 명령한 것만 봐도 매정하다는 증거 아닌가요?"

"그건 대의를 위해서다!"

대의는 무슨 빌어먹을 대의.

대의를 논하는 사람 치고 그 대의로 인해 희생되는 자가 자신이 된다면 순순히 희생될 사람이 있을까?

"아, 역시. 당신의 주군이 성준민이군요. 그리고 그자의 사주를 받았고요."

"……!"

내 말에 그는 나를 노려보았다. 그제야 자신이 내게 휩쓸려 하지 말아야 할 말을 했다는 것을 알아차린 거다.

나는 살수의 뒤쪽을 바라보며 말했다.

"잘 들으셨죠? 상단주님."

내 말에 뒤쪽에서 명명상단의 상단주님이 나오시며 말
씀하셨다.

"똑똑히 들었네. 소단주의 말이 진짜였군."

그의 등장에 살수가 깜짝 놀란 표정을 지었다. 그리고
재빨리 몸을 날렸다.

이 상황에 대해 주군인 성준민에게 보고하고 대책을 마
련하기 위함이겠지.

뭐, 상황판단은 빠르네.

그런데 어딜!

나는 아까 회수했던, 그가 내게 날렸던 암기를 꺼내 그
를 향해 던졌다.

슉!

슈슉!

이필 무사에게 암기술을 배워 놓은 보람이 있군.

암기 중 하나가 정확히 그의 다리에 박혔고, 지붕에서
나타난 서우 무사가 검집으로 그의 어깨를 내리쳤다.

퍼억!

"크으윽!"

그는 그대로 바닥에 나동그라지며 나를 노려보았다.

이 모든 상황의 원인이 나이니만큼, 나를 죽이고 싶어
미치겠지.

"내가 너만은 죽이고 가겠다아아악!"

그는 괴성을 지르며 자리에서 일어나 나를 향해 검을
휘둘렀다.

사생결단을 결심했는지, 그는 자신을 저지하려는 자들을 헤치며 나에게 다가왔다.

"추하네요."

나는 그리 중얼거리며 그를 향해 주먹을 내질렀다.

극음혼빙투 중 하나의 초식.

급소에 일격을 가해 고통에 몸부림치게 만든다.

그리고 아마 순식간에 힘이 빠질 거다.

그걸 어떻게 아냐고?

조사님에게 배울 때 직접 당해 봤으니까.

젠장. 그때 진짜 사람이 너무 아프면 죽을 수도 있겠구나 하는 것을 알게 됐지.

알고 싶지 않았지만.

내 정권이 꽂히는 소리는 들리지 않았다.

하지만, 그 결과 살수는 내 앞에 고꾸라졌고 고통에 바들바들 떨며 컥컥거렸다.

챙-!

채챙-!

이내 그의 목에 여러 개의 검이 겨누어졌고, 나무공이 입안에 틀어박혔다.

혀를 깨물거나 독환을 복용하는 것을 막기 위함이다.

"고맙군."

명명상단의 상단주가 나에게 감사를 표했다.

명종 무사에게 전음으로 보낸 지시 중에 하나가 명명상단의 상단주에게 이쪽으로 와 달라고 하는 것이었다.

그리고 무사들을 풀어 살수가 도주하는 길을 막고, 유진 공자를 지킬 것도 지시했다.

서우 무사의 지휘에 따라 내 호위들은 일사불란하게 움직였고, 그 결과가 이것이다.

그리고 나는 명명상단의 상단주를 기다리며 그를 적당히 상대했고, 그가 도착한 순간부터는 유도심문으로 그의 자백을 끌어냈다.

마음 같아서는 성청민 소단주가 상황을 처리하도록 하고 싶었다.

하지만 우리 은해상단 사천지부에서 보호 중인 유진 공자가 노려졌다는 사실에, 그를 믿고 있을 수만은 없었다.

그래서 상단주를 불러온 것이다.

그는 눈을 빛내며 데려온 무사들에게 명령했다.

"이자를 상단으로 끌고 가서 뇌옥에 가두도록!"

"네!"

"그리고 경비를 철저히 해라! 이자가 누군가에게 살해당하거나 자결한다면 그 죄를 엄하게 물을 터이니!"

"네!"

상단주는 그렇게 지시하고는 나를 보며 한숨을 내쉬었다.

"사실, 소단주가 이미 내게 넷째의 만행에 대해 말했네. 어찌해야 하나 고민하고 있었는데 덕분에 결정할 수 있게 되었군."

그리 말하는 명명상단주의 얼굴에 드러난 감정은 슬

픔, 미련, 후회 등등이 섞인 듯했지만 그건 내가 알 수 없는 감정이었다.

솔직히 평생 모르고 싶은 감정이기도 했고.

그렇게 이번 일은 새로운 국면으로 접어들었다.

"그럼, 실례가 많았네. 유진이를 부탁하네."

그렇게 명명상단의 상단주는 무사들을 데리고 다시 돌아갔다.

나는 차분히 심호흡을 하고는 별당으로 향했다.

유진 공자에게 묻고 싶은 게 있었기 때문이다.

"형, 나 서호야."

내 말에 문 안에서 정호 형의 목소리가 들렸다.

"정말 서호가 맞는 거냐?"

"응. 못 믿겠으면 믿게 해 줄게. 그러니까 형이 열네 살 때였나? 그때 아버지가 아끼시던 붓을 부러트……."

"으갸갸갹! 그만! 서, 서호 맞구나!"

문이 열리고 전우진 무사가 웃으며 나를 맞았다.

"들어오십시오."

나는 안으로 들어갔다.

안에는 잠에서 깬 유진 공자가 정호 형의 품에 안긴 채 두려움에 떨고 있었다.

"이제 안심해도 됩니다. 그 나쁜 놈은 공자의 조부님이 잡아갔습니다."

"저, 정말인가요?"

"네."

나는 고개를 끄덕였다. 그리고 의자를 끌고 와 그 앞에 앉으며 말했다.

"그런데, 그자가 그러더군요. 공자가 보지 말아야 할 것을 봤다고요."

"……."

"무엇을 봤는지 말해 줄 수 있나요?"

내 물음에 유진 공자는 난처한 표정으로 반문했다.

"무엇을 말인가요?"

"네?"

"제가 본 것 중에 어떤 것이 보지 말아야 할 것이었는지 잘 모르겠습니다."

"아……."

하긴 유진 공자가 조숙해 보여도, 이제 고작 열 살이다.

그가 본 것 중에 무엇이 보면 안 되는 것이었는지 판단하기 아직 어린 나이라는 것.

그걸 저들이 모를 리가 없다.

그렇다면 지금 저들이 경계하는 건 열 살짜리 아이가 보아도 뭔가 수상해서 부모님이나 다른 사람들한테 말할 만한 것.

나는 미소 지으며 말했다.

"그냥 최근에 봤던 것 중에서 특별히 기억에 남는다든지, 신기했다든지 하는 일을 말해 주면 됩니다."

내 말에 유진 공자는 끙끙거리며 고민했지만, 잘 기억

이 나지 않는 듯했다.

저러다가 울 것 같은데?

애들 울리는 취미가 없는 나로서는 곤란했다.

아무래도 위험하다는 느낌을 받고 본능적으로 기억을 묻어 둔 것 같은데.

기억을 끄집어내는 것이 맞나?

하지만 그렇다고 이대로 넘어가는 것은 더 위험하다.

그때, 뇌리를 스치는 생각 하나.

보지 말아야 할 것을 봤다고 했지.

그 말은 즉, 촉각이나 후각이나 청각이 아닌 시각에 초점을 맞추어야 한다는 것.

사람의 기억력은 생각보다 좋다.

그렇기에 뭔가 계기가 되는 것이 실마리가 되면 그에 관련된 기억들이 떠오른다.

묻어 둔 기억들도.

그리고 시각이 가장 민감하게 반응하는 건 색이다.

"잠시만 기다려 주십시오."

나는 별당을 나섰다. 마침 숙부님께서 별당으로 오고 계셨다.

"아, 숙부님!"

"그래, 소공자와 정호는 괜찮으냐?"

"네, 다들 무사합니다."

"다행이구나. 명명상단의 상단주께서는 상단으로 돌아가셨다."

숙부님께서 상단주를 배웅하신 모양이다.

"그리고 자세한 상황은 네게 들으라고 하시더구나."

"많이 급하신 상황이시니까요."

상단주님께서 숙부님에게 그리 말씀하신 건, 상단의 치부를 숨길 수 있는 상황이 아님을 아셨기 때문일 터.

살수가 다른 상단에 침입해 자신의 손자를 노렸고, 이를 막기 위해 상단의 무사들을 동원한 상황이니 말이지.

숨기는 게 불가능할뿐더러, 상대에 대한 예의도 아니다.

"사실……."

나는 숙부님께 자초지종을 말씀드렸다.

"허! 어떻게 그런 일이!"

내 설명에 숙부님께서는 깊이 탄식하셨다. 그럴 만한 일이기도 했고.

"저, 그런데 숙부님께 부탁이 하나 있습니다."

"부탁이라니?"

"비단 견본을 잠시 빌려도 되겠습니까?"

나는 숙부님의 집무실에서 비단 견본을 빌려왔다.

다양한 색과 재질의 비단을 조금씩 잘라서 일련번호를 매겨 책자처럼 엮은 것.

이를 이용해서 필요한 만큼 주문을 넣는 것이다.

내가 별당으로 들어가자 유진 공자는 풀 죽은 얼굴로 고개를 숙였다.

"죄송해요. 아무리 생각해도 잘 모르겠어요."

"괜찮습니다. 그래서 제가 이걸 가지고 온 것이니까요."

나는 침상 위에 비단 견본을 놓고 말했다.

"이 비단의 색을 보시면, 그 색에 관련한 일이 떠오를 겁니다. 그럼 시작할까요?"

"네."

나는 천천히 비단을 넘겨 가면서 유진 공자와 이야기를 주고받았다.

파란색……

"북경에서는 이런 색의 옷을 입은 이들이 많았어요."

"이 색이 유행이거든요."

"이 녹색……."

"비취색이라고도 하죠."

"어머니의 머리 장식도 이 색이에요."

그렇게 유진 공자의 긴장을 풀어 주면서 그의 기억을 풀어 나갔다.

그렇게 여러 색이 바뀌었지만, 아직 그렇다 할 만한 이야기가 나오지 않고 있었다.

마침내 붉은색.

그중에서도 여인들이 선호하는 밝은 붉은색이 아닌, 살짝 탁한 붉은색.

그러니까 진한 핏빛이라고 해야 하나?

그걸 본 유진 공자의 얼굴이 굳었다. 뭔가 있다!

"이거…… 이 색을 본 적 있어요."

그는 천천히 설명했다.

"이번에 부모님과 함께 북경에 갔을 때 심심해서 유모를 졸라서 숨바꼭질 놀이를 했어요. 저택의 으슥한 곳에 숨어 있었는데 한 아저씨가 그곳으로 왔어요. 그리고 다른 아줌마가 다가왔고 이야기를 했어요."

여기까진 별다른 건 없다.

넓은 저택이라면 으슥한 곳에서 남녀가 정분을 나누는 일이 간혹 있으니까.

"그러다가 그 아줌마가 고개를 돌렸고, 정확하게 제가 숨어 있는 곳을 봤어요. 그래서 저와 그 아줌마가 눈이 마주쳤어요."

"저런!"

"그런데…… 그 아줌마 눈이…….'"

유진 공자는 내가 펼쳐 놓은 핏빛 색의 비단 견본을 가리키며 말했다.

"이 색으로 변했어요."

뭐?

유진 공자가 말을 이었다.

"깜짝 놀라는 바람에 들켜서…… 아저씨가 누구냐고 소리쳐서 나왔는데…… 그땐 아줌마의 눈 색이 저 색이 아니었어요."

"그랬군요."

유진 공자가 보지 말아야 했던 것이 바로 그것이었다.

"어? 그런데 그게 왜 지금까지 기억나지 않았던 걸까요?"

"무서웠으니까요."

나는 유진 공자의 머리를 부드럽게 쓰다듬어 주었다.

"무서웠기에, 공자의 무의식이 그걸 깊숙하게 숨겨 놨을 뿐입니다."

"……."

내 말에 유진 공자의 눈에서 눈물이 주룩 흘렀다.

"마, 맞아요. 무서웠어요. 마치 저를 찢어 죽일 것 같다는 생각이 들었으니까요."

이런, 아이를 울리는 취미는 진짜 없는데…….

하지만 지금은 유진 공자가 울게 하는 게 정답이다.

그런 기억은 아무리 깊숙이 숨긴다고 해도 영원히 잊히는 게 아니니까.

그러다가 나중에 문제가 생기는 것보다, 미리 그 문제를 해결하는 게 낫다.

그럼 어떻게 해결할 수 있을까?

방법이야 간단하다.

무서웠던 경험을 좋은 경험이나 혹은 아무것도 아닌 경험으로 바꾸어 주면 되는 거다.

"고맙습니다. 공자의 기억 덕분에, 명명상단을 지킬 수 있게 되었습니다."

나는 말을 이었다.

"그 여자를 본 게 북경의 저택이라고 했죠?"

"그런데 저, 그 아줌마가 누군지 알아요."

"누군지 안다고요?"

"네. 준민 숙부님의 하녀예요."

"……네?"

"그리고 사람들이 이야기하는 거 들었어요. 이번에 준민 숙부님의 첩이 될 거라고요."

나는 이전 삶의 기억을 떠올렸다.

당시 명명상단의 소단주였던 성준민이 상단주 자리를 이어받았는데 그에게는 본처가 있었다.

그런데 얼마 뒤에 본처가 죽고 하녀 출신의 첩실이었던 자가 본처가 되었다고 했지.

후, 그나저나 눈동자가 붉게 변했다가 다시 정상적으로 돌아왔다라…….

왠지는 몰라도 이상하다는 건 확실하다.

그쪽 입장에서는 유진이를 죽여야 할 이유가 있었군.

하지만 이건 그들을 동정하거나 그런 건 절대 아니다. 이유가 어찌 되었든 본인들의 목적을 위해 무고한 아이를 죽이는 건 절대 아니 될 일이니까.

천벌 받을 짓이지.

처소로 돌아온 나는 멈칫하고 말았다.

서향 소저가 넓은 다탁에 두 손을 베고 잠들어 있었기 때문이다.

그러고 보니 벌써 축시(丑時:01~03시) 말(末)이구나.

한창 잠들어 있어야 할 시간인데, 나를 기다리다가 여기서 잠든 모양이다.

그나저나 저렇게 자면 내일 온몸이 아플 텐데.

나는 내 침상의 이불을 걷고, 그녀를 안아 내 침상에 눕혔다.

그리고 이불을 덮어 주었다.

그녀를 그녀의 처소로 옮길 수도 있지만, 겨울인지라 바깥 날씨가 평소보다 쌀쌀하다.

서향 소저가 잠에서 깨게 하고 싶지 않았으니까.

그녀에게는 항상 고마웠다.

그녀의 도움이 없었다면 그간 누군가 죽고 다칠 수 있었으니까.

이번에도 마찬가지고.

미래를 보는 빙정안을 가진 그녀가 내 곁에 있다는 건 어쩌면 하늘이 나에게 원하는 것이 있는 것이 아닐까 하는 생각이 들었다.

그녀를 살리는 것이 하늘의 뜻일까?

아니면 그녀의 도움을 받아 내 복수를 마치는 것이 하늘의 뜻일까?

어쩌면 둘 다일 수도 있지.

나는 침상에서 몸을 돌려 서탁의 의자에 앉아 유진 공자에게 들었던 말을 상기했다.

피처럼 붉은 눈으로 변했던 여자라…….

아무래도 사부님께 여쭈어 봐야겠군.

그 여자가 명명상단의 성준민 공자에게 접근하여 문제를 일으킬 작정이었던 건 분명했다.

그러면 여기서 의문 하나.

그 여자는 성준민 공자에게 지시하는 자일까? 아니면 협력하는 자일까?

어찌 되었든 그녀에게 있어 성준민 공자가 상단주에게 추궁당하는 상황은 별로 달갑지 않은 상황일 터.

그녀가 취할 행동은 두 개 중 하나다. 성준민 공자를 구해 주든, 아니면 죽여서 입을 막든.

내가 볼 때 후자일 가능성이 높았다.

내가 성청민 소단주를 구할 때 느꼈던 옅은 흑도의 기운은 수면향.

그것도 의지를 약하게 하는 악질적인 수면향이다.

이전에 비슷한 종류의 것들을 접한 적이 있었는데, 하나같이 무림맹이 개입했던 사건들이었다.

아무튼, 그런 것까지 제공하면서 성준민 공자를 상단주로 만들려고 했다는 건, 반대로 말하면 그가 명명상단에서 내쳐지게 되면 이용한 가치가 없다는 의미니까.

조카를 살인멸구하도록 지시한 이들이, 자신들에 대해 잘 알고 있는 성준민 공자를 가만 놔둘까?

그럴 리가 없지.

그러니까 즉, 지금 움직여야 저들의 꼬리를 잡을 수 있다는 의미다.

나는 자리에서 일어났다.

후, 오늘도 잠은 다 잤구나.

이렇게 밤을 꼴딱 새우면서도 버틸 수 있는 건, 얼마 전에 사부님이 나를 기절시켜서 푹 재워 주신 덕분이겠지.

인정하고 싶진 않지만.

순간 나는 멈칫했다.

어? 그러면 그 눈이 붉어졌다는 여자와 무림맹이 뭔가 관련이 있다는 의미잖아?

* * *

명명상단의 뇌옥에는 상단주의 네 번째 아들인 성준민이 끌려와 있었다.

잘 자고 있었는데, 갑작스럽게 벌어진 일에 그는 어안이 벙벙했지만 이내 정신을 차리고 일갈했다.

"이놈들아! 지금 감히 이게 무슨 짓이냐?"

"저희는 그저 상단주님의 지시에 따를 뿐입니다."

"뭐라고? 아버지가 그러실 리가 없다!"

뇌옥의 철창을 붙잡고 항의했지만, 자신을 잡아 온 무사들은 떠났고 보초를 서는 무사들은 그의 말을 무시할 뿐이었다.

그때, 옆에서 누군가의 목소리가 들렸다.

"이미 염천이 모든 것을 실토한 듯합니다."

엉망으로 갈라졌지만, 귀에 익은 목소리.

고개를 돌려보니, 자신의 조카 성유진과 형 성청민을

죽이라고 보냈다가 실패한 송평이다.

자신의 호위무사였던 자.

그는 뇌옥의 벽에 두 손이 결박된 채로 성준민을 향해 말했다.

"아까 염천이 고문실로 끌려가더군요."

"뭐라고? 염천이? 이 무슨 말도 안 되는…… 염천이 죽이지 못할 자가 있을 리가 없는데……."

염천은 그를 지원하는 자들이 보내 준 절정의 무사.

그보다 높은 경지의 무사가 있을 리가 없다는 판단에 그를 보낸 것이다.

그보다 강하려면 초절정이나 화경이라는 건데, 그런 인물이 은해상단의 본단도 아니고 일개 지부에 있을 리가 없으니까.

아무튼, 염천이 실패했다는 건 성유진을 죽이지 못했다는 의미다.

그는 분노가 치밀어 올라 송평을 향해 버럭 소리를 질렀다.

"제장! 이게 다 네놈 때문이다! 네놈이 실패하지만 않았어도! 하다못해 첫 번째 일이라도 제대로 했다면!"

그 독기 서린 원망을 들으면서도 송평은 그저 쓸쓸하게 그를 바라볼 뿐이었다.

언제부터였을까? 언제부터 그의 주군이 이런 인물로 변해 버린 것일까?

"하지만 아버지께서는 내 말을 믿어 주셨다. 네가 나를 배후로 지목했지만, 아버지께서는 내가 억울하다는 것을 믿어 주셨다고. 이번에도 아버지는 믿어 주실 거다. 그래! 아버지! 아버지!"

송평은 그렇게 고래고래 외치는 성준민의 모습을 계속해서 씁쓸한 표정으로 바라보았다.

온갖 고통스러운 고문을 당하면서도 자신은 배후가 누군지 입을 연 적이 없건만, 왜 그리 알고 있는 것인지.

그때였다.

털썩.

보초를 서고 있던 이들이 갑자기 허물어지듯 쓰러졌다. 그리고 어둠 속에서 모습을 드러낸 자는 하녀의 옷을 입은 여인이었다.

그녀를 본 성준민이 반색했다.

"황민! 황민이냐?"

"네. 성랑."

"네가 여긴 어떻게?"

"연모하는 낭군님이 갇혀 계시는데, 제가 뭐라도 해야 하지 않겠어요?"

그녀는 성준민의 얼굴을 손으로 감싸며 말했다.

"얼굴 수척해진 것 좀 봐요. 세상에……."

"민이야……."

"어서 도망쳐야 해요. 당신의 형이 지금 당신을 죽이려고 해요. 하지만 당신의 아버지는 당신 편이니까 조금만 피해 있어요. 그러면 모든 것이 제자리로 돌아올 거예요."

"그게 좋겠군."

황민이라 불린 여인의 옷소매에서 열쇠가 나왔고, 그녀는 그 열쇠로 잠긴 뇌옥의 문을 열었다.

이를 본 송평이 미간을 찌푸리며 외쳤다.

"아무리 봐도 이상해. 황민! 네년의 정체가 뭐냐?"

"네?"

"넌 절대 평범한 하녀가 아니다! 그리고 네년이 나타났을 때부터 주군이 바뀌기 시작했고."

"무슨 소리를 하는 건가요?"

"그래! 송평! 그 입 닥쳐라! 황민은 좋은 여자다!"

"성랑, 어서 저를 따라서 오세요!"

송평은 고개를 격하게 흔들며 외쳤다.

"그녀를 따라가면 안 됩니다! 주군!"

하지만 그 애타는 목소리를 외면하며 성준민은 황민을 따라 뇌옥을 나왔다.

뇌옥의 입구를 지키는 이들은 전부 다 쓰러져 있었다.

평소보다 공기가 더 차갑기 때문일까.

뇌옥을 나온 성준민은 조금씩 머리가 맑아지는 것 같다는 생각이 들었다.

'어?'

순간, 마치 꿈에서 깬 듯했다. 그리고 뭔가 이상하다는 것을 느꼈다.

황민은 평범한 하녀.

그런 그녀가 어떻게 저 무사들을 전부 쓰러트릴 수 있었을까?

그보다 그녀에 대해 자신이 전혀 의구심을 갖지 않았다는 게 더 이상했다.

그리고…….

지금까지 자신이 해 온 일들이 떠올라 소름이 끼쳤다.

'내, 내가 정말 그런 짓을 했다고?'

발을 멈춘 그에게 황민이 뒤돌아보며 재촉했다.

"성랑! 시간이 없다고요. 얼른 따라와요."

"민이야."

"네?"

"너…… 누구냐? 그리고 대체 나에게 무슨 짓을 하게 한 거냐?"

"그게 무슨 소리예요? 저는 그저, 연모하는 당신을 위해서…….."

"너, 누구냐고."

성준민의 싸늘한 목소리에 황민은 당황한 표정을 지었다.

"왜, 왜 그래요? 무섭게."

그러면서 조심스럽게 손을 내밀었지만, 성준민은 그녀의 손을 쳐 냈다.

"사실대로 말해! 너 누구냐고? 왜 나에게 그딴 짓들을 하게 한 거냐고!"

그의 추궁에 황민은 고개를 갸웃했다.

"이럴 리가 없는데? 내 섭혼술이 왜 풀린 거지?"

섭혼술.

그 말에 성준민의 얼굴이 일그러졌다.

왜냐하면, 섭혼술은 사람의 정신을 조종하는 사악한 술법이기 때문이다.

"네년이 나에게 섭혼술을 사용한 것이냐?"

그 일갈에 황민은 한숨을 내쉬었다.

"어쩔 수 없지. 한 번 섭혼술이 깨지면 다시 섭혼술이 들지 않으니……."

이내 그녀가 무감정한 얼굴로 고개를 끄덕였다.

"응. 맞아. 내가 네놈에게 섭혼술을 사용했지."

그 말에 성준민은 충격을 받아 비틀거렸다가 분노를 터뜨렸다.

"어, 어떻게! 어떻게 나에게 그럴 수가 있지?"

"뭘? 나는 네 욕망을 들어 준 것뿐인데. 너 소단주가 되고 싶어 했잖아."

"나, 나는……."

챙!

그녀의 옷소매에서 날카로운 검날이 튀어나왔다.

"좀 더 써먹으려고 했는데, 안타깝네. 어떻게 내 섭혼술을 푼 건지 알아내고 싶긴 하지만 시간이 없으니……."

황민은 히죽 웃더니, 그를 향해 신형을 날리며 옷소매 안의 검날을 휘둘렀다.

휘익!

검날은 정확하게 그의 목을 향해 날아왔다.

탁!

하지만 그 검날은 누군가에 의해 막혔다.

"누, 누구…… 헉!"

자신의 목숨을 구해 준 자를 본 그는 깜짝 놀랄 수밖에 없었다.

그 정체는 다름 아닌 아버지의 호위무사였다.

성준민은 고개를 돌렸다.

아버지가 노기 가득한 얼굴로 황민을 노려보고 있었다.

그 노기가 자신을 향한 것이 아니었음에도 온몸이 덜덜 떨릴 정도였다.

"감히 내 아들을 꼭두각시로 부려 먹다니! 그 배후를 캐야겠으니 생포하도록!"

"명을 받듭니다."

챙! 챙!

까가강!

그 호위무사와 황민의 공방이 이어질수록 황민의 표정은 점점 찌푸려졌다.

그도 그럴 것이 수준 차이가 제법 났으니까.

결국, 호위무사의 검이 황민의 목에 닿았다. 그러나 황민은 씨익 웃었다.

이에 호위무사가 다급하게 그녀의 혈을 잡으려고 했지만……

털썩.

황민의 몸은 허물어지듯 쓰러졌고, 이내 몸에서 불꽃이 피어올랐다.

다급히 그녀의 몸에 붙은 불을 껐지만, 그녀의 숨은 이미 끊어져 있었다.

"송구합니다. 이미 숨이 끊어졌습니다."

"독한 것!"

상단주는 그녀를 노려보다가 옆으로 고개를 돌리며 말했다.

"고맙네. 은 소단주."

* * *

나는 명명상단주의 말에 마당으로 나왔다.

어느새 해가 떠오르고 있었다.

바닥에는 황민이라는 하녀의 시신이 쓰러져 있었고, 그 옆에는 성준민 공자가 멍하니 서 있었다.

나는 아까 있던 일을 떠올렸다.

경공을 최대한으로 발휘해 명명상단에 도착한 나는, 성준민 공자의 처소로 향했다.

그 위치는 도 조장이 협조해 준 덕분에 알아낼 수 있었다.

침소에서 잠이 들어 있는 그에게서는 흑도의 기운이 느껴졌다.

하지만 이상한 점이 있었다.

그간 느꼈던 흑도의 기운과는 양상이 조금 달랐다.

뭐랄까?

주체가 없다고 할까?

내가 지금까지 느낀 흑도의 기운은 제각각의 의지가 담겨 있었다.

그러나 지금, 성준민 공자에게서 느껴지는 흑도의 기운에는 의지가 담겨 있지 않았다.

의지가 없다라…… 아!

나는 이 기운을 어디서 느꼈는지 떠올렸다.

일전에 강시를 이용해서 반란을 획책했던 무리들이 이끌던 강시.

그 강시들이 바로 그러했지.

그렇다면 조종당하고 있을 가능성이 컸다. 그리고 조종하고 있는 자는 유진 공자가 말했던 하녀겠지.

그때 문이 열리고, 한 무리의 무사들이 들이닥쳐 성준민 공자를 끌고 나갔다.

나는 곧바로 상단주를 찾아갔다. 하지만 다짜고짜 상단주의 침소에 들어가면 큰 소란이 일어날 터.

그래서 나는 상단주를 가까이에서 지키는 호위무사에게 다가갔다.

"저기…… 드릴 말씀이 있습니다."

"누구냐? 여긴 어떻게 들어온 것이냐?"

"은해상단의 소단주 은서호입니다. 유진 소공자를 보

호하고 있죠."

"아! 그렇군요. 실례했습니다."

일전에 안면이 있는 만큼 그는 나를 금방 알아보았다.

"그런데 무슨 일입니까?"

"유진 소공자가 중요한 것을 말해 줬습니다. 하여 실례를 무릅쓰고 이리 왔습니다. 아무래도 넷째 공자는 섭혼술에 의해 조종당하는 듯합니다. 그리고 지금 목숨이 위험합니다."

"네?"

"넷째 공자의 하녀라는 자가 누군가에게 말하길 성준민 공자에게 섭혼술을 사용했는데, 만약 일이 잘못되면 죽일 수밖에 없다고 했답니다."

물론 유진 공자는 내게 그런 말을 한 적이 없다.

오직 그녀의 눈이 붉어졌다는 것만 말했지.

하지만 이를 외부에 밝히면 안 될 듯해서 그에 대해서는 말하지 않고, 다른 방향으로 둘러대었다.

그래도 사실에 근접한 말이다.

"물에 빠졌던 충격으로 기억을 조금 잃었던 듯한데 그걸 지금 기억해 냈습니다."

"그랬군요!"

"넷째 공자의 처소가 어딥니까?"

"아, 지금 넷째 공자는 뇌옥에 있습니다."

"뇌옥은 어느 쪽입니까?"

내 물음에 그는 어느 한 곳을 가리켰다.

"저쪽입니다."

"제가 먼저 갈 테니, 상단주님께 보고드리고 즉시 뇌옥으로 오십시오. 공자의 목숨이 위험합니다."

나는 다시금 경공을 발휘해 뇌옥으로 향했다.

다행히 내가 도착하기 무섭게 한 여인을 따라 나오는 성준민 공자가 보였다.

그녀에게서는 피비린내 섞인 흑도의 기운이 느껴졌다.

이전에 느꼈던 것보다 훨씬 진한 피비린내.

그리고…….

그녀의 기운이 성준민 공자를 휘감고 있음이 느껴졌다.

어찌해야 하나 고민하다가 내가 익힌 태음빙해신공을 떠올렸다.

이거라면 섭혼술에도 효과가 있지.

이전에 섬서갈이 제웅으로 기녀들을 조종했을 때, 손쉽게 그것을 파훼했으니까.

나는 태음빙해신공의 기운을 성준민 공자에게 보냈고, 효과는 곧바로 나타났다.

그가 정신을 차리고 그녀의 정체를 추궁한 것이다.

그 결과는, 보는 바와 같고.

나는 상단주의 감사 표시에 고개를 저었다.

"아닙니다. 이는 유진 소공자가 제때 기억을 찾은 덕분입니다."

"그래도 이 새벽에 달려와 소식을 전해 줬고, 내 손자를 구해 주지 않았나."

"당연한 일을 했을 뿐입니다."

"고맙네. 그런데…… 내 아들의 섭혼술은 어떻게 풀어 준 자가 자네인 듯한데, 어떻게 한 것인가?"

그 물음에 성준민 공자 역시 고개를 끄덕였다.

"그러고 보니 갑자기 꿈에서 깬 것 같이 정신이 맑아졌습니다."

"이 기물 덕분입니다."

"기물?"

"그렇습니다. 우연찮게 얻은 기물인데, 섭혼술 같은 사술을 푸는 효능이 있습니다."

그러면서 노리개 하나를 내밀었다. 미리 원석 부분을 부숴 놓은 노리개.

"아쉽게도 일회용이라 더 이상은 쓸 수 없습니다. 하하하."

"그럼 그 소중한 기물을 이번 일을 위해서 사용했다는 것인가?"

"사람을 구하기 위해서인데 망설일 이유가 있습니까?"

내가 태음빙해신공을 익혔다는 것은 철저한 비밀.

그 기운을 이용해서 섭혼술을 풀어 줬다고 할 순 없으니까 그리 둘러댄 것이다.

"잠시 봐도 되겠습니까?"

나는 흔쾌히 고개를 끄덕이고는 노리개를 호위무사에게 건넸다.

노리개를 살핀 그는 고개를 주억였다.

"빙공 계열의 기운이 담겨 있었군요. 그 기운이 섭혼술을 푼 모양입니다."

성준민 공자가 주억였다.

"아! 그래서 아까 그렇게 추웠군요. 이 사천에서는 겪은 적이 없는 추위가 느껴져서 당황했습니다."

호위무사가 내게 부서진 노리개를 건넸고, 상단주는 미안한 표정으로 말했다.

"우리 때문에 이 귀한 것을……."

"제 형이 구한 유진 공자가 위험해지는 것이 싫었습니다. 그리고 그동안 유진 공자와 정이 제법 들었나 봅니다. 하하하."

나는 뺨을 긁적이며 말했고, 내 말에 모두 감동을 받은 표정으로 나를 보았다.

"왜 세간에서 자네를 두고 선협미랑이라 칭하는지 내이제야 알 것 같네."

그 명호, 진짜 쑥스럽습니다만.

그때 소식을 들었는지 성청민 소단주가 달려왔다. 그리고 그 앞에 펼쳐진 일련의 상황에 놀란 표정을 지었다.

"왔구나."

"네, 아버지. 이게 대체 무슨 일입니까?"

그런 그에게 명명상단의 상단주는 지금까지의 일에 대해 설명해 주었다.

"허! 그럼 준민이는 지금까지 섭혼술에 당해서……."

그가 암담한 표정으로 눈을 감자, 성준민 공자는 그에게 무릎을 꿇고 사죄했다.

"형님, 정말 죄송합니다. 제가 죽일 놈입니다. 비록 섭혼술에 당했다고 하지만 제가 하지 않은 일이 되는 건 아닙니다. 형님이 무슨 처벌을 내리신다고 해도 저는 달게 받겠습니다."

"아니다. 내가 너를 믿지 못했다. 내가 동생인 너를 믿었다면, 뭔가 수상하다는 것을 알아차렸다면, 그랬다면 이런 일이 없었을 텐데."

그는 성준민 공자의 어깨를 두들기며 말했다.

"일어나거라. 네가 무릎을 꿇어야 할 대상은 내가 아니라 이분이다."

"네?"

"죽을 뻔한 나를 살려 주셨고, 실종 상태였던 내 아들을 살려 준 은인이기도 하시지. 오늘은 네 목숨까지 구해 주셨고."

성준민이 나를 향해 무릎을 꿇고 절을 했다.

"아, 아니, 왜 그러십니까?"

"이는 은인에게 마땅한 예입니다."

그는 말을 이었다.

"저는 제 손으로 형님과 조카를 죽일 뻔했습니다. 아무리 조종을 당했다지만, 실제로 벌어진 일입니다. 제가 잘못된 일을 하지 않도록 막아 주셔서 정말 감사합니다."

나는 뺨을 긁적였다.

내가 한 일은 맞지만, 이렇게까지 극진한 감사를 받는 것은 뭔가 쑥스럽다.

"저는 괜찮으니 이만 일어나십시오. 더 사건이 커지기 전에 얼른 수습해야 하지 않겠습니까?"

"그렇군."

명명상단의 상단주는 무사들에게 황민의 시신을 수습할 것을 명했다.

나는 그 모습을 보다가 문득 이상한 점을 느꼈다.

아까 살아 있을 때만 하더라도 그렇게 강렬했던 피비린내 섞인 흑도의 기운이 지금은 감쪽같이 사라진 상태였기 때문이다.

내 경험상, 흑도의 기운은 죽은 그 즉시 사라지지 않는다.

하지만 길게 고민할 시간이 없었기에 일단 그 고민은 미뤄 둘 수밖에 없었다.

명명상단은 빠르게 사태를 수습해 나갔다.

우선 성준민 공자의 경우, 상단주와 소단주는 없던 일로 하려고 했지만 그가 그 제안을 거절했다.

그리고 말단 행수로 일하겠다고 고집을 부렸다. 만약 이를 들어 주지 않으면 스스로 팔을 자르겠다고 했다나…….

그들은 성준민 공자의 청을 들어줄 수밖에 없었다.

이렇게 성준민 공자가 상단주였던 이전 삶과는 전혀 다

른 미래가 펼쳐지게 되었다.

과연 이게 내 미래에 어떤 영향을 끼치게 될지 알 수 없지만, 은해상단에게 있어 나쁘지는 않을 터다.

생각해 보면 이전 삶에서 성준민 공자가 상단주가 되면서 명명상단은 우리 은해상단을 노골적으로 견제했다.

그 때문에 은해상단의 성장에 제동이 걸리곤 했지.

마음 같아서는 나도 명명상단을 견제하고 혼쭐을 내주고 싶었지만, 조부님과 아버지 대에 우리가 받았던 은혜가 있어서 차마 그러지 못했다.

이제야 알게 된 것이지만, 당시 그는 자의가 아닌 섭혼술에 의해 조종을 받았던 것이다.

하지만 그와 별개로, 상당히 능력 있는 자였다.

그렇기에 우리 은해상단이 고전했던 것도 있었다.

유진 공자를 죽이기 위해 사천지부에 침입했다가 나에게 제압당한 살수와 성준민 공자에 의해 명명상단에 잠입해 있던 자들이 모조리 추포되었다.

그렇게 정리가 되고, 드디어 유진 공자는 집으로 돌아갈 수 있게 되었다.

"소공자, 축하드립니다."

내 인사에 유진 공자는 배시시 웃으며 말했다.

"소단주님 덕분입니다."

그리고 고개를 돌려 정호 형을 보았다.

"아저씨. 다음에 호북성에 꼭 놀러 갈게요."

"그래, 그때 내 아들이랑 딸이랑 소개해 주마."

"네."

네 살 차이니, 좋은 친우가 될 거다.

"그리고, 정말 감사합니다. 아저씨. 아저씨 덕분에 무사히 집으로 돌아갈 수 있게 되었어요."

그 말에 정호 형이 고개를 저었다.

"내가 한 게 뭐가 있다고. 감사 인사는 내가 아니라 저기 잘생긴 삼촌한테 하면 된다."

"가장 먼저 감사드렸는데요, 정호 아저씨한테 감사하래요. 아저씨가 원했기에 자신이 움직였을 뿐이라고요."

그 대답에 정호 형은 나를 보았다.

"너……."

나는 일부러 고개를 돌리며 말했다.

"아, 이제 오셨나 보네."

마침 우리가 있는 별당으로 성청민 소단주가 다가오고 있었다.

유진 공자가 반가워하며 그에게 달려갔다.

"아버지!"

"그래. 고생했구나. 이제 집에 가자."

"네!"

그리고 그는 고개를 들어 나와 정호 형을 보며 말했다.

"두 분을 저희 명명상단에 정식으로 초대하고 싶습니다."

잠시 후,

우리는 마차를 타고 명명상단으로 향했다.

수십 년 동안 상단 순위에서 오 위 바깥으로 밀려난 적이 없었던 곳인 만큼, 그 규모는 상당했다.

그리고 그 모습은 이전 삶에서나 지금이나 별반 다르지 않았다.

"유진아!"

"어머니!"

유진 공자는 마중 나와 있던 가족들을 비롯하여 식솔들과 반가운 해후를 했다.

"무사해서 다행이구나."

"조부님."

그리고 한 인물이 그에게 다가왔고, 무릎을 꿇었다.

털썩.

"유진아. 내가 잘못했다."

성준민 공자였다.

모두가 보는 가운데 그러기가 쉽지 않을 터인데 한편으로 대단하다는 생각이 들었다.

"수, 숙부님, 왜 그러세요."

그의 행동에 유진 공자는 당황해했다.

그때 정호 형이 유진 공자에게 다가가 그 어깨에 부드럽게 손을 올리며 말했다.

"너에게 사과하는 거란다. 너는 뭐라고 말하고 싶니?"

"네?"

"네가 하고 싶은 말을 하면 돼."

"어⋯⋯."

잠시 고민하던 유진 공자가 말했다.

"솔직히 말해서, 숙부님이 미웠어요. 그런데 서호 삼촌이 말해 줬어요. 숙부님이 원해서 한 일이 아니었다고요. 나쁜 아줌마가 조종했다고요."

유진 공자가 미소 지으며 말했다.

"그러니까 용서할게요. 진심으로 아버지를, 그리고 저를 미워했던 것이 아니니까요."

유진 공자의 말에 성준민의 눈에서 눈물이 주룩 흘렀다. 그리고⋯⋯.

"유진아! 허으으윽!"

유진 공자를 안고 대성통곡을 했는데, 이를 보며 주책이라고 생각하는 이는 아무도 없었다.

모두 눈시울을 붉히고 있었으니까.

나는 유진 공자의 말에서 그 천성을 엿볼 수 있었다.

분명 아주 크게 될 인물이다.

약간의 소동 후, 유진 공자는 처소로 향했다.

그리고 나와 정호 형은 성청민 소단주를 따라 이동했다.

귀빈을 모시는 접빈실 쪽인 듯한데, 상단주 집무실도 그쪽에 있었다.

이전 삶의 기억 덕분에 주요 상단의 내부에 대해서는 대충 알고 있다.

직접 방문했던 곳들도 많고, 당시 정보대를 통해 수집한 정보들도 많기 때문이다.

당시에는 견제하고 공격하는 곳이 제법 많았기에 이런 정보도 모을 필요가 있었다.

성청민 소단주는 나와 정호 형을 한 접빈실로 안내했다.

"이곳에서 잠시 기다려 주십시오."

내 예상대로 귀빈을 접대하는 접빈실이다.

이전 삶에서 명명상단에 방문했을 때도 여기로 안내받았었지.

화려하지는 않지만 고급스럽게 꾸며진 접빈실이다.

벽에 걸린 그림과 글씨들은 유명한 이들의 것인데, 여기에는 상단주의 악취미가 숨겨져 있다.

저것들은 이곳을 꾸미기 위한 예술품이지만, 동시에 방문한 손님의 식견을 알아보기 위한 용도도 있었기 때문이다.

그걸 어떻게 아냐고?

내가 직접 질문을 받아 봤으니까.

"저 그림이 안준 화사의 그림이라네."

"……진짜 안준 화사의 그림이 맞습니까?"

그렇다.

저 그림 중에는 가짜도 있다.

이전 삶에서 그걸 알아차린 덕분에 상단주가 나를 좋게 생각해 주었었지.

성준민 공자가 상단주가 되며, 당시의 우호 관계도 변하게 되었지만.

물론 이번에는 그에 대한 질문을 하지 않을 거다.

은인에게까지 그런 시험을 하지는 않겠지.

곧 시녀가 들어와 다과를 놓고는 차를 따라 주었다.

나와 정호 형은 다과를 즐기며 이야기를 나누었다.

얼마 지나지 않아 문이 열리고 명명상단의 상단주와 소단주가 들어왔다.

우리는 자리에서 일어나 공손히 인사했다.

"상단주님을 뵙습니다."

"이리 초청에 응해 주어 고맙네. 자리에 앉게."

"감사합니다."

우리는 자리에 앉았고, 상단주와 소단주 앞에도 찻잔과 과자가 놓였다.

"우선, 우리 명명상단은 자네들에게 큰 은혜를 입었네. 이 은혜를 어찌 갚아야 할지 모를 정도로 말이지."

"그저 인연이 닿았기 때문입니다."

정호 형의 말에 나 역시 겸양을 표했다.

"상단주님의 인덕이 하늘에 닿은 덕분이겠지요."

상단주님은 민망한 듯 손을 내저었다.

"그런 말 하지 말게나. 솔직히 상인으로 살면서 인덕을 쌓으면 얼마나 쌓았겠나? 욕이나 안 쳐들으면 다행이지."

그 말에 우리는 말없이 웃었다.

"후, 아무튼 받은 것이 있으면 그에 대한 감사를 표해야지. 하여 이렇게 두 사람을 초청했다네."

그리고 정호 형을 보며 말을 이으셨다.

"원래 은정호 소단주와는 해야 할 이야기가 있었지."

"그렇습니다."

우리 은해상단의 배로 후추를 싣고 오는 일에 대한 것이다.

"이번 일에 대해 어떻게 감사를 표할지 고민하다가 결정을 했다네."

"아버님과 같이 꽤 고민을 했습니다."

"이번에 은해상단에서 우리 명명상단이 매입하는 후추를 선적해 주기로 하지 않았나? 앞으로 십 년 동안 그 후추의 삼분지 일을 자네들에게 넘기겠네."

"네?"

"너무 부담스러워하지 않아도 되네. 해상으로 후추를 가져오면 운송비도 훨씬 저렴하거니와 가져오는 양도 이전보다 훨씬 많다네."

후추는 엄청 비싼 향신료다.

오죽하면 같은 무게의 은과 비교될 정도라는 말이 나오겠는가.

그런데 십 년 동안 그 후추의 삼분지 일을 넘기겠다니!

"과합니다!"

내 말에도 상단주님은 고개를 저으셨다.

"내 두 아들과 손자를 구해 준 것을 생각하면 전혀 과하지 않네. 그리고 만약 넷째가 섭혼술에 조종당한 상태로 상단주가 되었다면 이 상단은 누구의 것이 되었겠는가?"

"……."

제법 정확하게 현실을 보고 계시는군.

"게다가 넷째의 섭혼술을 풀어 주기 위해 하나뿐인 기물까지 사용하지 않았는가?"

그 말에 정호 형이 슬쩍 나를 돌아보았다.

무슨 말이냐는 의미겠지만, 더 캐묻지는 않았다.

정호 형도 이 자리에서 물을 이야기는 아니라는 것을 아니까.

"그러니까 받아도 되네."

소단주가 재청했다.

"부디 받아 주십시오. 사실 이를 통해 두 분과의 인연을 계속해서 이어 가고 싶은 마음도 있습니다."

내가 볼 때 이게 본심인 듯했다.

정호 형과 나는 눈빛으로 의견을 모았다.

상대가 저리 나오는데 거절하는 것은 예의가 아니니만큼, 우리는 그 제안을 수락하기로 했다.

"그 제안을 받아들이겠습니다."

정호 형의 대답에 상단주와 소단주의 얼굴이 환해졌다.

"하지만, 문제가 있습니다."

내 말에 그들의 표정이 굳었다.

"문제라니?"

"후추를 받는다고 하더라도, 저희 쪽에는 후추를 판매할 판로가 없습니다."

후추는 비싼 향신료인 만큼 판로를 새로 개척하기가 쉽지 않다.

"아!"

"그렇겠군요."

내 말에 그 뜻을 알아차린 그 둘은 고개를 끄덕였다.

"하여 저희가 받는 후추의 양을 좀 줄이더라도 대신 후추를 팔아 주시고 그 수익금을 주시면 좋겠습니다."

"아니, 그럴 순 없지. 어찌 수수료를 받겠나?"

"맞습니다. 우리가 제안한 감사의 의미가 퇴색되게 해서는 아니 될 일입니다."

그렇게 내게 주기로 한 후추를 팔아, 그 판매금을 그대로 우리에게 주기로 했다.

그나저나 역시 명명상단주님이시다.

이렇게 되면 우리 은해상단에서 후추를 싣고 오는 것이 기정사실이 되어 버리니까.

게다가 우리 몫의 수익도 있는 만큼 후추를 가지고 올 때 좀 더 세심한 주의를 기울일 수밖에 없다.

그러나 내가 누군가?

나, 은서호다.

"그럼 선적비는 어찌할까요?"

"서, 선적비?"

"네. 상단주님께서 저희에게 주신 건 주신 것이고, 선적비를 비롯한 비용들에 대해서도 이야기를 나눠야 하지 않겠습니까?"

"그, 그건 그렇지."

"그럼 그에 대한 의논을……."

"자, 잠깐!"

상단주가 얼른 손을 내밀며 말했다.

"그에 대한 건 내일 의논하도록 하지. 여기까지 오느라 자네들도 피곤할 텐데 말이야."

저 반응을 보아 확실하다.

이 상단주님, 우리에게 후추의 삼분지 일을 주는 대가로 선적비를 좀 싸게 하시려고 한 게 분명하다.

하지만 내가 여기서 그에 대해 언급하니, 다시 의논하기 위해 이 이야기를 미루자는 것이다.

소단주도 웃으며 덧붙였다.

"저희 명명상단의 후원이 제법 볼 만합니다. 그곳을 구경하고 계시면 사람을 불러 연회장으로 모시겠습니다."

잠시 후, 우리는 시녀의 안내를 받아 후원으로 향했다.

과연 후원은 참 아름답게 꾸며놓았다.

그리고 겨울인 이 시기에 보기 힘든 화초들도 아직 피

어 있었고.

나는 시녀에게 안내는 이 정도면 되었다고 하며 돌려보냈다.

"그럼, 연회가 준비되면 모시러 오겠습니다."

"네."

시녀가 저 멀리 사라지고, 나는 주변을 살폈다.

아무도 없군.

나는 정호 형에게 말했다.

"솔직히 좀 놀랐어. 대월국에서 가져오는 후추의 삼분지 일이나 주신다니 말이야."

"나도 놀랐다."

그리고 정호 형은 나를 보며 씨익 웃었다.

"응? 왜 그렇게 봐?"

"역시 상단주 자리에 어울리는 건 네가 맞는 것 같다."

"무, 무슨 소리를 하는 거야?"

나는 기겁해서 말했다.

"상단주는 형이 하기로 한 거 아니야? 그런 끔찍한 소리는 하지 말지?"

"그렇게 싫으냐?"

"응. 싫어."

나는 즉답했다.

"지금도 일에 치여 죽을 것 같은데…… 그리고 툭하면 여기저기 돌아다니는 내가 상단주? 상단 말아먹을 일 있어?"

"하긴, 그것도 그렇구나."

"그러니까 그런 허튼 생각은 하지도 말아."

또다시 사부님께 맞고 강제로 푹 쉬는 그런 경험은 두 번 다시 하고 싶지 않단 말이지.

내 말에 형은 호탕하게 웃었다.

"그런데 아까 그 기물 이야기는 뭐냐?"

"아, 그거?"

나는 코를 긁적이며 말했다.

"나중에 설명해 줄게."

정호 형에게까지 거짓말을 하는 것도 좀 그렇고, 정호 형은 믿을 수 있는 사람이니까.

"그나저나 이번 일에 대해 아버지께 알려 드려야겠지."

"그건 걱정하지 마."

나는 내 옷소매를 보며 말했고, 이를 알아들은 정호 형은 고개를 끄덕였다.

"그 녀석, 참 신통방통하더라."

"나도 그렇게 생각해."

잠시 후, 시녀가 우리를 데리러 왔고 우리는 연회장으로 향했다.

명명상단의 가족들과 중진들이 모두 모인 자리였다.

우리는 화기애애한 분위기 속에서 연회를 즐겼다.

그리고 늦은 밤이 되어 처소로 돌아왔다.

"금령아."

내 부름에 금령은 내 옷소매에서 고개를 내밀었다.

"꾸이!"

"심부름 좀 해 줄래?"

내 말에 금령은 고개를 끄덕였다.

"잠시만 기다려."

나는 아버지께 보내는 서신을 썼고, 금령은 서탁 위에 앉아 그 서신을 바라보았다.

"다 됐다."

나는 서신을 잘 접어 금령의 꼬리에 매어 주었다.

"다녀와."

"꾸이!"

금령은 창문을 통해 쏜살같이 뛰어나갔다.

그리고 나는 팔갑의 도움을 받아 씻고, 침의로 갈아입었다.

보통 누군가의 집에 초청한다는 건 하룻밤 묵고 가라는 의미다.

초대한 자를 하룻밤 묵게 하지 않고 보내는 건 크나큰 결례다.

다른 상단에 오는 것이니만큼 일거리도 가지고 오지 않았으니, 오늘은 일찍 자야겠군.

그리 생각했지만……

"주군, 상단주님의 호위무사인 도 대협께서 뵙고자 하십니다."

응? 도 대협?

문밖에서 느껴지는 기운은 익숙한 기운이었다.

"잠시만 기다리시라고 해."

나는 얼른 겉옷을 입었다. 침의만 입고 손님을 맞이하는 건 결례니까.

그리고 말했다.

"드시라고 해."

"네."

곧 문이 열리고 한 무사가 들어왔다.

상단주의 지근거리에서 호위하는 초절정의 무사이다.

그 실력 때문에 세빈상단주의 호위무사인 거암진검 대협과 함께 제법 유명했다.

그런데 이분의 성이 도 씨였어?

세간에서는 명호로 불리기에 그가 도 씨라는 것을 잊고 있었다.

그는 내 복장을 보더니 포권하며 사과했다.

"쉬시려던 중이셨군요. 늦은 시간에 찾아와 죄송합니다."

"아닙니다. 아직 자려고 누웠던 것도 아니니까요. 앉으십시오."

우리는 다탁에 마주 앉았고, 팔갑이 차를 가져왔다.

"어인 일이십니까?"

"제가 결례를 무릅쓰고 이 시간에 소단주님을 찾아온 것은, 하나 확인할 것이 있기 때문입니다."

아, 그것 때문에 온 건가.

"제 무공 말입니까?"

"그렇습니다."

그는 고개를 끄덕였고, 나에게 물었다.

"금의위와 무슨 관계이십니까?"

내 경지가 아닌 금의위와의 관계를 묻는 이유. 그건 내가 금의위의 무공을 섞어 사용했음을 알아차렸기 때문일 터다.

도 대협의 명호는 만통검(萬通劍).

수많은 무공에 박식하고, 이를 누구보다 잘 알아볼 수 있다고 해서 붙은 명호다.

그렇기에 혹시라도 내가 사용하는 무공이 설풍궁의 무공이라는 것을 알아차릴까 싶어 그의 앞에서는 일부러 황궁무공을 사용했다.

아니면 몰래 사용하거나.

미리 황궁무공을 익혀 둔 보람이 있네.

뭐, 이럴 때를 대비해서 익혀 둔 것이기도 하고.

나는 미소 지으며 대답했다.

"이미 아시면서, 뭘 물으십니까?"

그는 눈을 질끈 감더니, 자리에서 일어나 나에게 무릎을 꿇었다.

"부탁드립니다."

"왜 이러십니까? 일어나십시오."

"제발 이번 일에 대해 함구해 주십시오."

그는 무거운 표정으로 말을 이었다.

"이번 일이 황제 폐하의 귀에 들어간다면, 넷째 도련님께서는 큰 벌을 면치 못하게 될 겁니다."

"……."

그의 말대로 이는 꽤 중한 사건이다.

형제를 죽이고 조카를 죽이려고 한 사건.

비록 섭혼술에 당해 그리했다곤 하지만, 그 사실이 사라지는 것은 아니니까.

물론 이 사실이 황실이나 관에 알려지지 않는다면 처벌받지는 않을 것이다.

"저, 이미 상단의 많은 이들이 알게 되었습니만?"

내가 함구해도 그들의 입을 통해 이 일이 세간에 알려질 수도 있는 일이다.

"그건 괜찮습니다. 그들이 이에 대해 외부에 발설하지 않도록 조치를 했습니다."

상단 사람들의 입을 막을 수 있다는 자신감이다.

하긴, 그게 불가능하다면 지금의 위치까지 올라올 수도 없었겠지.

도 대협은 나에게 고개를 숙였다.

에휴, 딱히 말할 생각은 없었는데.

내 조부님과 아버지에게 베푼 은혜도 많고, 또 우리에게 베푸실 은혜도 많은 곳이니까.

또한, 공동의 적을 둔 사이니만큼 든든한 아군이지.

"고개를 들고 일어나세요."

나는 말을 이었다.

"이 일을 위에 알릴 생각은 애초부터 없었습니다."

"네? 그게 정말입니까?"

"제 형이 구한 유진 소공자의 집안입니다. 유진 소공자를 슬프게 하고 싶지 않네요."

내 말에 그의 얼굴이 밝아졌다.

"감사합니다. 정말 감사합니다."

"그러니까 이만 일어나세요. 민망합니다."

"알겠습니다."

그나저나 상단주 가문을 위해 무릎까지 꿇으시다니! 정말이지 대단한 분이구나 싶었다.

이런 분의 충심이 있기에 명명상단이 흔들리지 않을 수 있는 거겠지.

"저, 그런데, 도 조장님과는 무슨 관계이십니까?"

"도 조장이라면, 도경 조장을 말씀하시는 겁니까?"

"아, 네."

"제 아들입니다."

역시, 피는 못 속이는구나.

.

.

.

새벽이 되었다.

잠에서 깬 나는 금령이 창문을 바둥거리며 넘어오는 것을 보고 얼른 손으로 받았다.

"다녀왔어?"

"꾸이!"

나는 서신을 펼쳐, 읽어 보았고 씩 웃었다.

서탁 위의 금령이 그런 나를 보고 뒷걸음질 쳤다.

"꾸, 꾸이……."

"음? 왜?"

"꾸이……."

"은자를 주시면 감사히 먹겠다고?"

이 녀석이 왜 갑자기 공손해졌지?

나는 금령을 보며 물었다.

"갑자기 왜 그래?"

"꾸이……."

"응? 내 표정이 무서웠다고? 무섭기는, 나름 잘생겼다
는 얼굴인데……."

"꾸이…… 꾸……."

"누구 하나 탈탈 털어먹을 것 같은 표정이었다고? 에
이. 잘못 봤겠지."

활짝 웃어 보이며 속으로 식겁했다.

이 녀석…… 어떻게 알았지?

아버지가 보내신 서신에는 네 마음대로 하라고 적혀 있
었다.

그래서 아주 잠시, 명명상단을 어떻게 벗겨 먹을까 생
각했었지.

나에게 은혜를 입었으니, 하고자 한다면 벗겨 먹지 못
할 것도 없긴 하다.

하지만 이후의 관계도 생각해야 하니 적당히만 하기로 했는데 그 찰나의 순간 떠오른 표정을 이 녀석이 알아차린 것이다.

나는 피식 웃으며 말했다.

"쓸데없이 겁먹지 말고 은자 먹어. 내가 설마하니 너까지 털어먹겠냐?"

그나저나 오늘 회의, 아주 재밌겠군.

"꾸, 꾸이……."

* * *

명명상단의 상단주 성우신은 멀어져 가는 마차를 바라보았다.

은해상단의 은정호와 은서호가 탄 마차다.

그들은 명명상단을 구해 준 은인이지만, 보은은 보은이고 거래는 거래라는 것이 그의 지론이었다.

그건 저 두 사람도 마찬가지라는 것을 오늘 아침의 회의를 통해 알 수 있었다.

"청민아."

"네, 아버지."

"오늘 고생 많았다."

그 말에 성청민은 기가 질린 표정으로 고개를 저었다.

"후, 정말이지 제가 어린아이가 된 기분이었습니다. 이런 기분은 정말 오랜만이네요. 그래도 다행입니다. 더 밀리지 않아서 말입니다."

"밀리지 않았다고? 하하하!"

성우신은 아들의 말을 듣고 호탕한 웃음을 터뜨렸다.

"왜 웃으십니까?"

"상인이 가장 두려워해야 하는 자가 누군지 아느냐?"

"경청하겠습니다."

"바로 정도를 아는 자다."

"정도요?"

"그래, 정도. 어느 정도까지 밀어붙여도 좋은지를 판단하고 거기서 멈추는 것 말이다. 은정호 소단주와 은서호 소단주는 그게 확실하더구나."

그는 말을 이었다.

"저들은 그 정도를 알고 멈추어 준 것이다."

"허…… 그랬군요."

"은서호 소단주, 이전에도 느꼈지만 정말 보통이 아니야."

"지금도 이런데, 앞으로가 두려워지는군요. 더욱더 정진해야겠습니다."

"그러면 되었다."

성우신 상단주는 멀어져 가는 마차를 일별하며 생각했다. 이렇게라도 은해상단과 인연을 만들어 두어서 다행이라고.

그는 옆을 돌아보았다.

그의 손자 성유진이 어머니와 함께 서 있었다.

간밤에 호위무사를 통해 놀랄 만한 사실을 전해 들었다.

자신의 손자가 실종되었을 당시, 영약인 버섯을 먹었고 그로 인해 이류 무사의 내공을 지니게 되었다는 것.

그리고 호위무사의 아들인 도경 조장이 손자의 사부가 되었다는 것.

한편으로는 다행이라는 생각이 들었다.

앞으로 조금이나마 더 건강해지고, 안전해질 테니까.

"조부님."

그때 손자가 그를 불렀다.

"왜 부르느냐?"

"다음에 은해상단에 방문하기로 은인들과 약속했습니다. 미리 조부님께 허락을 받고 싶습니다."

이에 성우신 상단주는 미소를 지으며 대답했다.

"곧 은해상단에 갈 일이 생길 듯하구나. 그때 함께 가도록 하자."

* * *

마차를 타고 은해상단 사천지부로 향하는 길.

나는 뒤를 힐끔 돌아보았다.

"왜?"

정호 형의 물음에 나는 멋쩍게 웃었다.

"그냥, 내가 너무했나 싶어서."

"괜찮다. 내 생각보다 덜 벗겨 먹더구나."

"벗겨 먹다니. 이는 정당한 거래라고."

내 말에 형은 피식 웃었다.

"정당한 거래라고 하는 녀석이, 너무했나 싶은 거냐?"

"하하하."

나는 멋쩍게 웃었다.

오늘 아침의 회의를 통해, 우리 은해상단이 명명상단의 후추를 싣고 오는 선적비를 넉넉히 받아 낼 수 있었다.

그리고 여러 특약도 넣었는데, 그중 하나가 불가항력에 의한 사고로 후추를 가지고 오지 못했을 때의 면책권이다.

내가 꼭 넣고 싶었던 조항이었는데, 넣을 수 있어서 다행이었다.

나는 마차의 창문을 통해 밖을 내다보았다. 이제 남은 건 집으로 가는 것이다.

"형."

내 부름에 형이 의아하다는 듯 나를 보았다.

"살아 있어 줘서 정말 고마워."

내 말에 형은 고개를 돌리며 뺨을 긁적였다.

"사고 쳐서 미안하다."

"괜찮아. 내가 있으니까. 살아만 있으면 내가 일을 해결할 수 있으니까. 그러니까⋯⋯."

나는 진지하게 말했다.

"아무리 극한 상황이 온다고 해도, 반드시, 살아만 있어 줘. 그럼 내가 반드시 구해 줄 테니까."

내가 미리 당부하는 이유는 혹여나 무림맹이 수작을 부려서 형이 위험해질 수도 있기 때문이다.

내 말에 담긴 진심을 읽은 걸까?

정호 형은 나를 보며 진지하게 고개를 끄덕였다.

"그래, 약속할게."

우리는 사천지부에 도착했고, 숙부님께 명명상단에서 있었던 일들에 대해 간략히 말씀드렸다.

"나중에 아버지께서 서신을 보내실 겁니다."

"알겠다."

"그리고 저희는 내일, 준비되는 대로 출발할 예정입니다."

"그래, 얼른 가 봐야지. 얼마나 기다리시겠느냐?"

정호 형이 사천으로 향할 때 함께 했던 이들도 동행해야 하니, 준비할 것이 많았다.

하지만 이미 출발 준비를 해 놓고 있었기에, 내일이면 출발할 수 있었다.

그리고 저녁에는 숙부님의 가족과 사천지부의 중진들이 함께 모여 조촐한 연회를 열었다.

다음 날 아침 우리는 예정대로 모두의 배웅을 받으며 호북성으로 출발했다.

나와 호위무사 일행만 가는 것이 아니기에 우리가 사천

으로 왔을 때에 비해서 상당히 느린 속도였다.

괜찮다. 어차피 가는 길에 이것저것 생각을 정리해야
하니까.

우선 황민이라는 여자.

눈이 붉어졌던 것도 의문이지만, 죽자마자 그 몸에서
피비린내 섞인 흑도의 기운이 사라졌던 것도 의문이다.

이건 최대한 빨리 알아봐야겠군.

"그런데, 도련님."

그때 앞에 앉아 있던 정호 형의 시종이 입을 열었다.

"그 급류에서 어떻게 살아남으신 겁니까?"

아, 그건 나도 궁금했던 거다.

어쩌다 보니 묻지 못하고 있었지만.

내 물음에 정호 형이 품에서 비녀 하나를 꺼내 보여 주
었다.

"이거."

"응?"

"사실, 내 안사람에게 주려고 산 건데…… 이것 덕분에
살았다."

산호 장식과 칠보 장식이 되어 있는 그 비녀는 상당히
단단해 보였다.

정호 형이 비녀의 장식을 누르자, 탁 하는 소리와 함께
안에서 날카로운 비수가 튀어나왔다.

큰 상단의 주요 인물들은 언제 어디서 어떻게 노려질지
알 수 없기에 이렇게 호신용품을 상비하는 편이다.

이 비녀 역시, 형수님을 걱정하는 마음에서 마련한 것이겠지.

그런데 이 비녀 안의 비수를 만든 재료…… 단순한 철이 아닌 거 같은데?

"이거…… 현철이잖아."

"맞아. 내 안사람의 경지가 경지인 만큼 좋은 것으로 샀거든."

형이 말을 이었다.

"급류에 휘말려 정신없이 떠내려가던 와중에 어떻게든 위로 올라가야 한다는 생각이 들었지. 그때 이게 생각이 난 거야. 하여 이 검날을 바위틈에 박았고 이걸 지지대로 삼아 바위 위로 올라갔지."

그리고 기력을 회복한 후 땅으로 올라올 수 있었다는 설명이었다.

그러니까 즉, 형을 살린 건 형수님을 생각한 형의 마음이었다는 거다.

"형, 앞으로도 형수님한테 잘해."

"네가 그리 말하지 않아도 그럴 거다."

우리는 어느새 사천 동부인 아미산 자락에 이르렀고, 그곳에서 쉬어가기로 했다.

물론 객잔은 좋은 객잔을 잡았다.

이번 여정이 꽤 고됐던 만큼, 돌아가는 길은 좀 편하게 가고 싶었으니까.

그날 밤.

나는 서우 무사와 여웅암 무사를 불렀다.

"잠시, 갈 곳이 있습니다."

"따르겠습니다."

나는 팔갑에게 잠시 외출한다고 말한 후 두 호위무사와 객잔을 나섰다.

내가 향한 곳은, 정호 형을 발견했던 곳이다.

정확히는 백년자령마를 발견했던 곳이지.

탓.

경공으로 숲속을 달리던 우리는 발을 멈추었다. 그리고 백년자령마가 있는 곳으로 들어갔다.

"카하앙!"

그때, 그런 우리 앞을 막아서는 한 존재가 있었다.

복슬복슬한 털의 너구리다.

영물은 영물인지, 그 너구리의 기세가 보통이 아니었다. 하지만……

"카하…… 앙?"

곧 영물 너구리는 우리를 알아보았고…….

"꾸이?"

내 옷소매에서 고개를 내민 금령이 영물 너구리를 향해 뭐라고 하자 영물 너구리는 얼른 고개를 숙였다.

왠지 내 귀에 '너, 나 잊어버렸냐?'로 들린 건 착각이겠지.

내가 돌아가는 길에 이곳에 들른 이유는 백년자령마를

지키는 너구리 영물을 위한 조치를 하기 위해서다.

그땐 시간이 별로 없었지만, 지금은 그때보다 시간이 넉넉하니까.

"잘 지냈냐?"

"카앙."

"잘 지냈나 보네. 내가 그때 백년자령마를 반이나 가져가서 미웠겠구나. 그런데 내가 그리한 이유가 있어."

"카항?"

"백년자령마는 주변의 양기를 쪽쪽 빨아먹는다고. 그리고 결국에는 주변의 동물이나 영물까지 먹어. 그러니까 너까지 잡아먹는다는 거지."

"카항? 캉?"

"진짜야. 그래서 그때 반을 가져간 건 솔직히 내 욕심도 있긴 했지만 너를 위해서이기도 했어. 개체 수를 조절할 필요가 있었으니까."

나는 말을 이었다.

"이제 한 백 년 정도는 더 버틸 수 있겠지. 그러니까 이정도만 유지해 놓도록 해."

"캉?"

"몇 년에 한 번 주변의 열매를 따서 놓으면 저것들과 함께할 수 있는 기간을 더 늘릴 수 있을 거야."

"카앙!"

알겠다는 거겠지.

"그러면 조언은 이 정도면 됐고, 이곳을 보호하기 위해서 하나 해야 할 일이 있어."

나는 은무검을 빼 들었다.

"카앙?"

이 검의 이름이 은무검인 이유는 안개를 조종할 수 있는 능력이 있기 때문이다.

아직 싸울 때 그 힘을 이용할 수 있을 정도는 아니다. 좀 많이 집중해야 하거든.

그리고 안개를 조종하는 건 제법 많은 공력이 들어가는 일.

나는 은무검에 내력을 집중시켰고, 그대로 크게 휘둘렀다.

사락.

주변에 안개가 자욱하게 끼기 시작했고, 나는 어느 정도 시간을 두고 은무검을 납검했다.

어느덧 주변은 한 치 앞도 보기 힘들 정도였다.

"이 정도면 이곳을 지키는 데 도움이 될 거야."

내가 이곳에 안개를 만들기로 한 건, 말 그대로 이곳을 보호하기 위함이다.

이곳에서 우리가 백년자령마를 채취했고 도 조장에게 약간의 몫을 떼어 주었다.

하지만 사람 일은 모른다.

소문이 날 수도 있고, 누군가 우연히 이곳을 발견할 수도 있지.

그러면 영물 너구리가 소중한 백년자령마를 뺏길 수도

있고, 혹 유혈사태가 일어날 수도 있다.

영물 너구리가 사냥당할 수도 있겠지.

비록 금령의 강압에 의한 것이지만, 그래도 내 형이 목숨을 부지하는 데 도움을 준 영물 너구리가 그렇게 죽게할 순 없다.

내가 은혜는 확실하게 갚는다고.

게다가 금령이의 부하이기도 하니까.

아…… 물론, 나중에 필요하면 몇 개 정도 가져갈 생각이니 점찍어 놓는 것이기도 하지.

"그럼 잘 있어라."

나는 그곳을 떠났다. 뒤에서 영물 너구리가 잘 가라는 듯이 손을 흔드는 것을 보며 피식 웃었다.

그곳을 나서는 길에, 우리는 팻말을 일정 거리마다 하나씩 박아 놓았다. 혹시라도 이곳에 들어와 길을 잃은 이들이 무사히 빠져나갈 수 있도록 하기 위함이다.

다음 날, 우리는 다시 길을 떠났다.

아미산 자락의 나루터에서 배를 타고 호북성까지 가기로 했다.

"그런데, 형. 배를 타는 거 괜찮겠어?"

배에서 사고를 당한 후 배를 타는 것을 두려워하는 경우가 종종 있으니까.

"괜찮아. 배를 타는 걸 무서워해서야 상단주 역할을 어떻게 하겠어."

"하지만……."

"그리고 또 일이 생기면 네가 구해 줄 거 아니야."

그 말에 나는 고개를 끄덕였다.

"그러니까 걱정하지 마."

그리 말하며 정호 형은 배에 올라탔다. 그리고 잠시 눈을 감고 심호흡을 했다.

그리고 다시 눈을 떴을 때 정호 형의 눈빛은, 내 이전 삶에서 봤던 믿음직한 상단주의 눈빛이었다.

배는 빠른 속도로 호북성으로 향했다.

그리고 며칠 후.

드디어 우리는 낯익은 나루터에 닿았다. 그곳에서 하룻밤 묵고 은해상단 본단을 향해 길을 나섰다.

그리고 다음 날.

"어…… 집이다. 드디어 집에 도착했구나."

정호 형이 물기 가득한 눈으로 그렇게 중얼거렸다.

그렇다. 우리는 은해상단 본단에 도착한 것이다.

집이다.

우리가 차장 안으로 들어서자, 가족들 모두가 나와 우리를 반갑게 맞아 주었다.

"정호야!"

"아버지! 어머니!"

"이 녀석, 얼마나 걱정이 많았는지 아느냐?"

"조부님……."

"무사히 돌아오셔서 다행이에요."

"부인……."

부모님과 조부님, 그리고 형수님에 이어…….

"아버지!"

"으앙! 아버지!"

건혁이와 보연이가 정호 형의 다리에 매달렸고, 그 바람에 정호 형은 살짝 엉덩방아를 찧었다.

하지만 형은 눈시울이 붉어져서 두 아이를 안고 아무말도 하지 못했다.

저 모습을 보니, 나도 울음이 터질 것 같았다.

나 진짜 잘했다.

장하다. 나 자신아.

그러는 사이 아버지가 내게 다가와 어깨를 두들겨 주셨다.

"고맙다."

그 한마디에 담긴 마음이 묵직하게 다가왔다.

나는 그들에게 다가가며 말했다.

"회포는 좀 이따가 푸시죠. 이대로는 감정이 격해져서 몸이 상할 겁니다."

"그, 그렇겠구나."

"그리고 형도 좀 쉬어야 하고요."

나는 두 아이를 보며 말했다.

"무슨 말인지 이해하지."

"네."

"네. 숙부님."

형수님이 아이들을 데리고 안으로 들어갔다.

아버지는 정호 형의 손을 꽉 잡으며 말했다.

"무사히 돌아와서 정말, 다행이구나."

"송구합니다. 아버지. 소자 무사히 돌아왔습니다."

아버지의 말에 정호 형은 빙그레 웃으며 답하더니, 갑자기 의식을 잃고 그대로 옆으로 고꾸라졌다.

"아! 진짜!"

나는 얼른 형을 잡으며, 놀란 아버지를 진정시켰다.

"긴장했던 것이 풀린 모양입니다. 좀 쉬면 괜찮아질 겁니다."

아무리 목숨을 구했어도 집만큼 편하고 긴장을 풀 수 있는 곳은 없지.

그간 긴장이 많이 쌓여 있었을 거다.

내가 형을 형의 호위무사에게 인계할 때 아버지가 나에게 말했다.

"아, 그리고 손님이 와 계신다. 진영 대협이라고 하시더구나."

저번에도 이런 생각을 한 것 같지만…….

진짜 도망갈까?

― 꾸이.

아, 그래, 소용없다는 거구나.

112장. 주류 품평회

주류 품평회

나는 곧바로 내 처소인 별당으로 향했다.

진영 대협은 바로 옆에 지은 건물에 묵고 계신다.

내 손님이기에 그곳을 내주신 듯했다.

이제 막 집에 돌아왔지만, 진영 대협을 기다리게 할 수는 없는 일.

이필 무사를 불러 진영 대협을 접빈실로 모시게 했고, 나는 팔갑의 도움을 받아 빠르게 의관을 정제하고 접빈실로 향했다.

"진영 대협을 뵙습니다."

"오랜만에 보는군. 앉게."

"네."

나는 그 앞에 앉았다.

"내가 왜 왔는지 궁금하겠지."

아뇨. 안 궁금합니다.

나는 속마음을 숨기고 그냥 미소 지어 보였다. 그런 나에게 진영 대협이 말했다.

"이번에도 시문경연을 열 예정이라네."

"그렇군요."

"시기는 좀 늦추어서 봄으로 할 예정이네. 당연히 이번에도 세빈상단과 은해상단이 주축이 될 것이네."

황실에서 저번 시문경연으로 제법 쏠쏠하게 이득을 봤나 보네.

하긴 황제도 원하는 인재를 얻을 수 있었고.

하지만 의문은 다 해결되지 않았다.

이 정도 사안이라면 그냥 전령을 통해 성지를 보내시면 될 일이다.

진영 대협이 굳이 이곳까지 올 정도의 사안은 아니다.

그럼 왜 오신 거지?

나는 긴장한 채 진영 대협의 다음 말에 주목했다.

진영 대협은 옷소매에서 뭔가를 꺼내어 나에게 내밀었다. 그건 길쭉한 모양의 아주 작은 상자였다.

"자네 것이네. 열어 보게나."

나는 그 상자를 공손히 받아 열어 보았다.

그러곤 깜짝 놀랄 수밖에 없었다.

"이거…… 암기입니까?"

"맞네. 귀주화(歸主華)라는 이름의 암기지."

주인에게 돌아오는 꽃이라…….

그 이름대로 암기는 꽃 모양을 하고 있었다. 이걸 보니 사천당가의 암기가 생각나네.

사천당가에는 나비 모양의 암기가 있었지.

"이 암기는 어떻게 날려도 다섯을 셀 동안 다시 주인에게 돌아온다네."

"그럼 주인이라는 것을 암기가 어떻게 인식을 합니까?"

"암기에 본인의 피를 묻힌 후 닷새 동안 몸에서 떼지 않으면 된다네."

"그렇군요. 그런데 이걸 왜 저에게?"

진영 대협이 대답했다.

"폐하께서는 교역에서 돌아온 이들을 푹 재워서 정보가 유출되지 않도록 했던 일과 이번에 식량들을 북경으로 옮기는 와중에 식량을 강탈당할 뻔한 일을 해결한 것에 대해 잊지 않고 계시다네."

아…… 이게 그에 대한 보상이구나.

사실 그 일에 대한 보상을 주지 않으셔서 살짝 서운했는데.

기물이라고 할 만한 귀주화를 받으니, 서운했던 마음이 눈 녹듯이 사라졌다.

"제법 귀한 물건이니만큼 내가 직접 온 것이라네."

"그러셨군요. 저를 위해 이렇게 수고해 주시니 감사할 따름입니다."

"뭘, 가는 길에 겸사겸사 들른 것뿐이라네."

"네? 어디 가십니까?"

진영 대협이 잊었냐는 듯 말했다.

"강 상류의 얼음을 깨야 할 시기가 되지 않았나."

"아! 그렇군요."

그래도 그것도 얼마 남지 않았습니다.

내년까지만 잘 버티면, 이제 겨울의 기온은 평년의 기온을 되찾을 것이다.

그리고 대풍년의 시기가 이어진다.

그때부터는 교역을 통해 식량이 아닌 다른 것을 싣고 와야 하는 시기이기도 하지.

나는 그제야 마음이 놓였다.

그러고 보니 내가 도망갈지 고민했을 때 금령이 나를 말렸었지.

이 무기를 하사받을 것을 알고 그리 반응했던 건가?

미래의 돈 냄새도 맡는 녀석이니 충분히 가능성 있다.

후, 도망가지 않아서 다행이네.

진영 대협은 어깨를 돌리며 말했다.

"용건은 전했고, 어떻게 한 판 하겠나?"

"네?"

"황궁 무공으로 한 판 붙지."

"……."

도망가지 않아서 다행이라는 말, 취소할까?

·

·

·

잠시 후.

우리는 내 별당의 마당에서 검을 든 채 서로 마주 보고 서 있었다.

벌써 반 시진 동안이나 대련을 이어 가고 있었다.

솔직히 나에게 힘든 대련은 아니다. 하지만 진영 대협은 숨을 헐떡이며 내 빈틈을 노리고 계셨다.

현재 진영 대협의 경지는 일류.

상승 무공인 황궁무공 덕분에 절정에 가까운 실력을 발휘할 수는 있지만, 진짜 절정의 수준은 아니다.

"자네, 내 생각보다 강했군."

"과찬이십니다."

나는 겸양을 표했다.

진영 대협에게는 내 경지를 숨기지 않았다. 어차피 황제는 내 경지를 알고 계실 테니까.

일전에 시문경연에서 우수한 성적을 거둔 이들을 위한 연회 때 제갈세가의 태상가주님께서 말씀해 주셨지.

황제 폐하의 호위무사 중에 화경의 경지인 자가 있다고.

그런 만큼 이미 내 경지는 알고 계실 터였다. 물론 태음빙해신공의 특수성 때문에 확실하게 알지 못할 가능성도 있지만, 황제는 황제다.

언젠가 알게 될 텐데, 그때 왜 숨겼냐고 추궁당하는 건 이래저래 무서운 일이거든.

게다가 내게 천잠사를 선물로 주신 것을 보면, 내 내공에 대해서 어느 정도 알고 계신 게 분명하고 말이지.

"하앗!"

진영 대협이 나를 향해 쇄도했고, 나는 검을 들어 그 공격을 막았다.

챙!

황궁무공을 갓 배웠을 때는 미숙해서 지는 일도 있었지만, 이제는 아니다.

나는 가볍게 검을 비틀어 진영 대협의 검을 밀어냈다.

타앗!

진영 대협을 상대로 살수를 쓸 수는 없는 일이지만, 이 대로는 끝이 안 나겠네.

집요하고 끈질긴, 무서울 정도의 집념이다.

나는 틈을 노려 그에게 쇄도했다.

"헉!"

내 공격에 놀랐는지 진영 대협이 숨을 들이켜며 재빨리 검을 들어 나를 향해 내질렀다.

슥!

진영 대협의 검이 내 팔을 스쳤다.

"미, 미안하네! 나도 모르게……."

"괜찮습니다."

툭, 툭.

땅에 피가 떨어졌고, 그걸 본 진영 대협은 더욱더 미안한 표정이 되었다.

정말 괜찮은데. 일부러 다친 거라서.

"원래 대련을 한다는 건 부상을 전제로 하는 것 아니겠습니까? 그러니 마음 쓰지 않으셔도 됩니다."

그러면서 가볍게 혈도를 점해 지혈을 했다.

"정말 미안하네."

진영 대협이 나에게 포권하며 고개를 숙였다.

"자네가 오늘 막 도착하여 피곤하다는 것을 알면서도 내가 무리하게 대련을 요구한 것도 미안하네."

아, 내가 피곤하다는 거 아시는구나.

그걸 아시는 분이!

순간 욱했지만, 곧 그 마음을 가라앉혔다. 지금 진영 대협이 왜 이러는지 알 것 같았기 때문이다.

"혹시 좀처럼 경지가 오르지 않아 조급하신 겁니까?"

"……!"

정답이구나.

나는 미소 지으며 말했다.

"부족한 제가 볼 때 대협께서는 조급해하지 않아도 될 듯합니다."

"아니네."

그는 고개를 저었다.

"저번에 내가 난주에 갔을 당시 죽을 뻔했던 것도, 그리고 황제 폐하께 더 큰 힘이 되어드리지 못하는 것도 내 실력이 부족하기 때문이라 생각하네."

일류의 경지는 결코 부족하지 않다.

절정이나 초절정에 비해 상대적으로 약한 것뿐이지, 무

림에서도 일류 무사는 그리 많지 않으니까.

왜 최고를 말할 때 일류라고 말하겠는가?

하지만 이런 말도 대협에게는 별 위로가 되지 못하겠지.

그래서 그에게 간단한 조언을 해 주기로 했다.

뭐가 문제인지 알 것 같거든.

"대협께서는 검을 쓰실 때 머리를 상당히 많이 굴리시는 편인 듯합니다."

쉽게 말하자면 영리하게 싸운다는 거지.

나도 비슷한 성향이니까.

"맞네. 그런 편이지."

"이번에 얼음을 깨러 가신다고 하셨죠? 마침 잘 되었습니다."

"음? 뭐가 말인가?"

"이번에 얼음을 깨러 가셔서, 아무 생각 없이 얼음을 향해 검을 휘둘러 보십시오."

"아무 생각 없이?"

"얼음을 상대로 머리를 굴리며 검을 쓰지는 않으실 것 아닙니까?"

"그건 그렇지."

"그러니까요. 간만에 신나게 아무것도 생각하지 말고 그냥 무작정 검을 휘둘러 보시라는 겁니다."

내 말에 진영 대협은 의아한 표정을 짓다가 고개를 끄덕였다.

"알겠네. 그리 해 보지. 조언 고맙네."

"별말씀을요."

"더 대련을 이어가고 싶긴 하지만, 부상으로 인해 힘들 것 같습니다."

"정말 미안하게 되었네."

그렇게 진영 대협은 처소로 돌아가고, 나 역시 별당으로 돌아왔다.

그리고……

"으갸갸! 쓰라려…… 팔갑아. 나 아파."

"에휴…… 꼭 이 방법밖에 없으셨던 겁니까요?"

팔갑의 물음에 나는 배시시 웃었다.

내가 왜 일부러 다쳤는지 이미 알아차린 거다. 옆에서 여응암 무사가 한숨을 내쉬었다.

"저희가 얼마나 식겁했는지 아십니까?"

"미안합니다."

"다음에는 언질이라도 좀 주십시오."

"유념하겠습니다."

팔갑은 약병의 뚜껑을 열고 천에 병의 투명한 액체를 따라 그걸 내 팔에 발라 주었다.

순식간에 상처가 아물었다.

혹시 이거…….

"그 약, 뭐야?"

"일전에 도련님께서 사용하셨던 정안수 남은 겁니다요."

그게 아직도 있어?

잠깐, 그러면 그거 일 년 넘은 거잖아?

"왜 그러십니까요?"

"아, 아니, 아무것도 아니야."

금령의 침은 유통기한이 없는지 효과가 너무 좋아서 슬펐다.

– 꾸이?

.

.

.

다음 날 아침.

진영 대협은 일찍 길을 나서셨다.

전날 밤, 아버지께 명명상단과의 회담 내용에 대해 말씀드렸고 그로 인해 아버지는 분주하게 움직이셨다.

긴장이 풀려서 기절했던 정호 형은 금방 정신을 차렸고, 형수님과 두 아이들에게 둘러싸여 있었다.

아마 한동안은 떨어지지 않을 듯했지만, 정호 형이 해야 할 일이 제법 많으니…….

"아버지. 몸을 보중하셔야 합니다."

"알겠다."

"아버지, 소녀를 또 슬프게 하면 소녀는 아버지를 미워할 거예요!"

"헉! 그건 안 되지."

나는 거량당에서 형수님과 차를 마시며, 정호 형이 두

아이에게 혼나는 모습을 보고 있었다.

형수님의 머리에는, 새로운 비녀가 꽂혀 있었다.

일전에 형이 보여 주었던, 형의 목숨을 구해 준 그 비녀였다.

"비녀가 잘 어울립니다."

"어머? 그런가요?"

"예, 정호 형이 제법 고심해서 고른 모양입니다."

"이게 그이의 목숨을 살렸다네요."

"아, 들었습니다."

나는 고개를 주억이며 말했다.

"참 고마운 비녀지요."

"그래서 더욱 특별하답니다."

그때였다.

찻잔을 들던 나는 거량당에 가까워져 오는 기운에 움찔했다.

어? 이 기운은?

"헉헉! 헉헉! 형! 뭐야? 괜찮은 거야?"

다급하게 뛰어 들어온 이는 진호 형이다.

"어? 왔냐?"

"형, 왔어?"

오늘 진호 형이 상행에서 돌아올 예정이라 들었는데, 둘째 형수님께 그간의 사정을 전해 들은 모양이다.

옷을 갈아입은 상태였으니까.

"진짜 괜찮은 거 맞아?"

진호 형의 물음에 정호 형이 고개를 끄덕였다.

"그래, 괜찮다."

"그런데 왜 침상에 누워 있어?"

"의당 당주께서 좀 쉬라고 하셔서 말이지. 좀 지친 것 말고는 멀쩡하니까 그런 표정으로 보지 마라."

"그래도…… 내가 얼마나 식겁했는지 알아?"

진호 형의 눈가에 눈물이 맺혔고, 이를 본 정호 형이 무안한 듯 고개를 돌렸다.

"자식이…… 눈물도 많다."

하긴 진호 형이 겉으로는 사내다운 멋도 있고 패기도 넘치지만, 그 속은 매우 여리지.

그때 북소리가 들렸다.

"저는 이만 가 봐야 할 듯합니다."

나는 미소를 지으며 말을 이었다.

"대월국 말을 배우는 시간이 되었습니다."

내 말에 정호 형이 의아한 듯 물었다.

"대월국 말이라니?"

"아, 그게 말이지……."

나는 그에 대해 설명했다. 내 말을 들은 정호 형이 나에게 말했다.

"나도 함께 배우고 싶다."

"형도?"

"그래, 이번에 우리 은해상단이 이십 위까지 올라간 건 알지?"

"그럼. 알지."

"우리 상단이 더 높이 올라가기 위해서는 네 말대로 다른 국가와의 교역에 힘을 써야지. 그런데 소단주인 내가 중요한 교역 상대인 대월국의 말을 몰라서야 되겠어?"

"그렇긴 하네."

나는 진호 형을 돌아보며 물었다.

"진호 형도 같이 배울래?"

내 물음에 진호 형이 크게 웃었다.

"하하하! 그러고 보니 깜빡 잊은 일이 있다! 나 먼저 가마. 하하하."

그럴 줄 알았다.

잠시 후.

정호 형과 내 일행은 은해상단의 회의실 중 한 곳에 들어갔다.

상단의 여러 회의실 중에 한 곳으로 아무나 사용할 수 있는 곳이다.

잠시 후, 용응완 선장의 어머니가 들어오셨다.

"안녕하세요."

"잘 부탁드립니다."

그녀는 용응완 선장과 함께였는데, 아직 제국어가 부족하니 이를 돕기 위해서인 듯했다.

"제 이름은 호수언입니다."

용응완 선장이 부연 설명을 해 주었다.

"제 어머니의 성은 호 씨이고, 이름이 수언입니다."

"그럼 용응완 선장님께서는?"

"사실 용응완이 제 성입니다만, 이곳에서 그게 이름이 되어 버렸습니다."

"그럼 진짜 이름은 어찌 됩니까?"

"용응완 공 흥입니다. 그런데 이름이 너무 길어서 그냥 용응완이라고 불러 주십시오."

"알겠습니다."

나는 그녀에게 포권했다.

"그럼, 잘 부탁드립니다. 호수언 훈도님."

며칠이 지나고, 그녀에게 대월국 말을 배우는 이들이 늘어나기 시작했다.

우리가 대월국 말을 배우는 것을 알게 된 직원 중에 일부가 대월국 말을 배우고 싶다고 청했기 때문이다.

하여 나는 그들에게 말했다.

"대가 없는 배움은, 해이해지기 마련입니다. 하여 저는 두 가지 조건을 걸겠습니다. 우선 수강료를 내십시오. 그리고 중도 포기하는 자는 인사에 반영하겠습니다."

그 결과 백여 명의 지원자 중에 남은 자는 서른 명 정도다.

역시 인사에 반영한다는 게 결정적이었군.

그렇게 시간이 흘렀고, 겨울이 지났다.

봄이 오고 있었다.

사부님의 이번 상행은 오래 걸리시네. 여쭈어볼 것이 있는데 말이지.

날이 풀렸으니 이제 나는 북경으로 가야 했다. 그리고 계획했던 일을 실행할 때가 왔다.

하지만 아직 대월국 말을 배우는 것이 끝나지 않았다는 게 문제다.

그렇다고 호 훈도님을 모시고 가면 이곳의 이들이 배움을 이어 갈 수 없고……

며칠을 고민했지만, 결국 한 가지 방법밖에 없었다.

용응완 선장의 형을 북경으로 데리고 가는 것이다.

그렇다고 누이동생을 데리고 갈 수는 없으니 말이지.

그렇게 결정한 나는 즉시 연무장으로 향했다.

"오, 공식 대련 중인가 봅니다."

"그러게요."

나는 대련하는 이들 사이로 들어갔다.

지금 막 두 무사가 대련, 그러니까 비무를 시작한 참이었다.

그리고 용응완 선장의 형은 쉽게 찾을 수 있었다. 비무 중인 두 무사 중 한 명이었기 때문이다.

그런데 그는 아무 무기도 들고 있지 않았다.

반면 상대는 검을 들고 있었고.

설마 그를 괴롭히기 위해서 저러나?

"민, 맨손 괜찮나?"

"괜찮습니다."

"칼, 없어도 괜찮아?"

"괜찮습니다."

심판을 맡은 교관과 무사들이 맨손으로 싸워도 괜찮은지 여러 차례 물어봤지만, 그는 괜찮다고 했다.

그렇다면 그를 괴롭히기 위해 그러는 건 아니라는 것.

하지만 왜 무기를 들지 않는 거지?

설마 권각술 같은 무공을 익혔나?

딱!

죽비 소리와 함께 비무가 시작되었다.

두 무사는 서로의 빈틈을 노리며 천천히 원을 그리며 돌기 시작했다.

그 순간.

휘익!

검을 든 무사가 먼저 달려들었고, 민 무사를 향해 검을 내리쳤다.

스윽.

순간 나는 놀라움을 금치 못했다.

민 무사가 검에 스쳐 지나가듯 피해 내며 상대 무사의 몸 안쪽으로 파고들었고, 왼손으로 상대방의 오른 손목을 쳐서 검을 떨어트리게 한 것이다.

그리고 곧바로 상대방의 뒷다리를 발로 걸었다.

"어이쿠!"

상대방은 너무나도 간단하게 뒤로 넘어갔고……

훅!

민 무사의 주먹이 누워 있는 상대방의 바로 코앞에서 멈추었다.

모든 것이 순식간에 벌어진 일.

모두가 어안이 벙벙한 표정이었다. 초절정의 경지인 나조차 감탄할 정도의 몸놀림인데, 다른 무사들의 눈에는 정말 순식간에 벌어진 일처럼 보였을 터다.

그런데 저 몸놀림은 분명…… 검을 쓰는 자의 몸놀림인데?

검이 주력인 무사와 권각술이 주력인 무사들이 몸을 쓰는 방식에는 차이가 있으니까.

만약 그의 손에 검이 들려 있었다면 어떤 결과가 나왔을지 상상해 보자, 민이라는 무사가 맨손으로 비무에 나선 이유를 알 것 같았다.

"미, 민 무사 승!"

"와아아아!"

비무를 지켜보던 무사들이 환호했다.

"굉장하다!"

"진짜 엄청나네!"

그리고 그를 향한 칭송이 이어졌다.

제국민이 아니라는 이유로 차별하지 않고 대단한 건 대단하다고 말해 주는 그 마음이 고마웠다.

은풍대 모두가 한마음이어야 우리 은해상단이 더 위로

올라갈 수 있다.

"헉!"

내가 온 것을 알아본 몇몇 무사들이 깜짝 놀라 내게 포권했다.

"셋째 소단주님을 뵙습니다!"

"수고 많으십니다."

교관이 나에게 달려와 물었다.

"여기까지 어인 일이십니까?"

"민 무사님을 뵙고자 이리 왔습니다. 그래서 말인데 잠시 데리고 가도 되겠습니까?"

교관이 선선히 고개를 끄덕였다.

"마침, 민 무사의 순번이 끝났으니 데리고 가셔도 됩니다."

"감사합니다."

나는 민 무사에게 다가가 인사했다.

"은해상단의 소단주 은서호입니다."

"민입니다. 오랜만에 뵙습니다."

"잠시 이야기 좀 가능할까요?"

"네."

나는 그를 데리고 내 별당의 접빈실로 향했다.

그곳에는 이미 내 부름을 받고 용응완 선장이 와 있었다.

둘은 반가운 얼굴로 인사를 나누었다.

아직 대월국 언어 실력이 부족해 자세히는 모르겠지

만, 민 무사는 자신이 이곳에 온 이유를 궁금해하는 듯했다.

그나저나 용응완 선장의 용응완이 이름이 아니라 성이었다니…….

이에 앞으로 용 선장이 아닌 용응완 선장으로 불러 주겠다고 했더니, 그는 그냥 예전처럼 용 선장이라 불러달라고 했다.

"자, 앉아서 이야기 나누시지요."

"네."

곧 팔갑이 차를 가지고 왔고, 우리는 차를 마시며 이런저런 이야기를 나누었다.

부족하지만 더듬더듬 대월국 말로 말하자, 민 무사는 놀란 표정이 되었다.

"대단하십니다. 벌써 이 정도로 말씀하실 수 있다니요."

"아직 부족합니다. 그런데 정확한 이름이 어찌 되십니까? 다른 이들이 민이라고 부르는 건 들었습니다만."

"제 이름은 용응완 공 민입니다."

용응완이 성이라고 했으니 공은 중간 이름 같은 거겠지.

"그럼 뭐라고 부르는 게 좋을까요?"

내 물음에 그는 용응완 선장의 설명을 듣고 말했다.

"그러면 저 역시 용민이라고 불러 주십시오."

"그럼, 그리하겠습니다."

나는 슬슬 본론을 꺼냈다.

"제가 용민 무사님을 부른 건, 한 가지 부탁을 드리고자 함입니다."

"부탁이라 하면?"

"이번에 제가 북경으로 가게 되었습니다."

나는 그에게 자초지종을 설명했다.

내 주 근무지가 북경이고, 잠시 일이 있어 본단에 들렀다는 것과 이제 북경으로 가야 한다는 것까지.

"하지만, 대월국 말을 배워 가고 있는 와중에, 제 배움이 멈추게 되어 아쉬운 마음입니다. 그렇다고 이곳에서 배움을 이어 가고 있는 이들이 있는데 호 훈도님을 북경까지 모시고 갈 수도 없는 일이지요."

"그렇겠군요."

"그래서 용민 무사님께 부탁드리는 겁니다. 저와 함께 북경으로 가서 제게 대월국 말을 가르쳐 주셨으면 합니다."

나는 말을 이었다.

"북경은, 이 제국의 수도인 만큼 많은 경험을 할 수 있는 곳이니 결코 나쁜 제안은 아닐 거라고 생각합니다."

그는 내 제안을 듣고 눈을 감은 채 고민에 빠졌다.

잠시 후 눈을 뜨며 나를 바라보았는데, 그 눈빛이 꽤나 형형했다.

"좋습니다. 대신 하나 부탁이 있습니다."

"무엇입니까?"

"저와 겨루어 주십시오."

"······네?"

"제가 느끼기에 당신은 매우 강합니다. 이곳에서 본 사람 중에 가장 강합니다."

상당히 감이 좋네.

아무리 무인이라고 해도, 보통은 내가 강하다는 것을 모르는데 말이지.

"그리고 그런 강자와 겨루어 볼 수 있다는 건 무인으로서의 영광이자 기쁨입니다."

사실 나도 그의 정확한 실력이 궁금했던 참이기에 그 요청을 승낙했다.

"좋습니다. 다만 공개적으로는 안 됩니다. 그리고 제무공에 대해 알게 된 것에 대해 다른 이들에게 말해서는 안 됩니다."

"알겠습니다."

우리는 곧장 마당으로 나왔다.

내 별당의 마당은 제법 넓어서 비무를 하는 데 문제가 없었다.

이전에 진영 대협과도 비무를 했으니 말이지.

나는 장포를 벗고 나왔다. 그리고 용민 무사가 내 앞으로 나와 섰다.

내가 용민 무사와 비무를 한다는 말을 들었는지, 쉬어야 할 호위무사들도 모두 마당으로 나왔다.

"그렇게 궁금하셨습니까?"

"아시면서 물으십니다."

서우 무사가 대표로 대답했다.

나와 상대의 비무를 보고 깨닫는 게 있다면 나로서도 환영할 일이지.

어차피 다들 내 실력을 알기도 하고.

우리는 마당의 한가운데에 마주 보고 섰다.

"무기를 들지 않는 겁니까?"

"네."

"그럼 저도 무기 없이 겨루죠."

내 말에 그가 의아하단 표정으로 물었다.

"무기를 들지 않아도 되는 것입니까?"

"네. 걱정하지 말고 오셔도 됩니다."

그리고 주먹을 쥐고 자세를 취했다. 내가 사용하려는 것은 극음혼빙투.

내 주무기는 검이지만, 극음혼빙투라면 그를 상대하기에 부족함이 없으니까.

주무기가 따로 있는 건 그 역시 마찬가지고.

내 자세를 본 그 역시 진지한 표정으로 자세를 잡았고, 비무가 시작되었다.

천천히 움직이며 서로의 빈틈을 찾았다. 그리고 나는 생각보다 그에게 빈틈이 없음을 알게 되었다.

빈틈으로 보이는 것조차 빈틈이 아니었다.

아까 용민 무사와 겨루었던 무사는 저걸 보고 빈틈이라 생각하고 뛰어든 거겠지.

그나저나 이렇게 대치만 하다가 끝낼 수는 없고, 내 쪽에서 뭔가 변화를 줘야겠군.

그러자 곧 반응이 왔다.

그가 나를 향해 쇄도한 것이다. 그리고 동시에 높이 뛰어올라 발뒤꿈치를 이용하여 내 어깨를 내리치려 했다.

홋!

그 움직임이 빤히 보이니 피하는 건 어렵지 않았다. 반격도 어렵지 않았고.

탁탁탁탁!

파파팟!

우리의 손과 발이 정신없이 부딪혔다. 점점 용민 무사가 지쳐 가는 것이 보였다.

용민 무사의 실력을 제국의 무인들과 비교하자면 대략 일류 무사 정도.

명종 무사나 창운 무사와 비슷하지 않을까.

무기를 쓰면 절정의 무사들과도 겨룰 만해 보였다.

대단하네.

내공을 사용하지 않는데, 외공만으로 이 정도의 경지에 이르렀다니!

무공에는 내공과 외공이 있다.

내공은 심법을 통해 내력을 쌓는 것이고, 외공은 내력을 쌓지 않고 신체의 단련에 집중하는 것이다.

솔직히 그 우열은 따질 수 없다.

외공으로 극에 이른 자는 화경의 고수도 제압할 수 있

다고 들었으니까.

하지만 외공으로 육체를 단련하는 건 내공을 단련하는 것보다 훨씬 더 고단하고 어려운 일이다.

그렇기에 나는 용민 무사의 실력에 감탄하는 것이다.

이런 수준이 되었을 때까지 얼마나 많은 고난의 길을 걸었을지 짐작도 되지 않았다.

그리고 이 끈기와 인내.

내게 상대가 되지 않는다는 것을 알아차렸을 텐데도 포기하지 않고 악착같이 내게 덤비고 있었다.

마음에 드네.

그나저나 이제 슬슬 끝을 내야겠다.

실력이나 성격은 충분히 봤고, 이 이상 싸우면 용민 무사의 몸에 이상이 생길 수도 있으니까.

나는 심호흡을 했고, 그를 향해 주먹을 내질렀다.

뻐억!

그 주먹은 용민 무사의 배에 박혔고, 용민 무사는 그대로 고꾸라졌다.

극음혼빙투의 초식 중 하나로, 몸에 힘이 빠지게 하지.

"헉, 헉헉……."

그는 내 의도를 알아차렸는지 더 이상 무리하지 않고 부들거리며 자리에서 일어났다.

그리고 제국식으로 포권했다.

"고수와 겨루어서 영광입니다."

"뭘요."

"그런데, 왜 전력을 다하지 않으셨습니까?"

역시 내가 전력을 다하지 않았음을 알아차렸군.

"아까 은풍대 무사들과 대련할 때 왜 검을 들지 않으셨습니까?"

내가 질문을 질문으로 받아치자, 그는 머뭇거렸다.

"용민 무사님의 검은 실전에 특화된 검이겠죠. 그래서 비무에서 검을 들면 상대를 상하게 할까 걱정하신 것일 테고요."

"……!"

살짝 놀란 표정이다.

예상대로군.

"나 역시 그렇습니다. 대답이 되었습니까?"

"네."

"그럼 제 청은 들어주시는 겁니까?"

"알겠습니다. 따르겠습니다."

나를 바라보는 눈빛이 아까와 또 달랐다. 무척 뜨거워서 델 것 같은 눈빛에 나는 나도 모르게 고개를 슥 돌릴 수밖에 없었다.

부담스러워서 말이지.

내가 북경으로 갈 날이 정해졌고, 준비도 착착 진행되고 있었다.

출발을 며칠 앞둔 어느 날 아침.

곽형진이 내 별당을 찾았다.

"어쩐 일이야?"

"저기, 아버지께서 돌아오셨습니다."

"그래?"

"내일 새벽에 찾아뵙겠다고 하셨습니다."

사부님께서 드디어 돌아오셨다. 드디어 저번에 사천에
갔을 때 있었던 일에 대해서 여쭈어 볼 수 있게 되었다.

다음 날 새벽.

운기조식을 끝내고 자리에서 일어났을 때, 사부님께서
는 기다렸다는 듯이 별당 안으로 들어오셨다.

"어서 오십시오."

"좋은 아침입니다."

"이번 표행은 제법 오래 걸리셨습니다."

"북경에 다녀온 것이었는데, 여러 곳을 거쳐 오느라 생
각보다 시간이 걸렸습니다."

"북경에…… 말입니까?"

"네. 이번에 외국과 교역한 상단들이 가져온 곡식을 나
르는 일을 맡았습니다."

"아! 그러셨군요."

그래서 여러 곳을 거쳤다 오신 거로군.

"그럼, 수련을 시작하겠습니다."

"네."

그렇게 나는 오랜만에 사부님과 함께 수련을 했다.

사부님의 수련 강도는 여전히 무지막지했다. 그런데 슬

픈 건 그 수련을 내가 버틸 수 있다는 것이다.

나, 조금 더 강해진 건가?

이전에는 수련이 끝난 후 바닥에 주저앉았지만, 이제는 두 다리로 버티고 서 있을 수 있었다.

그걸 보며 사부님께서는 흡족하다는 표정이셨고.

하지만 아직 사부님께서 나에게 알려 주시는 검법은 뚜렷한 무언가가 없었다.

내가 배우는 검법이 무엇인지, 이름조차 모르니까.

하지만 희미하게나마 무언가 알 것 같다는 생각이 들었다.

물론 이를 확실하게 알고 깨닫기 위해서는 많은 시간이 필요하겠지.

"고생하셨습니다."

"가르침에 감사드립니다."

사부님께서는 물끄러미 나를 보다가 한마디를 툭 던지셨다.

"소궁주는 참 특이한 분입니다."

"어? 제가 말입니까?"

"이쯤 되면 지금 배우고 있는 검법의 이름이라도 물어봐야 마땅한데…… 그러지 않으니 말입니다."

이에 나는 팔갑이 건네준 수건으로 땀을 닦으며 대답했다.

"저는 전적으로 사부님을 믿으니까요."

"네?"

"사부님께서 소중한 제자에게 나쁜 것을 가르치시지는 않을 것 아닙니까?"

"……."

"사부님께서는 사부님 나름대로의 생각이 있으실 테니 제자는 사부님을 믿고 따를 뿐입니다."

"……."

나를 바라보는 사부님의 눈시울이 붉어지셨다. 이에 나는 당혹스러워 뺨을 긁적였다.

"그 믿음에 보답하겠습니다."

나는 멋쩍게 웃었다. 내가 아는 사부님께서는 나름 합리적인 분이시다.

그렇기에 검법 이름을 말씀하지 않으신다는 건 이유가 있다는 거다.

그래서 묻지 않은 것도 있는데……

아차! 이럴 때가 아니지.

"저, 사실, 사부님께 여쭙고 싶은 것이 있습니다."

"무엇입니까?"

"얼마 전에 정호 형이 실종되어서 사천에 다녀왔습니다."

그러고는 당시의 일을 자세하게 설명했다.

내 설명을 듣는 사부님의 얼굴이 점점 심각해졌다.

"그러니까 붉은 눈동자로 변했다가 다시 정상으로 되돌아왔다는 겁니까?"

"네."

"그리고 죽자마자 그자에게서 흑도의 기운이 느껴지지 않았다는 거죠?"

"맞습니다."

사부님께서 잠시 눈을 감았다가 뜨며 물으셨다.

"혹시, 그 흑도의 기운에서 피비린내가 나지 않았습니까?"

"……!"

나는 살짝 놀라 되물었다.

"어찌 아셨습니까?"

사부님께서는 길게 탄식하시고는 천천히 말을 내뱉었다.

"그들은, 혈교도입니다."

"네?"

"혈교도들은 피를 이용한 무공에 특화되어 있습니다. 그래서인지 그들에서는 피비린내가 나죠."

"그렇군요."

"혹시 이에 대해 다른 이들에게 말한 적이 있습니까?"

"없습니다."

"다행입니다. 이에 대해 절대 다른 이들에게 말하면 안 됩니다."

"어째서입니까?"

내 물음에 사부님께서 말씀하셨다.

"저들의 피비린내 섞인 흑도의 기운은 오직, 설풍궁의 무공을 익힌 자들만이 알아차릴 수 있기 때문입니다."

사부님의 말씀에 나는 그동안 의식하지 못했던 것을 다시금 깨달을 수 있었다.

태음빙해신공을 익히다 보면 사감기라는 것이 생기게 된다.

그건 정순하지 못한 것에 대한 거부감으로, 절정의 경지를 앞두었다는 증거이기도 하지.

설풍궁의 건립에 도움을 주셨던 분도 그런 능력이 있으셨다고 들었지만, 그 후손에 대해서는 전해지는 것이 없어서 말이지.

그 사감기는 태음빙해신공의 대표적인 특징이며, 사부님의 말씀에 따르자면 현재 이만큼 흑도의 기운에 예민하게 반응하는 심법이 없는 듯하다.

"저, 그러면 눈동자가 붉어졌던 건……."

"그건 혈교도가 익히는 혈안공이라는 무공의 특징으로, 일정 수준 이상이 되면 눈동자가 핏빛으로 붉어집니다."

"하지만 가끔씩만 붉어졌다고 합니다. 그리고 죽자마자 피비린내 나는 흑도의 기운도 사라졌고요."

사부님께서는 침음성을 내며 고민에 빠졌다가 고개를 저으며 말씀하셨다.

"그건 저도 잘 모르겠습니다. 따로 알아보도록 하겠습니다."

"부탁드립니다. 하지만 너무 무리하지는 마세요. 사부님께 무슨 일이라도 생기면, 저는 정말 많이 슬플 겁니다."

내 말에 사부님께서는 흐뭇한 표정을 지으며 내 어깨를 두들겨 주셨다.

"그리 말씀해 주시는 것만으로도, 기쁩니다. 그리고 든 든합니다. 소궁주가 소단주님이라서 말입니다."

"이 제자는 부족하기만 합니다."

"전혀 부족하지 않습니다. 그리고 조심할 터이니, 걱정 하지 마십시오. 누구보다 신중해야 한다는 건 나 역시 잘 알고 있습니다."

"네."

"그러고 보니 조만간 북경으로 가신다고 들었습니다."

"맞습니다. 이제는 북경이 제 주 근무지니까요. 아, 그 리고 하나 말씀드릴 게 있습니다."

나는 멋쩍은 표정으로 말을 이었다.

"저를 지키시는 분들께 너무 무리하지는 말라고 해 주 세요. 제가 워낙 사방팔방으로 돌아다니는 데다가 얼마 전부터는 주강마를 타고 다녀서 너무 힘드실 거 같습니 다."

사부님께서 나를 위해 붙여 준 인물들.

하지만 그들이 나설 일은 한 번도 없었다.

나는 물론이고 내 호위무사들이 충분히 강해서 말이지.

게다가 주강마를 얻은 이후로는 우리를 따라오는 것만 해도 고생일 터였다.

내 말에 사부님은 피식 웃으며 고개를 끄덕이셨다.

"……그러죠."

．

．

나는 사부님을 배웅하고 돌아와 생각에 잠겼다.

혈교도라…….

일전에 무당파에 방문했을 때 감금되어 있던 혈교의 교주가 독초를 먹고 어이없이 죽은 일이 있었지.

그나저나 무림맹과 연관된 흑도들을 만날 때 꽤 자주 피비린내를 느꼈는데, 그렇다면 그들이 다 혈교도라는 의미인가?

대외적으로 알려지기로 혈교는 멸문했다.

그런데도 혈교의 인물들이 내 눈에 많이 띈다는 건 혈교가 멸문하지 않았다는 건가?

아니, 그보다 무림맹에서는 대체 무슨 수작을 부리길래 혈교를 이용하는 거지?

그러나 이에 대해 세상에 밝힐 순 없다.

태음빙해신공 때문에 느낄 수 있는 피비린내 외에는 뚜렷한 증거가 없으니까.

태음빙해신공의 존재를 밝힐 수도 없을뿐더러, 자칫하면 내가 역으로 혈교도나 무림공적으로 몰릴 수 있다.

무림맹은 그럴 만한 힘이 있으니까.

그러니 이에 대해서는 신중하게 접근해야 한다.

내가 복수를 위해 힘을 키우는 것도 그 때문이지. 힘이 있어야 당하지 않을 수 있으니까.

아까 사부님께 내 우려를 말씀드린 것이 그에 대한 것이다.

사부님께서는 이를 알아차리셨고.

앞으로 피비린내 나는 흑도들을 정리하다 보면 뭔가 더 알 수 있겠지.

나는 그렇게 생각을 정리하고, 몸을 씻고 옷을 갈아입은 후 식당으로 향했다.

아침 식사 시간이다.

* * *

곽명현은 은해상단을 나와 표국으로 돌아가려다가 몸을 돌렸다.

'혈교도라……'

일전에 아버지께서 하신 말씀이 떠올랐다.

혈교를 조심해야 한다고.

그리고 북해빙궁주가 은서호에게 전해 준 무공인 천류빙검도 떠올랐다.

그 무공의 주인인 극천검 곽훈은 이백 년 전 혈교와의 전쟁에서 큰 공을 세운 영웅.

어쩌면, 그게 은서호에게 전해진 것이 우연이 아닐 수도 있겠다는 생각이 들었다.

"일설."

그의 부름에 그의 앞에 한 사내가 나타나 부복했다.

사실, 일설은 그 하나만을 의미하는 것이 아닌 그가 조장으로 있는 하나의 단체를 의미하는 것이기도 했다.

구성원은 그를 포함하여 다섯 명.

"부르셨습니까?"

"네."

그러고 보니, 일설의 얼굴은 처음보다 많이 말라 있었다. 그만큼 고생하고 있다는 의미다.

자신이 그에게 은서호를 보호하라는 명을 내린 지 약 오 년 정도 되었다.

결과적으로 보호가 아닌 관찰이 되어 버렸지만, 그것도 몇 년 전부터 벅차기 시작했을 터.

"모두 고생이 많군요."

"별말씀을요. 그분은 저희 설풍궁의 미래가 아닙니까?"

곽명현이 처음 명을 내렸을 때와는 달리, 이제는 진심으로 은서호를 차기 궁주로 인정하는 반응이다.

"빈말이 아니라 진짜 고생이 많을 것 같아서 하는 말입니다."

"……."

"소궁주가 그러더군요. 너무 무리하지 말라고요."

"……!"

살짝 놀란 표정을 지은 그는 이내 고개를 주억였다. 은서호 정도의 수준이라면 이미 자신들이 있음을 알아차렸을 테니까.

"그러니까 명을 바꾸죠. 무리하지 않는 선에서 보호하

시면 됩니다."

"하지만……."

"알아서 판단하여 움직이도록 하십시오."

"알겠습니다."

"솔직히 본인들이 도움이 될지 회의적인 생각이 들기
도 하겠지만, 천만 번 중의 한 번. 그 한 번이 저희 설풍
궁의 미래를 가를 겁니다."

"유념하겠습니다. 그런데…… 덕분에 저희가 경공 실
력이 많이 늘었습니다. 소궁주 때문에 죽자 살자 달려야
하는 경우가 많다 보니……."

"……."

* * *

이월 말이 되어 나와 일행이 북경으로 가는 날이 되었
다.

이번 겨울도 참 다사다난했지.

우리를 배웅하기 위해 가족들이 모두 나왔다.

"조심히 가렴. 부디 몸 조심하고."

"네."

"숙부님. 다음에 뵐게요."

"또 놀아주세요."

"그래그래."

어른들께 인사를 드리고 두 형과 형수님께도 인사를 드

렸다.

마지막으로 건혁이와 보연이와 인사를 나누었다.

그리고 아버지께 다가갔다.

"아버지, 제가 말씀드린 것. 기억하시죠?"

"물론이지."

"그럼 그때 뵙겠습니다."

그러곤 용민 무사 쪽으로 향했다.

그는 이번에 북경의 은풍대 무사들과 교대하는 이들 중에 하나로 명단에 이름을 올렸다.

"우리 아들, 잘 부탁합니다."

"걱정하지 마십시오. 제가 잘 보살피겠습니다."

"형님, 잘 부탁드립니다."

"저야말로, 이번 항해도 잘 부탁드립니다."

"그건 당연한 일입니다."

"용 선장님의 형님을 보살피는 것 역시 당연한 일이니 너무 걱정 마십시오."

그리고 윤강만가의 가주님도 이번에 우리와 동행하기로 했다.

산동성의 윤강만가 본가로 돌아가시기로 했기 때문이다.

그 아들인 궁신 만정은, 이곳에 남아 궁술 부대의 양성을 맡기로 했고.

그렇게 우리는 북경을 향해 출발했다.

주강마를 타고 있지만, 함께 가는 이들이 있으니 여유

를 가지고 천천히 움직였다.

나는 이동하는 와중에도 매일 시간을 내어 용민 무사에게 대월국 말을 배웠다.

중간에 산동성에 들러 윤강만가에 가주님을 모셔드리고 다시 북경으로 출발했다.

"어서 오십시오."

"기다리고 있었습니다."

우리가 북경지부에 도착하자, 은 지부장을 비롯한 북경지부의 직원들이 우리를 반겨 주었다.

"오시는 길, 편안하셨습니까?"

"장애물이 있긴 했지만, 전체적으로 편안했습니다."

내 대답에 지부장이 당황한 듯 물었다.

"네? 장애물이라고 하시면?"

"화적 떼를 만났습니다."

"저런! 그래서 피해는 없으셨습니까?"

"피해는 전무했습니다."

그리 말하며 뒤의 은풍대 무사들을 일별하였다.

화적 떼들은 인정사정없는 이들인 만큼, 그들을 상대하는 방법은 간단했다.

우리 역시 인정사정없이 상대하면 된다.

내 호위들이 활약해 주었는데, 은풍대에서는 용민 무사의 활약이 특히 빛났다.

그는 검을 들고 누군가를 죽여야 할 때, 최대한의 실력을 발휘할 수 있다는 것을 다시금 확인할 수 있었다.

그리고 내 짐작대로 검을 든 그는 절정 무사에 비견될
만한 실력이었다.

그 모습을 본 은풍대의 무사들도 용민 무사의 진짜 실
력을 알게 되었다.

"피곤하실 텐데, 어서 들어가시지요."

"네."

나는 처소로 향했지만, 쉬는 대신 간단하게 씻고 곧바
로 현풍국으로 향했다.

여창의 부국주가 나를 맞이해 주었다.

"국주님 오셨습니까?"

"네. 그동안 고생 많으셨습니다."

"별말씀을 다 하십니다. 그럼 지금 바로 일을 시작하실
겁니까?"

"네."

"집무실에 계시면, 결재 서류를 가져다 드리겠습니다."

나는 고개를 끄덕이곤 집무실로 향했다.

내가 들어가자 내 옆자리의 서탁에서 분주하게 서류를
작성하고 있던 갈현 부관이 얼른 자리에서 일어났다.

"헉! 소단주님 오셨습니까?"

"네. 그동안 수고 많으셨습니다."

그리 말하며 나는 서탁 앞에 앉았다.

곧 여창의 부국주가 서류를 한가득 실은 수레를 끌고
들어왔다.

"이게 다…… 제가 봐야 할 것입니까?"

"네."

그때 갈 부관이 말했다.

"아, 국주님. 저것 말고도 보셔야 할 게 더 있습니다."

"큰일이네요."

"네?"

"제가 직접 주관해야 하는 일이 두 개나 더 있거든요."

우선 시문 경연.

그나마 이건 이전에 해 봤던 일이니, 큰 문제는 아니다.

문제는 내가 새로 벌일 일이지.

나는 진영 대협의 저택에 서신을 보냈다. 황제 폐하를 뵙고 싶다는 서신이다.

물론 항시출입패가 있으니 황궁에 출입하는 건 문제가 없다.

하지만 황제를 만나는 건 다른 얘기지.

황제가 나를 부르는 게 아니라면 아무 때나 가서 볼 수 있는 게 아니다.

이필 무사를 통해 서신을 보내고 다음 날.

"어서 오십시오. 진영 대협."

"오랜만일세."

진영 대협이 북경지부에 방문하셨다.

그런데 그 기세가 이전에 은해상단 본단에 방문하셨을 때와 좀 달랐다.

아!

나는 포권하여 그에게 축하를 건넸다.

"성취를 축하드립니다."

"역시 곧바로 알아차리는군! 하하하, 부끄럽네."

진영 대협은 절정의 무사가 된 것이다.

"벽을 넘을 수 있었던 건 전적으로 자네의 조언 덕분이었네. 자네가 그리 말하지 않았나? 아무것도 생각하지 말고 얼음을 향해 검을 휘둘러보라고."

그리 조언하긴 했지.

다행히 내 조언이 시의적절했던 모양이다.

"다른 이들에게 양해를 구하고, 내가 한 구역을 맡아 아무 생각 없이 얼음을 깨는 데 집중하다 보니 무아지경에 빠졌고 깨달음을 얻을 수 있었지."

진영 대협이 말을 이었다.

"정말 감사하네. 생각해 보면 자네에게 고마운 것이 참 많아. 우리 금의위가 공을 세우게 하여 금의위의 위상을 올려 주고 전에 난주에서 내 목숨을 구해 주고 또 내 경지를 올려 주기까지…… 이 은혜를 어찌 갚아야 할지 모르겠네."

"별말씀을 다 하십니다. 저 역시 대협께 여러모로 신세를 지지 않았습니까?"

진영 대협이 나에게 고마워하는 마음이 남아 있어야 한다.

그래야 이런저런 편의를 봐줄 테니까.

솔직히 금의위에 나를 지지해 주는 사람이 있는 것이
얼마나 든든하고 편한데.

하물며 금의위에서도 높은 직위라면 더더욱.

물론 내 뒤에 황제가 계시긴 하지만, 좀 무서워서 말이
지.

"아, 이럴 게 아니라 어서 출발하지. 황제 폐하께서 기
다리고 계신다네."

"네. 바로 가시죠."

나는 진영 대협과 함께 황궁으로 향했다.

황궁으로 들어간 나는 곧 황제를 만날 수 있었다.

황제에게 극상의 예를 올렸고, 황제는 위엄 가득한 목
소리로 말했다.

"고개를 들라."

"황은이 망극하옵니다."

나는 얼른 다시 감사를 올렸다.

"일전에 진영 대협을 통해 주신 것, 감사히 받겠습니
다."

"그래, 잘 쓰도록 해라."

황제에게 하사받은 암기 귀주화는 내가 주인이라는 것
을 인식시켜 놓았다.

"그래서 무슨 일로 나를 보자고 한 것이냐? 고작 그에
대한 감사 인사를 하려고 한 것은 아닌 듯한데."

"네. 그러하옵니다."

나는 말을 이었다.

"이번에 시문 경연을 여시기 전에 한 가지 행사를 열었으면 합니다."

"그게 무엇이냐?"

"주류 품평회이옵니다."

"주류 품평회라면? 술에 대해 평한다는 의미냐?"

"그렇습니다."

나는 말을 이었다.

"이번에 황명으로 외국 교역용으로 술을 빚을 수 있게 되었습니다. 하지만 이왕이면 더 비싸게 팔아먹어야 하지 않겠습니까?"

"좋은 술을 가리는 경연을 열어서 그 가치를 높이자는 뜻이로구나."

"그렇사옵니다."

역시 황제다. 척하면 척이네.

"거기에 황제가 인정했다는 명예를 주고 싶은 것이고?"

"이 제국에서 가장 큰 명예라면, 역시 황제 폐하께 인정을 받았다는 것이 아니겠습니까?"

"그럼, 나에게 돌아올 이득은?"

"참가비와 민심입니다."

"참가비를 걷어 황실 재정에 충당하라는 거냐?"

"역시 황제 폐하이십니다."

나는 말을 이었다.

"제국 전역에서 만들어지는 술은 상당히 많으니, 참가

비만 해도 제법 많을 겁니다."

"흐음, 나쁘지 않은 일이구나."

주류 품평회를 통해 술의 가치를 높인다면 우리 상인들은 비싸게 팔 수 있어서 좋고, 황실은 참가비를 받을 수 있어 좋다.

"그런데 민심이라? 아! 이 자식 이거……."

황제는 흐뭇한 표정으로 나를 바라보셨다.

"좋다. 시행하도록 하여라."

황제 폐하의 허가가 떨어졌다.

"하지만 너 혼자 일하고 싶진 않겠지? 그래, 적당한 상단이 있느냐?"

"네. 있습니다."

나는 곧바로 대답했다.

술에 대해서라면 가장 유명한 상단이 있으니까.

바로 귀주성의 청수상단.

상단 이름부터가 맑은 물이라는 의미.

하지만 그들은 금주령으로 인해 상당히 어려운 상황에 처해 있다.

그런 만큼 이번 일이 그들에게 가뭄의 단비가 될 터.

이전 삶에서는 무림맹의 배를 불려 주는 곳으로 이용되었지만, 이번에는 다를 거다.

이제야 은혜를 갚을 수 있게 되었네.

이전 삶에서 나는 청수상단에 도움을 받은 적이 있었다.

귀주성의 한 고관대작의 집에 방문하기 위해 가던 중에 화적 떼의 습격을 받은 것.

생각보다 그들의 세력이 강해서 절체절명의 위기를 맞이했다.

다행히 그 근처를 지나던 상행이 있었고, 그들의 도움으로 위기를 벗어날 수 있었다.

그들이 바로 청수상단이었다.

내게 은혜를 베풀었던 곳이 흉년과 금주령이 겹치며 몰락해가다 결국 백천상단에 이용당하는 것을 보며 마음이 편치 않았지.

하지만 이번 삶에서는 그 은혜, 두둑이 갚아 줄 생각이다.

그날 오후.

북경지부에서 열심히 일을 처리하고 있을 때 팔갑이 내 집무실 문을 벌컥 열고 들어왔다.

"무슨 일이야?"

"저, 저기, 그, 그, 그러니까……."

"그러니까 뭐?"

"태자 전하께서 오셨습니다요!"

"뭐?"

나는 자리에서 벌떡 일어났다.

황제가 분명히 돌아가서 기다리고 있으면 이 일을 담당할 신하를 보내 주겠다고 하셨지.

그런데 왜 태자가 직접 온 거야?

태자는 신하가 아니…… 끄응…… 생각해 보니 태자도 신하는 맞네.

황제의 아들이지만, 품계를 받은 이상 신하는 신하이니까.

"후, 가자."

"네."

나는 즉시 접빈실로 향했고, 태자는 차를 마시며 나를 기다리고 있었다.

"태자 전하를 뵈옵니다."

나는 그에게 예를 갖추었고, 그는 고개를 끄덕이며 손짓했다.

"그만 일어나서 편히 앉게."

"황송하옵니다."

"너무 예를 갖추는군. 나는 자네와 친우처럼 지내고 싶은데 말이지."

그게 말이 되는 소리입니까?

속으로는 그리 구시렁댔지만, 겉으로는 정중하게 대답했다.

"소상에게 과분한 말씀이시옵니다."

"무슨, 아바마마께서도 자네를 높게 평가하고 계시네."

어서 말을 돌려야겠군.

"그런데 전하께서 이번 주류 품평회를 담당하시는 것입니까?"

"그러네. 아바마마께서 이번 주류 품평회에 거는 기대가 아주 크시거든."

황제가 이번 주류 품평회에 기대를 걸고 있는 이유.

그건 참가비 때문만은 아니다.

그보다 더 중요한 것이 있다. 바로 민심.

아직 금주령은 유지되고 있다.

하지만 여기서 황제의 이름으로 주류 품평회를 연다면 이를 본 이들은 곧 금주령이 풀릴 거라는 희망을 가지게 된다.

금주령이 풀린다는 건 그동안 심신의 고달픔을 달래 주던 술을 마실 수 있다는 의미만이 있는 게 아니다.

금주령을 유지할 필요가 없다는 건 즉, 흉년이 끝난다는 의미니까.

흉년으로 인해 어두운 동굴을 헤매는 심정으로 하루하루 연명하고 있는 이들에게 한 줄기 빛인 것이다.

어두운 동굴을 빠져나갈 수 있는 출구를 의미하는 빛말이다.

황제의 입장에서는 참가비 정도의 돈보다 몇백 배는 더 중요한 게 민심이다.

그런 만큼 태자를 보낸 것이겠지.

왠지 그것 말고도 다른 꿍꿍이가 있는 것 같긴 하지만.

"아, 마침 청수상단의 상단주가 북경에 와 있다고 하더군."

"그렇습니까?"

그가 왜 북경에 왔는지는 이미 알고 있다.

자신들이 유통하는 술을 선적해 줄 상선을 찾기 위함이다. 술을 상선에 선적한다는 계약서가 있어야 허가를 받고 술을 만들 수 있으니까.

지난 삶에서는 이때 저들에게 백천상단이 접근했었지.

하지만 이번 삶에서는 백천상단에게 배가 없다.

아, 고소해라.

"그래서 내 그곳에 사람을 보내 이곳으로 오라고 말했다네."

"네?"

태자가 말했다.

"자네가 제안한, 우수한 성적을 거둔 술에 대해서는 우선적으로 교역상품으로의 권한을 준다는 조항은 청수상단을 위한 것 아닌가?"

눈치채셨군.

"물론, 그 조항은 자네 상단을 위한 것이기도 하지만 말이지."

"……."

우리 은해상단에서는 이번에 술을 교역하기 위해 미리 준비하고, 많은 투자를 했지.

하지만 외부의 시선이라는 건 다르다.

아무리 우리가 자본을 투입하고 노력해서 얻은 결과라고 하지만, 틀림없이 이를 두고 불공평하다는 말이 나올 터.

이번 주류 품평회의 목적은 이를 불식시키기 위함도 있다.

외부에서 볼 때 공평하게 기회가 돌아가도록 해야 하니까.

물론, 그렇다고 짜고 치는 도박은 아니다.

이를 통해 빛을 보지 못했던, 좋은 술을 빚는 이들을 발굴하기 위함도 있으니까.

내가 모으고 인수한 주조장보다 더 뛰어난 술을 빚는 곳이 있다면 당연히 거기가 우승해야지.

그리고 나는 청수상단 산하의 주조장이 우수한 등급을 받을 것을 의심하지 않는다.

청수상단의 술은 진짜니까.

그렇게 이야기를 나누고 있을 때 팔갑이 손님이 오셨음을 알렸다.

"어서 오십시오."

"소상, 청수상단의 고윤배. 태자 전하를 뵈옵니다. 천세 천세 천천세!"

"일어나 앉게."

"황공하옵니다."

나는 내 앞에 앉으시는 고 상단주님을 보았다.

내 기억 속 그대로다.

오십대 중반쯤 되었을까? 인자함이 가득한 얼굴.

하도 시음을 많이 해서 그런지 코가 살짝 붉은색이지만 그만큼 주량도 세다고 들었다.

그간 금주령으로 인해 마음고생이 심했는지, 꽤나 야윈 모습이었다.

태자도 가장 먼저 이를 언급했다.

"나라의 환난으로 인해 금주령이 내려져 자네 상단이 손해를 크게 입었다 들었네. 내 참으로 미안한 마음이네."

고 상단주님은 다급히 고개를 숙이며 답했다.

"그게 어인 말씀이시옵니까? 비록 저희 상단이 손해를 입기는 했습니다만, 상단의 일이라는 것이 항상 잘될 수만은 없는 법이지요. 태자 전하나 황제 폐하를 원망하는 마음은 전혀 없습니다."

말이 그렇지, 진짜 원망하는 마음이 없을 리가 없지.

하지만 그렇다고 지금 이 자리에서 원망한다고 할 수는 없으니까.

"그리 말해 주니 고맙네. 아무튼, 이번에 주류 품평회를 열기로 해서 자네를 불렀네. 본 제국에서 술에 대해 가장 잘 아는 곳이 청수상단 아닌가?"

"물론이지요."

고 상단주님의 대답에서 자부심이 느껴졌다.

"하여 이 일을 은해상단과 청수상단에 맡기기로 하였네. 그러니 잘 부탁하네."

"성심을 다하겠습니다."

나는 그에게 말했다.

"참고로, 이번에 우수하다 인정받은 술은 우선적으로 교역권을 가지게 됩니다."

"……!"

내 말에 고 상단주님의 눈이 번쩍 뜨였다.

"그게 정말인가?"

"네. 이는 청수상단이 날개를 다시 펼 수 있도록 황제 폐하께서 베풀어 주신 은혜입니다. 이 점을 잊지 마셔야 할 겁니다."

"황은이 망극하옵니다!"

그날 밤.

모두가 돌아가고 나는 혼자 침소에서 고민에 빠져 있었다.

이번 주류 품평회의 초청객 명단 작성 때문이었다.

황실과 청수상단, 그리고 우리 상단이 각각 서른 명씩 초청객을 뽑을 수 있다.

그리고 열 명은 차후 논의해서 총 백 명이 될 예정이다.

"도련님. 궁금한 게 있습니다요."

"응? 뭔데?"

팔갑의 물음에 나는 고개를 돌리며 물었다.

"청수상단을 추천한 건 도련님인데, 왜 그걸 굳이 황제 폐하의 은덕으로 돌린 겁니까요?"

"내가 추천했어도 황제 폐하가 안 된다고 하시면 어쩔 도리가 없던 거잖아."

"그래도 도련님이시라면 어떻게든 청수상단을 넣을 수

있었을 겁니다요."

나는 피식 웃었다.

역시 팔갑이다. 나를 너무 잘 알아.

"그랬겠지. 그리고 내가 추천해서 그리되었다고 하면 당연히 고마워하시겠지. 하지만."

나는 몸을 돌리며 말을 이었다.

"모름지기 일이란 말이지, 최대한 적게 일하고 최대한의 성과를 내야 좋은 거란 말이지."

"그러니까……."

팔갑은 나를 보며 바람 빠지는 소리를 내었다.

"상대방의 의욕을 최대한 끌어 올려서 열심히 일하게 하고, 도련님께서는 상대적으로 편하게 일하시고자 그리하셨다는 겁니까요?"

"정답."

팔갑은 할 말이 많다는 표정으로 나를 보았다.

하지만 나는 당당하다.

주류 품평회를 통해 청수상단이 재기할 수 있도록 기회를 주었잖아.

그리고 내가 아는 청수상단과 고 상단주님은 틀림없이 재기할 수 있을 터.

이 정도면 은혜를 갚은 거지.

그 와중에 일을 조금 더 많이 하시게 되겠지만 의욕이 넘치는 분에게서 일거리를 뺏는 것도 좀 그렇잖아?

안 그래도 내가 할 일이 얼마나 많은데?

주류 품평회가 끝나면 바로 사흘 뒤에 시문 경연이 있다.

　대체 이렇게 일을 벌인 사람이 누구야?

　아, 나구나.

　"그런데 말입니다요."

　"또 뭐가 궁금한데?"

　"이번 주류 품평회에 참가비를 받는다고 들었습니다요."

　"응, 그럴 거야."

　"그런데 솔직히 지금 대부분의 주조장들이 어려운 처지 아닙니까요?"

　"그렇겠지. 금주령 때문에 그동안 수익을 낼 방도가 없었을 테니 말이야."

　"그런데 저들이 참가비를 낼 돈이 있겠습니까요?"

　"궁하면 통하는 법이야."

　"네?"

　"정말 참가하고 싶다면, 어떻게든 참가비를 마련할 수 있다는 거야."

　솔직히 열정과 의지가 있다면 참가비는 충분히 마련할 수 있다.

　그 정도로 과하게 책정하지 않았으니까.

　"그리고 뭣하면 우리 상단에서 빌려줄 수도 있고."

　그리 말하며 명단을 작성해 나가기 시작했다. 그때 문밖에서 여옹암 무사의 목소리가 들렸다.

"주군, 여응암입니다. 교대 시간입니다."

"아, 들어오세요."

내 말에 문이 열리고 여응암 무사와 이필 무사, 서우 무사와 창운 무사가 들어왔다.

"호위를 교대하겠습니다."

여응암 무사와 이필 무사가 지금까지 호위를 하고 있었다. 이제 서우 무사와 창운 무사가 교대하는 것이다.

"아, 벌써 그렇게 되었군요. 고생하셨습니다. 그리고 서우 무사님과 창운 무사님께서는 수고해 주시고요."

"물론입니다."

"마음을 다하겠습니다."

그들을 보는 순간 하나의 생각이 뇌리를 스쳤다.

"아, 혹시 주류 품평회에 추천할만한 분이 있습니까? 이왕이면 이름이 알려진 분이 좋습니다."

나 혼자 고민하는 것보다는 여러 사람의 머리를 빌리면 빠르잖아.

내 물음에 그들은 잠시 생각에 잠겼다.

가장 먼저 입을 연 자는 이필 무사였다.

"귀주성 포정사 대인은 어떻습니까?"

"네?"

"전에 귀주성에 갔을 때 들었는데, 그분께서 술에 대해 잘 아신다고 들었습니다."

"그렇군요. 감사합니다."

나는 곧바로 귀주성 포정사 대인을 명단에 적었다.

청수상단이 귀주성의 상단인 만큼 청수상단에서도 그분의 이름을 적을 가능성이 높다.

하지만 만약이라는 것이 있으니까.

잘됐네.

안 그래도 서향 소저에게 아버지를 만나게 해 주고 싶었는데 이렇게 기회가 닿았다.

서향 소저가 좋아하겠지.

다음 날.

나는 세빈상단의 인계성 공자를 만났다.

시문 경연을 우리와 같이 담당하게 된 곳이 세빈상단이기 때문이다.

저번과 마찬가지로 이 일의 책임자로 나온 모양이다.

"오랜만에 뵙습니다."

"이번 백대상단 회합에서 만날 수 있을 거라 생각했는데, 은정호 소단주가 대신 왔더군요."

"아, 제가 좀 바빴습니다."

그때 나는 운남성 춘경성에서 구르고 있을 때였으니까.

"그리고 대신이라니요? 아닙니다! 그동안 제가 대신 참석했던 것이고 이번에야말로 제 형님이 제대로 참석하게 된 겁니다."

"역시, 차기 상단주는 그리 정해진 것입니까?"

"처음부터 그러했습니다."

"그렇군요."

인계성 공자가 고개를 끄덕였다.

"아, 그리고 복윤 소단주가 좀 섭섭해하는 듯했습니다."

"나중에 따로 사과해야겠군요."

"그러는 게 좋을 듯합니다. 그럼 일 이야기를 해 볼까요?"

"네."

그때였다.

"저, 황궁에서 사람이 왔습니다요."

응?

그 말에 우리는 즉시 밖으로 나갔고, 내관이 우리를 보며 말했다.

"두 분은 지금 즉시, 입궁하라는 황제 폐하의 명입니다."

우리는 곧바로 황궁으로 향했다.

인계성 공자가 나에게 작은 목소리로 말했다.

"좀 무섭습니다."

"무엇이 말입니까?"

"저희 둘이 함께 있을 때 입궁하라는 명이 있었다는 건 저희의 위치를 파악하고 계시다는 의미 아닙니까?"

그 말에 나는 말없이 웃었다.

과연 황제께서 위치만 알고 계실까요?

그렇게 우리는 황제의 집무실로 곧바로 안내받았다.

우린 극상의 예를 취했고, 고개를 들라는 허락에 얼른

감사를 드린 후 고개를 들었다.

"내가 자네들을 부른 이유는, 가만히 생각해 보니 이 제국에 시문을 좋아하는 이들이 한둘이 아니란 말이지."

"……."

"아닌가?"

"맞사옵니다."

"그렇사옵니다."

우리는 얼른 동의했다. 어째 이거 감이 좋지 않은데…….

그때 태자가 들어왔다.

"부르셨사옵니까?"

"그래. 옆에 서거라."

태자가 옆에 자리를 잡고 섰다. 그런데 이 자리에 태자는 왜 부른 거지?

황제가 말을 이었다.

"마침 주류 품평회가 제국 전역을 대상으로 하니 시문 경연 역시 제국 전역을 대상으로 하면 좋겠다는 생각이 들어서 말이다."

"……."

"안 그래도 저번 시문 경연을 두고 지방을 차별하는 것이 아니냐는 항의 상소도 빗발쳤고."

황제가 미소를 지으며 나를 보았다.

"어떠냐? 할 수 있겠지?"

그 시선의 의미는 명확했다.

젠장, 청수상단에 일을 떠맡긴 거 들켰네.

"명 받잡습니다."

"그리고 이번 시문 경연의 책임자로 태자를 세울 것이다."

"성심을 다하겠습니다."

태자가 이곳에 온 이유가 있었군.

우리의 대답에 이어 태자가 황제에게 청했다.

"그러면 아바마마. 규모가 커진 만큼 그에 따른 지출 역시 커질 수밖에 없으니 이에 대해 허락해 주십시오. 그만큼 참가비 역시 늘어나니 재정에 부담은 없을 거라 판단되옵니다."

"음, 그렇긴 하겠지."

"그리고……."

태자는 막힘없이 황제에게 원하는 것을 요구하였고 황제는 흡족한 표정을 지었다.

역시 호부 아래 견자 없다더니.

제국의 미래가 밝네. 그런데 나는 왜 눈물이 나지?

그나저나 왠지 태자의 모습이 많이 익숙했다.

저렇게 적극적으로 머리를 굴려 가며 원하는 것을 요구하는 모습…… 어디선가 많이 봤는데?

잠시 생각하던 나는 흠칫했다.

누군지 알 것 같았기 때문이다.

어…… 나네?

이전까지의 태자는 저렇게 약삭빠르고 계산적이지 않았다.

군이 표현하자면, 그리 행동하지 않아도 되는 가진 자답게 여유로운 사람이었는데…….

그사이에 나에게서 배운 건가?

그나저나 전국 단위라…….

참가하는 이들이 주조장인 주류 품평회와 달리 시문 경연은 그 참가하는 이들의 수가 어마어마하다.

그러니까 일도 더 빡세다는 것이지.

후, 쉴 틈이 없겠군.

우리는 황제 앞에서 물러나 본격적인 논의에 들어갔다.

우선 전국에 방을 붙이는 것이 먼저다.

그렇다고 해서 심사자를 선정하고 초빙하는 것도 미룰 수가 없다.

　·

　·

　·

며칠 후.

나는 내 집무실 서탁에 축 늘어져 있었다.

"저기, 괜찮으세요?"

서향 소저가 걱정스러운 표정으로 물었다.

"아, 네. 괜찮습니다."

"너무 무리하시는 것 같아요."

"그래도 자는 건 제때 잘 자고 있습니다."

자는 시간까지 빼면 호위무사들이 다시 사부님을 모셔

올 것 같단 말이지.

그래서 적어도 두 시진 이상은 자고 있다.

"그건 다행이에요. 그런데 혹시, 이번에 아버지께서 북경에 오시나요?"

아, 미래를 봤구나.

지금 갈현 부관은 다른 곳에 심부름을 갔기에 집무실에는 나와 서향 소저뿐이다.

그래서 그 일에 대해 물은 듯했다.

"네. 아무래도 귀주성에서 그분만큼 술에 대한 식견이 뛰어난 분은 없으니까요."

나는 몸을 일으키며 말했다.

"그래서 주류 품평회의 평가자로 초청장을 보낸 참입니다."

"그렇군요."

그리 대답한 그녀는 설레는 표정을 지었다.

아마 아버지와 만나는 장면까지 본 듯하니 더 이상의 설명은 생략해도 되겠지.

* * *

귀주성 포정사 동휘는 북경에 도착해 그의 저택으로 향했다.

이번에는 주류 품평회에서 술을 평가하라는 황제의 성지를 받고 온 것.

황제의 명 때문에 온 것이지만, 그는 이번 부름이 너무나 기꺼웠다.

우선 그가 좋아하는 술을 다양하게 마시고 품평할 수 있는 자리라는 것.

금주령으로 인해 술을 입에 대지 못한 것이 벌써 삼 년째다.

그런 만큼 다양한 술을 맛볼 수 있다는 기대감이 가득했다.

둘째로, 그의 딸을 볼 수 있다는 것.

죽은 것으로 되어 있는 그의 딸은 현재 은서호의 보호 아래에 있었다.

그의 부관으로 일하는 것이 딸이 고생하는 것 같아 조금 마음에 들지 않았지만, 딸이 원하는 일이고 세간의 이목을 피하기 좋다는 말에 허락했다.

그는 미소를 지었다.

솔직히 술을 맛보는 것보다 딸을 볼 수 있다는 마음에 설레는 것이 더 컸다.

그런데 문제가 있었다.

"아버지."

뒤에서 그를 부르는 소리에 뒤를 돌아보았다.

장남 동혁수다.

예상치 못했던 동행이 생긴 것이다.

그는 현재 무관으로, 귀주성 중천호소의 부천호로 있다.

종오품의 관직.

그의 나이를 생각하면 제법 고위직이라 할 수 있는 관직이다.

그는 자신과 달리, 휴가를 내고 북경으로 왔다.

"저는 이따 오후에 친우에게 가 보겠습니다."

"후, 너도 참 대단하구나."

"그냥 친우도 아니고 죽마고우입니다. 녀석이 황제 폐하 앞에 나서는 건데 당연히 응원해야 하는 것이 아닙니까?"

장남 동혁수에게는 죽마고우가 있었다. 그 역시 무관으로 조정에 출사했지만, 적성에 맞지 않았는지 갑자기 사직하고 낙향했다.

그리고 그가 선택한 일은 주도가.

제법 그 일에 재능은 있는 듯했다. 동혁수가 친우의 집에 방문했다가 돌아오는 길에 가지고 온 술의 술맛은 그 어떤 명주와 비교해도 떨어지지 않았으니까.

이번에 그 친우가 그를 후원하는 상단의 도움을 받아 주류 품평회에 출품을 하게 되었다.

이에 동혁수가 그를 응원하기 위해서 직접 휴가까지 내고 북경에 온 것이다.

'설마 그 상단이 은해상단은 아니겠지?'

왠지 불안했다.

진짜 죽은 건 아니지만, 딸이 죽은 후 장남의 불같은 성정이 약해지긴 했어도, 그게 어디 가는 건 아니다.

그건 본인이 가장 잘 알고 있다.

자신을 쪽 빼닮은 녀석 중 자신을 가장 많이 닮은 장남이니까.

"부디 사고만 치지 말거라."

"걱정하지 마십시오."

　　　　　　　* 　* 　*

주류 품평회를 며칠 앞둔 날이다.

우리 은해상단에서 후원하는 주조장인들이 북경에 도착했다.

그들이 지낼 수 있도록 북경지부의 건물 하나를 통째로 내주었다.

처음 지을 때 엄청 크게 지어서 건물은 충분히 여유가 있었으니까.

오늘 도착한 이들은 호북성에서 오는 이들.

그리고 그들을 인솔해 온 자는 진호 형과 창인표국이다.

"형, 왔어?"

"그래. 그런데 뭐냐? 좀 더 반가워하지 않고?"

"형이 손님이야?"

내 물음에 진호 형은 움찔했다.

"그, 그건 아니지……."

"그런데 뭘 서운해해?"

"쳇, 그렇게 말하면 내가 뭐가 되냐?"

나는 그런 진호 형을 보며 피식 웃었다.

그리고 창인표국의 표두와 상자수에게 인사하러 다가
갔다.

주류 품평회를 위해 술이나 각종 도구와 재료 등을 가
지고 와야 했기 때문에 쟁자수도 고용해야 했다.

표두는 이전에도 본 적이 있는 막충 표두다.

"고생 많으셨습니다."

"별말씀을 다 하십니다."

"오는 길이 그리 힘들지 않았습니다."

"별일 없었다니 다행입니다. 북경에서의 호위와 나중
에 돌아가는 길도 잘 부탁드립니다."

"물론입니다."

우리 상단에서 의뢰한 내용은 북경지부까지의 호위와
체류하는 동안의 호위, 그리고 가는 길의 호위까지다.

북경에서까지 호위를 요청한 이유는, 아무래도 주류 품
평회에 달린 이권이 꽤 컸기 때문이다.

주조장인들에 대한 방해 공작이 들어올 수도 있으니 말
이지.

마지막으로 주조장인들에게 향했다.

"이곳까지 오시느라 고생 많으셨습니다."

"아닙니다. 덕분에 편하게 왔습니다."

"그럼 여독을 푸시고, 품평회에 최선을 다해 주십시
오."

"네."

"그리고 각자 가지고 오신 술이나 재료 등의 보관에 각별히 신경을 써 주십시오. 만약 이상이 생긴다면 헛일이 되는 거 아닙니까?"

"알겠습니다."

"특히 술과 재료가 있는 곳은 반드시 한 사람이라도 지키고 있어야 합니다. 그리고 금줄을 쳐서 아무리 얼굴을 아는 이들이라고 해도 절대 들어가지 못하게 하십시오."

나는 말을 이었다.

"제가 왜 이렇게까지 엄중하게 보안에 신경을 쓰라고 하는지 궁금하시겠죠."

"……."

대답은 하지 않았지만, 그 얼굴에 그리 쓰여 있었다.

왜 그리 유난이냐고.

나는 얼굴에서 웃음기를 싹 지우며 말했다.

"커다란 이권이 달린 일에서 사람이 저지를 수 있는 짓은 여러분의 상상을 초월합니다. 만약, 여러분의 혈육을 인질로 잡고 술을 망가트리라고 하면 거부하실 수 있겠습니까?"

꿀꺽.

누군가 긴장되어 침을 삼키는 소리가 들렸다.

이제야 장난이 아니라는 것을 깨달은 거겠지.

"그리고 혹은 은자 수백 냥, 수천 냥을 주겠다고 하면 그걸 거부할 수 있겠습니까?"

"……."

"물론 저희 상단에서 경호는 하겠지만, 내부적인 건 어찌할 수 없습니다. 이렇게까지 말했으니, 알아서 잘하실 거라 생각합니다."

"유념하겠습니다."

"그럼 가서 쉬십시오. 하인과 하녀들이 여러분을 안내해 줄 것입니다."

그들은 해산했다.

나는 진호 형을 돌아보며 말했다.

"형도 좀 쉬어."

"그, 그래."

진호 형이 고개를 끄덕였다. 왠지 긴장한 표정이다.

"갑자기 왜 그래? 오랜만에 북경에 와서 긴장했어?"

"아, 아니, 그게 아니라……."

"뭔데?"

"네가 무서워서."

"무슨 소리야? 내가 무섭다니?"

내 반문에 진호 형이 한숨을 푹 쉬며 말했다.

"평소에는 생글생글 웃던 녀석이 갑자기 웃음기를 싹 빼니까…… 진짜 무서웠다."

"쫄긴!"

나는 가볍게 웃으며 진호 형의 등을 퍽 쳤다.

"윽! 아, 아프다고!"

"이 귀여운 동생이 형을 잡아먹기라도 하겠어?"

내 말에 진호 형이 피식 웃었다.

"뭐, 그렇긴 하지. 그럼 나는 가서 쉰다."

"응."

나는 진호 형이 충분히 멀어진 것을 확인하고 팔갑에게 물었다.

"방금 내가 그렇게 무서웠어?"

"그동안 제 말은 귓등으로 들으셨습니까요?"

"그래도 그렇게 말하지 않으면 들어 처먹지를 않을 테니까."

보통 사람들은 이렇게 제대로 각인시켜 주지 않으면 의식을 하지 못하니까.

금방 잊어버리고 해이해지지.

나는 무의식적으로 옷소매에 손을 넣어 금령을 쓰다듬었다.

그런데 녀석이 부르르 떠는 게 느껴졌다.

야, 너마저 그러면 나 상처받는다고.

우리 은해상단이 후원하는 주조장들은 호북성에만 있는 것이 아니다.

제국 전역에 있었다.

그리고 호북성을 제외하고 가장 많은 주조장이 있는 곳은 당연히 항주였다.

그곳에서도 우리의 의뢰를 받은 표국에서 그들을 호위하여 왔다.

"오랜만에 뵙습니다."

"그렇군요."

그렇게 온 이들 중에는 낯이 익은 이들이 제법 있었다. 그도 그럴 게 내가 인수한 주루 중에는 독자적으로 술을 빚는 곳이 제법 있었으니까.

그들 중에는 월주를 빚는 이들도 있었다.

"루주께서 직접 오신 겁니까?"

월주루의 루주 홍매는 나를 향해 곱게 웃어 보이며 말했다.

"그럼요. 저희 월주루의 월주를 황제 폐하께 선보이는 역사적인 날인데, 직접 와야죠."

"이거, 제가 더 감사하군요."

나는 그들에게도 이전에 호북성에서 온 주조장인들에게 했던 대로 경고했다.

이에 홍매 루주가 미소 지으며 말했다.

"어떤 말씀인지 알겠어요. 하지만 걱정하지 마세요. 화류계에 몸담은 만큼 저도 더럽고 치사하고 짜증 나는 수를 많이 겪어 봤으니까요. 그건 저와 함께 온 이들도 마찬가지겠죠."

"하긴, 그렇군요."

그렇다면 항주에서 온 이들은 더 걱정할 필요가 없겠군.

알아서 잘할 테니까.

이를 막다가 지나치게 손을 쓰는 것이 문제가 될 수 있겠지만 그 정도는 알아서 조절하겠지.

　그렇게 그들이 여독을 푸는 동안, 나 역시 바쁘게 움직였다.

　품평회장을 꾸미는 것도, 자리를 배치하는 것도 모두 나와 청수상단의 일이니까.

　그 와중에 꼭 해야 할 일이 있었다.

"곽 부관님. 채비는 다 하셨습니까?"

　내 물음에 서향 소저가 고개를 끄덕였다.

　그녀는 평소보다 더 깔끔하고 단정한 옷차림이었다.

　귀주성 포정사 대인과 만나러 가는 날이기 때문이다.

　장소는 북경 외곽의 한 정자로, 은밀한 만남을 가질 때 좋은 곳이다.

　이전에 귀주성 포정사 대인이 추천해 준 장소이기도 하지.

　우리는 곧바로 그곳으로 향했다.

　그곳 주변에는 호위들이 배치되어 있었고, 그 누각에는 한 중년인이 서 있었다.

　내가 가까이 가자 나를 알아본 호위대주가 나에게 고개를 숙였다.

"오셨습니까?"

"네."

"정자로 올라가십시오. 기다리고 계십니다."

"감사합니다."

호위대주의 시선이 내 뒤에 서 있는 서향 소저를 향했다. 그 눈빛이 아련해진 것을 보니 알아차리신 것이 확실하다.

하지만 아무 말도 하지 않는 건, 사정이 있다는 것을 알기 때문이겠지.

팔갑과 호위들은 그 자리에 남겨두고, 서향 소저만 데리고 정자로 올라갔다.

"소상, 은서호. 대인께 인사드립니다."

"오랜만에 보는군."

"여전히 정정하십니다."

"그래야지. 요즘 각별히 건강에 신경 쓰고 있다네."

그렇게 인사를 주고받고, 그는 내 뒤에 선 서향 소저를 바라보았다.

그녀는 그런 아버지를 보며 미소를 지었다.

두 사람은 아무 말 없이 한동안 서로를 바라보기만 했다.

결국, 먼저 입을 연 자는 포정사 대인이었다.

"무척…… 건강해 보이는구나."

"네."

하긴, 요즘 서향 소저는 완벽한 곽 부관을 연기하기 위해 무공을 배우고 있었다.

그녀는 생각보다 무재가 뛰어났다.

아마 아버지의 재능을 어느 정도 물려받은 것이겠지.

덕분에 더 이상 이전의 병약했던 그녀가 아니었다. 무척이나 건강하고 활기찬 모습.

그것이 대인에게는 못내 감격스러운 듯했다.

"네 어미가 건강해진 네 모습을 보면 무척이나 기뻐할 거다. 그런데 요즘도 부관으로 일하고 있는 것이냐?"

"네."

"힘들지는 않고?"

"매일매일 즐겁습니다."

"네가 좋다면 됐지."

포정사 대인은 흐뭇하게 웃고는 슬쩍 나를 보았다.

무리하게 일을 시키지 말라는 경고의 의미로군.

음…… 왠지 찔리네.

후, 이제 슬슬 가 봐야겠군.

너무 시간을 오래 보낼 수는 없다.

혹시라도 누군가 의심을 하게 되면 곤란하니까.

그리고 나는 이번 품평회의 진행을 맡고 있기도 하지만 은해상단이 후원하는 주조장인들도 품평회에 출품한다.

또한 포정사 대인은 초청객.

그런 만큼 공정성에 대해 의심받을 수도 있고.

그래서 품평회가 다 끝나고 만날까 생각도 했지만, 무슨 일이 생길지 몰라서 미리 만나기로 했다.

"그럼 저희는 이만 가 보겠습니다."

"다음에 또 보지."

"네."

"아! 사실 이번에 내 장남도 함께 왔네."

장남?

서향 소저의 눈이 동그래졌다.

"혁수 오라버니요?"

"그래. 그 죽마고우를 응원하기 위해서라나…… 그러니…… 부디 조심하거라."

"네."

그렇게 포정사 대인과 헤어져 우리는 다시 북경지부로 돌아왔다.

그리고 주조장인들이 모여 있는 곳으로 향했다.

주류 품평회의 전날인 만큼, 후원자로서 사전 점검을 하기 위함이다.

"소단주님 오셨습니까?"

"네, 준비는 잘 되고 있습니까?"

"물론입니다."

그렇게 그들과 인사를 나누며 상태를 살피고 있을 때였다.

저 앞에서 한 무리의 사람들이 다가왔다.

"아……."

옆에서 서향 소저가 얼굴이 굳어지더니 얼른 내 뒤로 숨었다.

"왜 그러십니까?"

"큰 오라버니세요."

거리가 가까워지면서 그 무리에 포정사 대인의 장남이 같이 있다는 것을 알 수 있었다.

"아! 소단주님!"

그의 옆에는 우리 은해상단이 후원하는 주조장인이 있었다.

적병철 각주님의 추천으로 찾은 곳으로, 숭양현 북쪽의 산속에서 백로주를 빚는 주조장인이다.

그런데 두 사람이 왜 같이 있지?

"제가 소개해 드릴 분이 있습니다."

그는 밝게 웃으며 서향 소저의 큰 오라버니를 데리고 나에게 다가왔다.

갑자기 벌어진 일련의 상황에 나는 식은땀을 삐질 흘릴 수밖에 없었다.

저, 저기…… 잠시만요.

서향 소저도 이 상황에 대해서는 미리 보지 못한 듯했다. 그러니 나를 따라 이 자리에 왔겠지.

순간 당황하긴 했지만, 곧 평정심을 되찾고 서향 소저에게 속삭였다.

"소저, 피하거나 숨으려고 할수록 상대는 더욱더 수상하게 여길 겁니다. 그러니 당당하게 대하십시오."

"그렇네요. 지금의 저는 곽서향이죠."

"네. 그냥 닮은 사람일 뿐입니다. 세상에 닮은 사람이 한두 명 정도는 있기 마련 아닙니까?"

"그렇긴 하네요."

"지금 너울을 쓰고 계시니 알아보지 못할 가능성도 있습니다. 설령 알아본다고 해도 잘 둘러댄다면 충분히 넘어갈 수 있습니다."

만약을 위해 서향 소저의 배경에 대해서는 완벽하게 준비해 놨다.

비단 이런 경우가 아니라도 그녀를 소개해야 하는 상황이 있으니까.

나는 태연한 얼굴로 주조장인의 말에 답했다.

"아, 영구진 장인. 소개해 줄 분이 옆에 계신 분입니까?"

"그렇습니다. 제 죽마고우입니다. 저를 응원하겠다고 먼 길을 온 친구입니다."

"처음 뵙겠습니다. 소상, 은해상단의 소단주 은서호입니다."

엄밀히 따지면 구면이지만, 당시 나와 그는 정식으로 인사를 나눈 적이 없으니 초면인 것처럼 인사하는 것이다.

"반갑습니다. 이 녀석의 친우 동혁수입니다."

"멀리서 응원까지 하러 오시다니, 참으로 부러운 우정입니다."

"하하하, 부러워하실 것 없습니다. 지긋지긋한 인연입니다."

그리 말하던 동혁수 대협의 표정이 묘해졌다.

그의 시선은 내 뒤에 서 있던 서향 소저에게 고정되어

있었다.

그녀의 눈매만 봤음에도 불구하고, 그 정체를 알아차린 것이다.

나는 조심스레 물었다.

"왜 그러십니까?"

"자령…… 설마 자령이냐?"

떨리는 목소리로 물어오는 그 모습에도 서향 소저는 담담히 되물었다.

"네? 그분은 누구십니까?"

"어…….."

그 반응에 동 대협이 오히려 당황했다.

나는 고개를 갸웃했다.

"자령…… 동혁수…… 허! 혹시 귀주성 포정사 대인의 아드님이 되십니까?"

내 물음에 그는 고개를 끄덕였다.

"그렇군요. 제가 일전에 포정사 대인의 의뢰로 동자령 소저께 눈을 가져다드린 적이 있습니다. 그 이후에 불운한 사고로 세상을 뜨셨다는 말은 들었습니다. 삼가 애도를 표합니다."

나는 말을 이었다.

"응당 장례식에 참석해야 했지만, 뒤늦게 소식을 접한 터라 그러지 못했습니다. 죄송합니다."

내 말에 서향 소저가 맞장구를 쳤다.

"아, 그 소저 말씀이시군요. 저와 무척 닮았다는?"

"네. 맞습니다."

나는 얼른 그녀에게 말했다.

"이분의 누이동생이신 동자령 소저와 곽 부관님께서 무척 닮으셔서, 그리 착각하신 듯합니다."

하지만 그는 여전히 서향 소저에게서 시선을 떼지 못했다.

"착각이라니…… 그, 그럴 리가…… 저렇게나 많이 닮았는데."

당연히 닮았죠.

동일 인물이니까요.

하지만 이를 밝힐 수는 없는 노릇.

"동자령 소저와 무척 닮은 건 저도 인정합니다. 하지만 여기 곽 부관님께서는 제 사부님께서 추천해 주신 부관입니다."

"소개가 늦었습니다. 은서호 소단주님의 일 부관 곽서향이라고 합니다."

"곽 부관은 제 사부님의 친척입니다. 사부님께서 곽 부관을 저에게 소개해 주셨을 때 저도 깜짝 놀랐습니다."

"……."

"대협의 그 애달픈 마음을 잘 알고 있지만 제 부관은 동 대협께서 생각하는 분이 아니니, 더 이상의 무례는 삼가셨으면 합니다."

동 대협은 간절한 눈빛으로 서향 소저를 바라보았지만, 서향 소저는 무심한 눈으로 그를 바라볼 뿐이었다.

그 모습에 동 대협은 한숨을 내쉬고는 포권하며 사죄했다.

"미안합니다. 제가, 실례했습니다."

그가 불같은 성정을 지녔다는 것을 알고 있기에 너울을 벗어 보라든가 하는 식으로 나올 것도 각오하고 있었다.

그런데 이렇게 순순히 사과할 줄이야…….

성격이 변한 건가?

서향 소저의 죽음이 그의 성격을 바꿔 놓은 것일 수도 있지.

"사과, 받아들이겠습니다."

서향 소저의 말을 듣자마자 그는 우리를 지나쳐 어디론가 향했다.

"아, 송구합니다."

우리와 그의 눈치를 살피던 영구진 장인은 내게 사과했다.

"괜찮습니다. 어서 따라가 보시지요."

"네."

그는 다급히 동 대협의 뒤를 따랐다.

그 뒤로 우리는 계속해서 장인들을 격려하고 점검했고 마지막으로, 돌아온 영구진 장인을 만났다.

"아까는 정말 죄송했습니다."

그는 한숨을 내쉬며 말을 이었다.

"녀석이 사고로 죽은 누이동생을 너무 그리워해서 생긴 일입니다. 만날 때마다 이야기를 할 정도로 사이가 각별했죠."

"그러셨군요."

"몸이 무척 좋지 않아서 걱정이 많았습니다. 다행히 의원을 잘 만나서 그 병을 고쳤다고 무척 좋아했는데……불행한 사고로 목숨을 잃은 후 얼마나 실의에 빠져 있었는지 모릅니다."

나는 고개를 주억였다.

"참으로 고운 분이긴 했습니다. 저 역시 연이 있던 분이니 안타까운 마음을 금할 수 없군요. 그럼 점검 좀 하겠습니다."

"네."

그렇게 격려와 점검의 시간을 마친 후 우리는 한적한 곳으로 향했다.

북경지부의 부지는 황궁의 별궁 터였던 만큼 어마어마하게 넓었다.

하여 정원도 넓게 조성해 두었다.

지금 우리가 가는 곳은 정원에서도 외지고 구석진 곳이었다.

"여기서 잠시 대기해 주시고, 곽 부관님만 저를 따라오십시오."

"네."

그렇게 호위무사들을 떼어 놓고 서향 소저와 한참을 걸었다.

"이곳은, 아무도 없습니다."

"네."

나는 장포를 벗어 그녀의 머리에 덮어 주었다.

"이곳이라면, 아무리 크게 울어도 모를 겁니다."

내 말에 그녀의 크고 맑은 눈에 눈물이 고이기 시작했다. 혈육을 앞에 두고도 매정하게 대하는 것이 쉬울 리가 없다.

그것도 사이가 좋지 않은 혈육이 아닌, 진정으로 아끼고 사랑하던 혈육이라면 더더욱.

아까부터 그녀는 손에 자국이 남을 정도로 주먹을 꽉 쥐고 있었고, 나는 이미 그걸 눈치채고 있었다.

"흐윽……."

결국, 서향 소저는 그 자리에 주저앉아 울음을 터뜨렸다. 나는 그 앞에서 소리가 멀리 가지 않도록 차단한 채 묵묵히 서 있었다.

그녀의 울음소리가 참 가슴 아프게 들렸다.

"감사해요."

한참 흐느끼던 그녀가 나에게 말했다.

"저를 살려 주신 것…… 정말 감사해요."

그녀는 말을 이었다.

"이렇게 살아 있으니, 부모님과 오라버니들을 만날 수 있는 거잖아요. 그러니까…… 감사해요."

"그리 말해 주시니, 제가 더 감사합니다."

사실 내가 공연한 일을 한 것이 아닌가 하는 생각이 살짝 들었다.

오히려 그 마음을 더 괴롭게 하는 것이 아닌가 싶어서 말이다.

하지만 그녀의 말을 들으니, 내가 잘했구나 싶었다.

그래, 살아만 있으면 된다.

살아만 있으면 언젠가 반드시 행복해질 수 있는 날이 온다.

서향 소저도 언젠가는 본인의 신분을 회복하고 가족들과 해후할 수 있는 날이 올 것이다.

．

．

．

주류 품평회의 날이 밝았다.

나와 청수상단의 고 상단주님은 아침부터 분주하게 움직여야 했다.

이번 품평회에 출품한 주류는 생각보다 많았다.

품평회의 출품이라는 목적에 한해서 임시로 술 빚는 것을 허락한 덕분이다.

출품 명단에 적힌 주도가는 천 곳이 넘었다.

여러 사정으로 출품하지 못한 곳들을 고려하면 제국의 주도가는 수천 곳에 달할 거다.

그보다 더 많을 수도 있고.

출품한 술이 무척 많은 만큼 이번 평가는 총 한 달여에 걸쳐 진행하게 되었다.

하루에 저 많은 술을 모두 평가할 수가 없기 때문이다.

하루에 백 잔 이상을 마시면 취하는 것도 취하는 거지만, 그 맛을 제대로 구별하기 힘들다.

하여 하루에 오십 곳씩 평가하는 것이다.

이를 예상하고 일자를 넉넉하게 잡았으니 망정이지, 그게 아니었으면 나는 두 가지 행사를 동시에 하느라 진짜 뭐 빠지게 힘들었을 거다.

초청객들은 총 백 명.

그들은 열 개의 문항으로 각각의 술에 대해 평가해야 했다.

그 후 상위 백 곳을 골라 두 번째 평가로 넘어간다.

두 번째 평가는 직접 술을 만들어 보는 것.

이는 출품한 술과 직접 만든 술맛이 다를 가능성이 있고, 이를 대량 생산할 수 있는지 보기 위함이다.

그래서 다들 이곳에 올 때 술 만드는 도구와 재료를 챙겨 와야 했다.

그렇게 열심히 만들어 놓은 평가장에 태자가 방문했다.

"오! 제법 훌륭하군."

"네."

나는 평가장에 대해 설명했다.

"일전에 말씀드린 대로, 오십여 개의 탁자마다 각각의 술을 놓고 평가자들이 그곳을 무작위로 돌아다니면서 술을 마셔 보고 평가하는 방식이옵니다."

"그렇군."

백여 명이 각자의 자리에 앉아 술을 마시고 평가하지
않고, 돌아다니면서 평가를 하는 건 혹시 모를 독살 시도
를 막기 위함이다.

술을 나르는 자가 술잔에 독을 탈 수도 있으니까.

하지만 각 주도가에서 각자의 술에 대해 책임을 지고
술을 따른다면 그런 일은 최소화할 수 있다.

또한, 정해진 순서대로 술맛을 본다면 뒤로 갈수록 술
맛을 제대로 느끼지 못할 수도 있고.

"그리고 신청자에 한해 안주도 미리 준비하였사옵니
다."

"그러고 보니 안주에 따라 술맛이 확 바뀌는 일도 있다
고 했지."

그 물음에 고 상단주가 대답했다.

"그러하옵니다."

"내일이 참 기대되는군."

흐뭇한 미소를 지은 태자가 말을 이었다.

"주류 품평회는 일회성으로 끝낼 행사가 아니네. 내년
에도 열 예정이지."

"그리된다면 제국에 길이 남을 행사가 될 것이옵니다.
그리고 이를 잘 활용한다면 축제를 열어 황도에 돈을 돌
게 할 수도 있다고 봅니다."

역시 고 상단주님.

술에 관련된 일이라 그런지 머리가 빠르게 돌아가시네.

"좋은 생각이군."

태자는 그 생각을 긍정했다.

"하지만 그런 일을 위해서는 우선 이번 행사가 잘 마무리되어야겠지."

"맞사옵니다."

"아바마마께서는 평가자들의 자질 역시 파악하고 싶어 하시는 듯하네. 그래야 주류 품평회의 신뢰도가 더더욱 높아지지 않겠나?"

"그렇사옵니다."

"그 자질이 부족한 자는 다음에 또 부르시지 않을 듯하네."

"과연! 그렇게 된다면 평가자들 사이에서 품평회에 부름을 받는다는 것이 큰 명예가 될 것입니다. 자연스럽게 그들도 신중하게 평가하게 될 것입니다."

"맞네. 하지만 문제는 그 방법이 마땅치 않다는 것이지."

다 같이 고민하던 중, 나는 좋은 생각을 떠올렸다.

"동일한 술을 출품한 술 사이에 숨겨 놓는 건 어떻습니까?"

두 사람이 눈을 빛내며 내 다음 말을 기다렸다.

"하여 같은 술에 대해 다른 평가를 하거나 이를 알아차리지 못한다면 그 자질이 없는 것이지요."

"오! 과연!"

"그거 좋은 방법이군!"

태자와 고 상단주 모두 내 생각에 감탄했다.

"어찌 그런 생각을 했나?"

"그냥 문득 떠오른 방법입니다."

그리 대답했지만, 사실 이 방법은 팔갑 덕분에 떠오른 생각이다.

"도련님, 여기 두 잔의 차의 맛은 어떻습니까요?"

"음, 맛있네."

"차이점이 느껴지십니까요?"

"저기, 팔갑아? 내가 이래 봬도 차를 전문적으로 유통하는 은해상단의 소단주거든? 똑같은 차를 놓고 차이점을 느껴 보라는 건 좀 그렇지 않니?"

"아직 미각이 살아 있으신 것을 보니 피곤하진 않으신 모양입니다."

"혹시 내가 차 맛을 구분하지 못하면 무슨 짓을 하려고 했던 거야?"

"곽 사부님을 모셔오려고 했습니다요."

"떽! 그러면 못 써!"

그렇게 내가 제시한 방안이 채택되었다.

잠깐, 그렇다면 그 일 역시 내가 해야 한다는 말이잖아?

.

.

.

황궁 앞의 공터에 천막이 여럿 세워졌다.

아직 삼월이니만큼 날씨는 쌀쌀했다.

북경은 제국에서도 북쪽에 위치한 편이니 어쩔 수 없다.

그래도 덥고 습하지는 않으니 술이 쉬거나 하는 일도 없을 터.

금군들이 지키고 있는 가운데, 첫 번째 날의 평가가 시작되었다.

각각의 주도가들은 배정받은 탁자 위에 술을 올려놓은 후 안주를 준비했다.

그사이 황제는 백 명의 초청객들을 불러 이번 평가의 중요성과 그 영향력에 대해 당부했다.

"이번 품평회는 외국과의 교역을 위한 명품 주류를 선별하는 과정이기도 하다. 그동안 술을 마시지 않아 그 미각이 둔해져서 제대로 평가하지 못하는 건 용서할 수 있다. 하지만 그 양심이 둔해져서 제대로 평가를 하지 못해 제국을 망신시키는 데 일조한다면 엄벌을 피할 수 없으니 이 점 명심하도록 하라!"

"네!"

"그럼 평가를 시작하라."

평가가 시작되었다.

평가를 맡은 초청객들은 각자의 이름이 적힌 평가지를

들고 돌아다니며 술을 마셔 보고 평가를 시작했다.

"대인, 저희의 술은……."

그리고 주도가에서는 자신들의 술에 대해 설명했다.

"그냥 한 잔 드셔보시고, 이 두부 요리를 드신 후 술을 드셔보십시오."

초청객들 사이에서는 쓸데없는 잡담은 물론이고 큰 감탄사도 내뱉는 것이 금지되어 있다.

나는 심사를 하는 이들을 보았다. 그들 사이에는 귀주성의 포정사 대인도 있다.

오랜만에 마시는 술에 감격한 표정이지만, 한 잔 한 잔 신중하게 마시며 평가했다.

과연 포정사 대인은 저들 사이에 숨겨 놓은 함정을 잘 피하실 수 있을까?

그때 포정사 대인이 술을 한 모금 마신 후 고개를 갸웃하였다.

다시 한 모금 마신 후 다시 고개를 갸웃하더니 이내 평가지를 작성하기 시작했다.

그 모습에 나는 속으로 피식 웃었다.

역시 포정사 대인이시다. 함정을 알아차리셨군.

그렇다면 내년에도 주류 품평회의 초청객으로 오실 가능성이 높을 거다.

서향 소저가 좋아하겠네.

그렇게 품평회 평가장을 지켜보던 그때, 진유 무사가 나에게 다가왔다.

뭐지? 지금 쉬고 있어야 할 시간인데?

- 주군, 드릴 말씀이 있습니다.

진유 무사의 전음이 들려왔다.

- 말씀하세요.

- 저희 쪽 주도가 중에 문제가 생긴 곳이 있습니다. 직접 와 보셔야 할 듯합니다.

나는 속으로 한숨을 내쉬었다.

대체 무슨 문제기에 쉬고 있던 진유 무사까지 나서서 나를 찾아온 거지?

113장. 백로주

백로주

　나는 고 상단주님께 양해를 구한 후 다급하게 북경지부
로 향했다.

　"서호야!"

　진호 형이 나를 보더니 반색했다.

　"무슨 일이야? 우리 쪽 주도가 중에 문제가 생긴 곳이
있다니?"

　"그게 말이지…… 후."

　진호 형은 한숨을 내쉬며 말을 이었다.

　"주도가 중에 한 곳의 장인이 사라졌다."

　"사라졌다니? 그게 무슨 소리야? 아니, 그게 중요한 게
아니지. 누가 사라진 거야?"

　"영구진 장인이다."

　영구진 장인이라면…… 서향 소저의 큰오라버니인 동

혁수 대협의 죽마고우다.

얼마 전에 동혁수 대협과 같이 점검 때 만났었지.

"친우인 동 대협에게는 물어봤어?"

"당연히 그곳 먼저 가 봤지. 하지만 그도 모른다고 했다. 그 역시 지금 무사들과 함께 영 장인의 행방을 찾고 있다."

품평회 출품을 포기한 것일 수도 있지만, 내가 아는 그는 말없이 사라질 사람은 아니다.

포기할 거면 포기한다고 당당하게 말할 사람이지.

그가 빚는 뒤끝 없는 시원한 백로주처럼 말이다.

"동 대협에게 들으니 영구진 장인은 상당한 실력의 무인이었던 모양이야. 무관으로 제법 오래 종사했다더라고."

"그래?"

"그런 사람이 이렇게 갑자기 사라졌다는 건, 무슨 일이 생긴 게 분명해."

내 생각도 그렇다.

문제는 영구진 장인의 출품일이 내일이라는 것이다.

이번 품평회를 위해 열심히 준비했는데, 그게 헛일이 되어 버린다면 무척 속상할 거다.

그때 북경지부 안으로 동혁수 대협이 들어왔다.

"찾으셨습니까?"

내 물음에 그는 고개를 저었다.

"아직 찾지 못했습니다. 이 자식이 진짜! 대체 어디로

간 건지…… 후."

"그래도 사라졌다는 걸 금방 알아챘으니 곧 찾을 수 있을 겁니다."

진호 형이 동 대협을 위로하는 사이, 나는 팔갑에게 물었다.

"팔갑아. 영 장인의 숙소가 어디였지?"

내 물음에 진호 형이 내 말뜻을 알아차리고 말했다.

"아! 금…….."

퍽!

― 조용히 해!

나는 얼른 진호 형에게 전음을 보내며 형의 다리를 살짝 찼다.

살짝이었는데…… 아프긴 했나 보다.

"으헉!"

나름 절정의 무인인 형이 비명을 지르며 주저앉은 것을 보니 말이다.

"왜 그래? 형?"

"갑자기 왜 그러십니까?"

"아…… 그냥, 다리에 쥐가 났나 봅니다."

"저런…….."

나는 진호 형의 다리를 주물러 주었고, 그런 나에게 진호 형이 전음으로 투덜거렸다.

― 으씨, 아프잖아.

― 미안해. 그런데 형, 전에 말했잖아. 금령이의 존재는

되도록 비밀로 해야 한다고.

― 물론 금령이가 신통하긴 한데, 꼭 그렇게까지 해야 해? 다른 이들이 볼 땐 그냥 귀여운 새끼 돼지인데?

― 금령이가 좀 부끄러움이 많아.

그렇게 형에게 재차 당부하고는 일어나 손을 내밀었다.

"좀 괜찮아졌어?"

"으응…….."

진호 형은 내 손을 잡고 일어났다.

"그러니까 훈련 좀 작작 하라니까…… 또 아프면 의원에게 가 봐."

"……그래."

나는 영 장인의 처소로 향했다.

아, 내가 다리 걸어찬 거 형수님께 말하지 말라고 하는 걸 깜박했네.

뭐, 형수님도 이해해 주시겠지.

곧 나는 영 장인의 처소에 도착했다. 그와 함께 술을 만들던 소년이 걱정스러운 표정으로 그곳에 있었다.

그도 영 장인을 찾고 싶겠지만, 술과 재료 등을 지켜야 하는 만큼, 자리를 비울 수 없으니까.

그 소년은 영 장인이 술을 배운 노인의 손자로, 노인이 죽은 후 영 장인과 함께 술을 빚으며 살고 있다고 했다.

이름이 맹현이라고 했었나?

"아! 소단주님. 구진 아저씨는 찾으셨나요?"

"아직."

"그렇군요."

시무룩해진 표정에 나는 그를 위로했다.

"곧 돌아올 테니 너무 걱정하지 마."

"네, 감사합니다."

"잠시 영 장인의 처소를 봐도 될까?"

"아저씨의 처소를요?"

가장 큰 목적은 금령이에게 그를 찾게 하기 위해서는 그의 물건이 필요하기 때문이다.

하지만 그리 말할 수는 없으니.

"응. 누군가를 찾기 위해서는 단서부터 찾아야 하니까."

"아! 그렇군요."

나는 명종 무사와 창운 무사에게 잠시 술과 재료를 지켜 달라고 한 후, 맹현과 함께 처소 안으로 들어갔다.

처소의 모습은 다른 곳과 대동소이했다.

침상 두 개와 다용도로 쓸 수 있는 다탁 하나.

그리고 작은 농 하나.

나는 집안을 살피며 맹현에게 물었다.

"혹시, 마음에 짚이거나 하는 건 없니?"

"마음에 짚이는 거요?"

"그래. 사소한 거라도 괜찮아."

잠시 고민하던 그가 대답했다.

"그러고 보니, 구진 아저씨에게 서신이 왔었어요."

"서신?"

"그 서신을 여기 북경에 온 후에 받았거든요."

서신을 받는다는 건 그리 특별한 일이 아니다. 하지만 이런 상황에서는 특별한 일일 수 있다.

이곳은 호북성이 아니라 북경이니까.

북경에서 그에게 서신을 보낼 만한 자가 있다? 도대체 누구지?

맹현이 말했다.

"네. 그런데 그 서신을 받은 아저씨의 표정이 뭔가 이상했어요."

"그래? 그럼 혹시 그 서신…… 어디에 있는지 아니?"

맹현이 고개를 저었다.

"없어요. 아저씨가 태워 버렸어요."

"특별한 일 맞구나."

서신을 태운다는 건 그에 대한 것을 남기지 않겠다는 의미니까.

처소는 정말 깨끗했다.

사내 두 명이 머무는 곳이라고는 생각하지도 못할 정도.

그 모습에 팔갑이 감동했다.

"와우! 진짜 깨끗합니다요."

이에 맹현이 한숨을 내쉬었다.

"진짜 결벽증 수준이에요. 물론 이 정도로 청소와 정리 정돈을 잘해서 할아버지가 아저씨를 제자로 삼은 것이지만요."

그때 뒤에서 동 대협의 목소리가 들려왔다.

"아직 습관이 남아 있군요."

"네?"

"군에서는 훈련을 받으면서 정리정돈을 하는 습관을 기르게 됩니다. 그런데 구진이는 처음부터 정리정돈을 잘하더군요. 나중에 들어 보니 어릴 적부터 그렇게 살아왔다고 합니다."

"대체 어떤 집안이기에……."

"아…… 모르시겠군요."

그가 말을 이었다.

"구진이는 선주 영가의 셋째입니다. 춘부장께서 귀주성 도지휘첨사 대인이시죠. 훈련 부분을 전담하고 계십니다."

도지휘첨사라면 정삼품의 고위 무관이다.

"어릴 때부터 본인의 방은 본인이 정리했다고 합니다. 정리정돈이 되어있지 않으면 아버지에게 무척 혼이 났다고 하더군요."

"그랬군요."

"그리고 현재 북경에 그 녀석의 형들이 있을 겁니다."

이거 냄새가 나는데…….

왠지 영구진 장인이 그 저택에 있을 거 같단 말이지.

그래도 혹시 모르니 금령이의 도움을 받긴 해야 했다.

나는 영구진 장인의 물건을 하나 옷소매에 넣으며 금령에게 전음을 보냈다.

─ 이 물건, 냄새 기억해 놔.

─ 꾸이!

내가 물건의 냄새를 기억해 놓으라는 건 곧 금령에게 돈이 생긴다는 의미인 만큼 금령은 냉큼 대답했다.

"잘 봤습니다."

나는 밖으로 나오며 금령에게 전음을 보냈다.

– 방금 내가 말한 그 냄새의 주인을 찾아.

– 꾸이!

금령은 내 소매 안에서 냉큼 튀어 나갔다.

* * *

북경의 한 저택.

그곳의 어느 방 안에 영구진이 의자에 묶인 채 한숨을 내쉬고 있었다.

"후, 진짜 미치겠네."

그때 문이 열리고, 낯익은 얼굴이 보였다.

"포기한 얼굴이 아니구나."

다짜고짜 그렇게 말하며 다가온 이는 그의 둘째 형, 영구상이다.

그는 미간을 찌푸리며 따지기 시작했다.

"이게 대체 무슨 짓입니까? 서신에 잠시 얼굴만 보자고 해서 왔더니……. 차에 약을 타다니!"

"약이라도 타지 않으면 너를 어떻게 붙잡아 놓겠냐? 네가 도망가지 않는다고 약속하면 풀어 주마."

"형님, 내가 형님 동생입니다. 그런데 형님을 모르겠습니까? 왜 도망가지 말라는 것인지 말도 해 주지 않는데 제가 순순히 약속하겠습니까?"

"내가 네 형이다. 네가 그리 말할 걸 예상 했으니까 널 이렇게 묶어 놓은 거다."

그 말에 영구진은 한숨을 푹 내쉬었다.

"그래서, 대체 뭡니까? 제가 술 빚는 일을 한다고 했을 땐 연 끊을 것처럼 구시더니……."

"그래. 네가 그렇게 선언한 건 진짜 충격이었지. 그간 착실하게 군 생활을 하던 네가 갑자기 사직서를 냈으니 말이야."

"형님이 이러는 거, 아버지와 큰형님도 아십니까?"

그 물음에 그는 의자를 끌어와 그 앞에 앉으며 말했다.

"당연히 모르시지. 뼛속까지 군인이신 분들 아니냐? 당연히 이런 행동을 용납하실 리가 없지."

"그런데 왜 이러시는 겁니까?"

그 물음에 영구상이 대뜸 말했다.

"너 혼인해라."

"네? 그게 무슨 자다가 봉창 두드리는 소리입니까?"

"이대로 혼자 늙어 죽으려고?"

"말 돌리지 말고! 본론을 말하는 겁니다! 대체 나에게 혼인을 하라는 목적이 뭔지!"

언성을 높이는 영구진을 보며 영구상은 태연하게 대답해 주었다.

"병부시랑 댁에 딸이 하나 있거든. 그런데 문제가 좀

있어."

"……문제가 뭡니까?"

"광증이 있거든."

"……네?"

"혼기가 찼는데도 시집을 보낼 곳이 마땅치 않아서 걱정이 이만저만이 아니시란 말이지. 네가 그녀와 혼인한다면 그분의 걱정도 덜어드리고, 나는 그분과 인맥을 쌓을 수 있고. 이게 바로 일석이조 아니냐?"

영구진은 어처구니가 없다는 표정을 지었다.

병부시랑 댁의 사위로 자신을 팔아넘기기 위해 억류한 거라는 의미니까.

"형님!"

"너무 화내지 말라고. 솔직히 말해서 병부시랑 댁 사위가 되는 건데 너에게도 좋은 일이잖아."

영구상은 그를 살살 구슬렸다.

"혼인만 해 주면, 네가 술을 만들든 차를 만들든 별 상관하지 않으실 거다. 그러니까 눈 딱 감고 나를 좀 도와주라."

"……."

영구진이 이를 갈며 말했다.

"그래서 일부러 지금, 내일이 출품일인 지금, 저를 억류한 것입니까?"

"맞아."

일부러 시간이 촉박하게 만들어서 제대로 판단하지 못

하게 하기 위함이다.

'예전부터 머리가 참 잘 돌아가는 자식이었지.'

그에게 당한 것이 하도 많아 형이라고 부르고 싶지도 않았다.

"그리고 하나 더 추가하지."

영구상이 싸늘한 표정으로 말했다.

"내일 오전 인시까지 결정하지 않으면, 나는 네가 소중하게 생각하는 두 가지를 부술 거다."

"……!"

"양조장과 맹현이라는 아이."

그 말에 영구진이 이를 악물며 말했다.

"대체 어디까지 떨어지려는 겁니까?"

"나도 처음부터 이러진 않았거든. 그런데 조정에서 관리로 있다 보니까 내가 살려면 나도 진흙을 묻힐 수밖에 없더라고."

"……."

"그럼 잘 생각해 보라고."

영구상은 의자에서 일어나 그곳을 나갔다. 그리고 영구진은 영구상이 앉았던 의자를 발로 차 버렸다.

"이런 ××!"

우당탕!

그리고 그 방의 작은 창문에는 작은 돼지 한 마리가 빼꼼히 고개를 내밀고 그 모습을 보고 있었다.

* * *

나는 품평회장으로 향하고 있었다. 오랫동안 자리를 비울 수는 없었으니까.

그때 내 소매 안에서 뭔가 꿈틀대는 게 느껴졌다.

어? 금령이가 벌써 돌아왔나?

소매 안에 손을 넣어 보자 녀석이 있다는 게 느껴졌다.

그 말은 영구진 장인이 가까운 곳에 있다는 의미다.

"안내해 줘."

"꾸이!"

금령의 안내를 따라가니 한 저택이 나타났다.

저택 현판에 쓰여진 글자는 [선주 영가].

내 짐작이 맞았군.

나는 진유 무사에게 말했다.

"은밀히 저를 따르세요."

"알겠습니다."

나는 무흔보법을 사용해 저택 안으로 은밀히 들어갔고, 금령의 도움으로 영구진 장인이 있다는 곳에 당도했다.

작은 창문을 통해 안을 들여다보자, 영구진 장인의 모습이 보였다.

의자 등받이에 묶인 채 억류되어 있었다.

허⋯⋯.

선주 영가는 명문 무가로 꼽힐 만한 곳이다.

그런데 이런 짓거리라니.

나는 주변을 살펴보았다.

제법 구석진 위치인 데다가 하인이나 하녀의 모습도 보이지 않는다.

근처에 무사로 추정되는 자들의 기운만 느껴질 뿐.

감이 오는데…….

이거, 귀주성 도지휘첨사 대인은 물론이고 가문의 이들 대부분이 모르는 상황이다.

그렇기에 내가 무작정 들어가서 영 장인을 내놓으라고 하기에는 문제가 있다.

그가 이곳에 있다는 증거도 그렇고…….

태자를 데리고 올까?

아니다. 그러면 일이 너무 커진다.

잠시 고민하다가 한 사람을 떠올렸다.

마침 성격이 불같으면서도 이곳에 쳐들어와도 큰일이 되지 않을 만한 사람이 있지 않은가.

그러면서도 누구보다 영구진 장인을 아끼는 친구고.

나는 즉시 그 저택을 벗어나 북경지부로 향했다.

"어? 너 품평회장으로 간다면서, 왜 돌아왔냐?"

나를 본 진호 형이 그리 물었고, 나는 다급하게 말했다.

"방금, 영구진 장인이 있는 곳에 대해 알아냈어."

내 말을 들은 동혁수 대협이 내게 달려오며 물었다.

"그래서 어디에 있습니까? 그 녀석?"

"아까 선주 영가의 저택이 북경에 있다고 말씀하신 것이 떠올라 그곳을 집중적으로 알아보았습니다. 그리고 오늘 아침에 그곳으로 들어갔다고 합니다."

"당장 가죠!"

내 생각대로 그는 득달같이 달려갔고, 우리는 그의 뒤를 따랐다.

곧 우리는 선주 영가의 저택에 도착했다.

"누구십니까?"

"나는 영구진 공자의 공자의 친우 동혁수입니다. 친우를 만나러 왔습니다."

"선약이 되어 있으십니까?"

"네. 오늘 만나기로 했습니다."

그는 당당하게 그리 말했다. 그리고 문지기의 반응으로 보아 이곳에 영구진 장인이 있음이 분명했다.

그게 아니라면 "공자님께서는 이곳에 계시지 않습니다."라고 했겠지.

"들어가시지요. 안에 기별을 하겠습니다."

또한 억류되어 있음도 모른다.

그러니까 안에 기별하겠다고 하겠지.

우리는 안으로 들어가 안내자를 기다리지 않고, 곧바로 영구진 장인이 억류되어 있는 곳으로 향했다.

그곳에는 아까 내가 기운을 느꼈던 두 명의 무사가 문을 지키고 있었다.

"멈추십시오!"

"영구진 공자를 만나러 왔소."

"그분을 왜 여기서 찾으십니까?"

"영구진 공자가 여기로 오라고 했습니다. 그러니 길을 열어 주십시오."

"그럴 리가 없습니다. 그 누구도 들이지 말라는 둘째 공자님의 명이 있었습니다."

그 말에 동혁수 대협이 팔을 걷으며 말했다.

"예전부터 그 형님이 마음에 들지 않았지."

그는 갑자기 놀란 표정으로 옆을 가리키며 소리쳤다.

"헉! 저거 뭐야?"

무사들의 시선이 그곳으로 향한 순간, 동 대협은 허리춤에서 무언가를 꺼내어 문을 향해 던졌다.

쾅!

바, 방금, 도, 도끼를 던진 거야?

나는 동혁수 대협의 갑작스러운 행동에 깜짝 놀랄 수밖에 없었다.

설마 문을 향해 도끼를 던질 거라고는 생각도 하지 못했으니까.

아니, 도끼는 대체 언제 챙긴 거야?

그리고 그 도끼는 정확히 문의 걸쇠에 명중하면서 잠긴 걸쇠를 부숴 버렸다.

"이게 대체 뭐 하는 짓입니까?"

이를 알아챈 무사들의 기세가 험악해졌다.

하지만 동혁수 대협은 이를 아랑곳하지 않고 안에 대고 외쳤다.

"야! 이 새끼야! 그 안에 있으면 당장 나오라고!"

"이렇게 막무가내로 나오시면 곤란합니다."

"자꾸 이러시면 무력을 사용하겠습니다."

동혁수 대협은 두 무사와 실랑이를 하며 내게 눈짓했다.

나는 고개를 끄덕이고는 즉시 문을 향해 달려 들어갔다.

"아, 안 됩니다!"

두 무사가 나를 막으려 했지만, 동혁수 대협이 그들을 가로막았다.

문을 열고 들어가자, 의자에 묶여 있는 영 장인의 모습이 보였다.

"영 장인!"

"소, 소단주님!"

"괜찮으십니까?"

"네."

나는 얼른 그를 묶고 있는 밧줄을 잘라내고 그를 부축해서 데리고 나왔다.

동혁수 대협은 두 무사와 여전히 대치 중이었다.

"멈춰라!"

"……."

영구진 장인을 본 무사들은 낭패한 표정을 지었다.

그리고 뒤를 돌아본 동혁수 대협이 씨익 웃으며 말했다.

"야! 너 살아 있었냐?"

"나 그렇게 쉽게 안 죽는다."

영구진 장인도 피식 웃더니 바닥에 떨어져 있던 도끼를 집어 들었다.

"이거 네가 던졌냐?"

"응. 그런데?"

"고맙다."

그때 소란을 들었는지 한 사내가 무사들을 이끌고 달려오고 있었다.

"이게 무슨 소란……."

그는 말을 잇지 못했다. 내 옆에 서 있는 영구진 장인을 보았기 때문이다.

순간, 그는 얼른 얼굴빛을 바꾸며 말했다.

"구진이 너, 이게 무슨 짓이냐? 도끼를 들고 와서 이런 행패라니!"

나는 영구진 장인을 몰아가려는 그에게 뭐라고 말하려고 했다.

하지만 나보다 동혁수 대협이 더 빨랐다.

"오랜만이오. 형님."

"너는……."

"그리고 생사람 잡지 마십시오. 저 도끼는 제가 들고 온 제 도끼니까요. 형님이 잡아 놓은 제 친우를 구하기 위해서 말입니다."

"잡아 놓다니! 그게 무슨 소리냐?"

"이 녀석의 팔에 남은 흔적이나 보고 말씀하시지요?"

그의 말대로, 영 장인의 팔에는 묶여 있던 자국이 선명하게 남아 있었다.

"그러고 보니 지금 구만 형님께서 출장 중이라고 하던데, 그래서 이 때를 틈타 이런 짓을 저지른 겁니까? 아무튼, 저는 이 일을 절대 그냥 넘어가지 않을 겁니다."

"이는 선주 영가의 집안일이다. 네가 아무리 구진이와 친하다고 해도 본가의 집안일에 끼어들 수는 없다."

치사하게 집안일이라고 선을 그어 버리는군.

이렇게 되면 우리가 개입할 수 있는 여지가 사라진다.

하지만 동혁수 대협은 그런 것에 굴할 인물이 아니지.

"선주 영가는 자기 형제를 묶어서 가두는 법도가 있는 가문이었나 봅니다? 전에 뵌 춘부장께서 가문에 대해 자랑하실 때 전혀 그런 말씀이 없으셨는데 말입니다."

와우!

잘한다! 잘해.

나는 속으로 손뼉을 쳐 주고 싶었다.

"구진이는 가문에 죄를 지었다! 그러니……."

"하! 진짜 너무하십니다! 형님! 대체 어디까지 거짓말을 해야 직성이 풀립니까? 제가 죄를 짓다니요? 대체 무슨 죄를 지었다는 말입니까?"

"가문의 명예를 실추시킨 죄다."

동혁수 대협이 어처구니없다는 표정을 지었다.

"이 녀석이 가문의 명예를 실추시켰다고 하는 것이 술 빚는 일을 한다고 하는 것 때문입니까?"

"그렇다!"

후우…… 진짜 안 되겠네.

나는 앞으로 나서며 말했다.

"처음 뵙겠습니다. 저는 은해상단의 소단주 은서호라고 합니다."

"한낱 상인이 끼어들 자리가 아니네!"

"아뇨. 저는 자격이 있습니다. 영구진 장인을 후원하는 상단을 대표해서 왔으니까요."

"……."

"저희 은해상단에서 열심히 후원한 영구진 장인이 품평회를 앞두고 사라져서 무척이나 곤란하던 참이었습니다."

나는 목소리를 깔며 말을 이었다.

"그런데 당신이 영구진 장인을 억류하고 있다는 것을 발견했습니다. 그러면 이 손해에 대한 배상을 누구에게 청구해야 합니까?"

"그건……."

"이번 주류 품평회를 담당하신 태자 전하께 이를 고하고 시시비비를 가려 볼까요?"

내 말에 그는 곤란한 표정으로 한 걸음 뒤로 물러났다.

"그러니 여기서 마무리하는 게 좋지 않겠습니까? 이 일이 밝혀지면 좋을 게 있을까요?"

"으……."

나는 영구진 장인과 동혁수 대협에게 말했다.

"가시죠."

그렇게 우리는 무사히 그 저택 안에서 나올 수 있었다.

"괜찮으십니까?"

우리가 북경지부에 당도하자, 진호 형이 우리를 맞아 주었다.

"네, 덕분에 괜찮습니다."

"정말 다행입니다."

나는 진호 형에게 말했다.

"형, 혹시 모르니까 경비에 좀 더 집중해 줘."

"알겠다."

진호 형은 고개를 끄덕였다.

형이라면 북경지부의 경비를 걱정하지 않아도 된다. 그만큼 철저한 사람이니까.

간혹 허튼소리를 하는 것만 빼면 말이지.

그래도 이때의 진호 형이 좀 더 좋긴 했다. 나중에 외총관이 되는 진호 형은 고일평 외총관보다 더 진중해져서 재미가 없거든.

나는 영구진 장인에게 말했다.

"그럼 우리는 대화 좀 합시다."

"네."

나는 영구진 장인과 동혁수 대협을 데리고 접빈실로 향했다.

우리가 의자에 앉자 팔갑이 차를 따라 주었다.

"드십시오. 심신을 안정시켜 주는 차입니다."

"아, 감사합니다."

그렇게 잠시 차를 마시며 마음을 가라앉히는 시간을 가졌다.

흥분된 상태에서의 대화는 올바른 방향으로 진행되지 않으니까.

음, 차 맛있네.

팔갑이의 차 우리는 솜씨는 나날이 발전하고 있군.

어느 정도 흥분이 진정됐다 싶자, 나는 영구진 장인에게 물었다.

"아까 그분은 누구십니까?"

"아…… 영구상이라고, 제 둘째 형님입니다."

옆에서 동 대협이 미간을 찌푸리며 덧붙였다.

"진짜 마음에 안 드는 형님입니다. 얕은 수작만 부리고……."

"나름의 생존전략일 겁니다."

원하는 것을 쟁취하기 위해서 말이다. 보통 가문의 둘째가 좀 더 진취적인 성향이 강하다는데.

음, 진호 형은…….

"서호야. 나 역시 상단주는 정호 형의 몫이라고 생각한다. 나에게는 이 상단을 지키는 것이 나의 자부심이다."

그래, 꼭 일반화할 수는 없는 거지.

그리고 진취적이든 뭐든, 남에게 피해를 주면서까지 원

하는 것을 쟁취하는 것은 옳다고 할 수 없다.

"그래서, 대체 왜 영 장인을 억류한 것입니까?"

"솔직히 말씀드리고 싶진 않습니다만, 후원자에 대한 예의가 아니겠지요."

그가 한숨을 내쉬며 말을 이었다.

"부디 제가 지금 하는 말은 이곳에서만 끝났으면 합니다."

"알겠습니다. 비밀을 지키도록 하죠."

"저에게 혼인을 하라고 하더군요."

"혼인…… 이라고 하셨습니까?"

"네."

그는 고개를 끄덕였다.

"병부시랑 댁 여식이 있는데, 광증이 있다더군요. 하지만 아무 남자에게나 시집을 보낼 수도 없는 것이, 집안의 격이라는 것이 있으니……."

"그래서 영 장인을 그 댁 사위로 만들고, 그 인맥을 통해 이득을 얻고자 했다는 거군요."

"네."

"이런 × 같은 새끼가!"

동혁수 대협이 버럭 화를 냈다.

하긴 제삼자인 나도 분노가 끓어오르는데 죽마고우인 그는 어떻겠어.

그나저나 병부시랑 댁 여식의 광증이라…….

사실 나도 알고 있는 이야기다.

이전 삶에서 그녀의 광증을 막다가 그의 남편이 죽었고, 그 재판이 진행되면서 알게 되었지.

살인에 대한 건 무죄로 판결났다.

사고로 인해 그리되었다는 판결이었으니까.

하지만 원인을 제공한 건 맞기에 병부시랑 측에서는 신랑 측에 막대한 보상을 해야 했다.

그리고 몇 년 후에 그녀는 광증을 치료하게 된다.

모산파의 도사가 이를 치료해 주었다지.

그 사고는 아직 몇 년 후의 일이고, 나와 직접적인 관련이 없었기에 생각하지 않고 있었다.

내가 아무리 시간을 거슬러 돌아왔다고 해도, 세상 사람 모두를 구할 수는 없는 일이니까.

내 자신의 한계를 인정해야지.

또한 내 목표는 은해상단을 천하제일 상단으로 만들고, 무림맹과 백천상단에 복수를 하는 것이니까.

후…….

나는 마른세수를 했다.

하지만 이제는 상황이 달라졌다.

그 사건의 희생자가 영구진 장인이 될 수 있는 일.

이렇게 나와 관련이 있는 사람이 되었으니, 이에 대해 모른 척할 수는 없게 되었다.

그나저나 광증이라…….

그녀의 광증은 비만 오면 자신을 자해하는 것.

처음부터 그랬던 건 아니고, 어느 날부터 갑자기 그리

되었다고 한다.

의원이 아닌 모산파 도사가 고쳐 주었다는 건 병이 아니라는 의미다.

하지만 그 일에 대해 알아보는 건 나중으로 미뤄야겠군.

지금은 더 급한 일이 있으니까.

나는 영구진 장인에게 말했다.

"비록 불미스러운 일이 있긴 했지만, 내일 최선을 다해 주셨으면 합니다."

"물론입니다."

* * *

영구상은 이를 갈았다.

자신의 계획이 엉망이 되어 버렸기 때문이다.

동혁수.

막냇동생의 죽마고우인 그는 예전부터 마음에 들지 않았다.

그건 아마도 자신과 닮지 않았으면서도 닮았기 때문일 것이다.

화끈하면서도 저돌적이지만, 사실 알고 보면 상당히 머리가 잘 돌아가는 자다.

사람들이 그걸 잘 몰라서 그렇지.

게다가 그는 귀주성 포정사의 장남이다.

자신이 함부로 건드리기 어려운 인물.

그렇기에 자연히 그는 그 옆에 있던 은서호를 향해 증오를 불태웠다.

"천한 상인 주제에 감히 나를 방해해?"

그는 이를 갈며 은서호라는 자에게 어떻게 하면 엿을 먹일 수 있을지 고민했다.

그리고 그는 은서호가 상인이라는 것에 주목했다.

상인이라면 가장 껄끄럽게 생각하는 곳은 바로 그들과 직접적인 관련이 있는 호부다.

다음 날, 그는 황궁에 입궁해 곧바로 호부로 향했다.

"무관이 여기엔 어쩐 일인가?"

"상단의 비리에 대해 알게 된 것이 있어서 제보하러 왔습니다."

"뭣이? 그곳이 어딘가?"

"은해상단입니다. 그곳의 은서호 소단주가 뇌물을 받는 정황을 목격했습니다."

상단이라면 뇌물을 주고받지 않을 수가 없다.

그렇기에 자신의 고발은 거짓이지만 거짓이 아닌 것.

이제 곧 저들은 은해상단에 관리들을 보낼 것이다.

호부의 관리들에게 탈탈 털리면 하루하루가 괴로울 터.

그렇게 행복한 상상을 하고 있는데, 뭔가 돌아가는 상황이 이상했다.

"자네, 그 제보가 진짜인가?"

"물론입니다."

"그렇다면 은 소단주가 언제 어디서 누구에게 뇌물을 받았는지, 이에 대해 어찌 알게 되었는지를 상세히 적게나."

"네?"

"은서호 소단주를 상대하려면 정확한, 아주 정확한 증거가 필요하단 말이지."

호부의 관리가 말을 이었다.

"그래서 우리 호부에는 이런 말이 있네. 은해상단을 상대할 때에는 평소보다 백배의 준비를 하라고. 안 그러면 우리가 당하거든."

"……."

"후, 뇌물을 받지 않기로 유명한 곳이 뇌물을 받았다니! 그래, 이는 아주 중요한 일이야. 뭐 하는가? 어서 적지 않고?"

이에 영구상은 식은땀을 삐질 흘렸다.

거짓으로 적었다가는 그게 빼도 박도 못 할 올무가 되어 자신을 옥죌 터이니까.

게다가 무고죄는 제법 중죄다.

"사실, 잘 기억이 나지 않아서…… 죄, 죄송합니다."

그는 호부에서 도망치듯 나가 버렸다.

"젠장!"

첫 번째 작전이 실패했다고 해서 이렇게 물러날 수는 없었다.

두 번째로 떠올린 곳은 금의위.

그 역시 병부에서 오래 일한 만큼, 금의위 사람들과도 인맥이 있다.

병부에서 금의위로 가는 이들이 종종 있으니까.

그들은 자세한 정황증거가 없어도, 잡아다가 문초를 할 수 있는 막강한 권한이 있었다.

'이에 대해 아버지나 형님의 귀에 들어갈 위험성이 있긴 하지만, 이보다 확실하게 그 상인 녀석을 엿 먹일 방법도 없지.'

영구상은 자신의 친우였던 금의위의 한 진무에게 접근했다. 그리고 그에게 은서호에 대해 밀고를 했다.

"그자가 황제 폐하에 대해 역심을 품은 듯한 발언을 하는 것을 들었네."

"뭐?"

"그러니까 어서 그자를……."

"이 자식이! 지금 어디서 그분에 대해 그딴 식으로 몰아가는 건데?"

"응? 으응?"

"그분은 우리 금의위의 은인이다! 우리 금의위 중에서 그분에게 은혜를 입지 않은 자가 없다! 그분의 충심은 우리가 모두 인정하는 바! 그뿐만 아니라 황제 폐하의 총애를 받는 분이라고!"

전혀 예상치 못한 반응에 그는 어리둥절했고, 그의 친우는 그에게 싸늘하게 말했다.

"다시 한번 그분을 그딴 식으로 모함하면 내 손에 죽을 줄 알아! 그리고 경고하는데 그분을 건드리면 너는 우리 금의위에게 죽고, 네 가문은 황제 폐하의 손에 풍비박산이 날 거다!"

"……."

"에잉! 이런 놈을 친우라고!"

그렇게 그는 홱 가 버렸다.

영구상은 그제야 상황을 깨달았다.

자신이 보복하려고 했던 천한 상인은 절대 천한 상인이 아니었다.

'젠장! ×됐다!'

그가 그리 안절부절못하고 있을 때 한 남자가 그에게 다가왔다.

"어? 너 여기 있었구나!"

그의 큰형인 영구만이다.

"혀, 형님, 언제 돌아오셨습니까?"

"방금 돌아왔다. 오늘 막내가 주류 품평회에 참가한다고 하기에 부랴부랴 돌아왔지."

그는 웃으며 말을 이었다.

"우리 막내가 드디어 성과를 올리는구나! 하하하! 그게 술을 빚는 일이지만 그래도 폐하 앞에 서는 건데 큰 성과지! 뭐 하냐? 어서 보러 가야지."

"……."

이번 품평회를 주관하는 곳은 청수상단과 은해상단.

분명 그곳에 은해상단의 은서호 소단주가 있을 터.

그리고 동혁수도 있을 것이고.

영구상은 진짜, 무척, 간절하게, 그곳에 가고 싶지 않았다.

썩은 오이를 씹은 듯한 영구상의 얼굴에 영구만이 고개를 갸웃했다.

"왜 그러냐?"

"저기, 형님. 저는 지금 급한 업무가 있어서 가지 못할 것 같습니다."

"무슨 소리냐? 너에게 급한 업무가 없다는 거 이미 네 상관에게 확인하고 왔다."

"……."

그 철저함에 말문이 막혀 버린 영구상을 보며 영구만이 말했다.

"그래, 막내가 주도가의 길을 걷겠다고 했을 때 특히나 네가 더욱더 난리를 쳤었지. 나 역시 안 된다고 반대했었지만 생각해 보니 그리 반대할 일은 아니었다고 생각한다."

영구만이 말을 이었다.

"어디서 뭘 하든, 나쁜 짓 하지 않고 몸 건강하면 되는 거 아니겠느냐? 그리고 가족 좋다는 것이 뭐냐? 이럴 때 가서 응원해 주면 힘이 되지 않겠느냐?"

영구상의 속도 모르고, 영구만은 그를 어르고 달랬다.

"자자, 어서 가자."

"……."

"어서."

"네……."

＊　＊　＊

주류 품평회의 둘째 날이다.

나는 어제 오래 자리를 비운 것에 대해 태자와 고 상단 주님께 사과했다.

그들은 대수롭지 않다는 듯한 태도를 보였다.

"사과할 필요 없네. 듣자 하니 곤란한 일이 있었다는 데, 해결은 잘 됐나?"

"네. 잘 해결됐습니다."

"다행이로군. 너무 괘념치 말게."

"감사합니다. 오늘은 반드시 끝까지 자리를 지키도록 노력하겠습니다."

오늘은 영구진 장인이 술을 출품하는 날이다.

그가 있는 쪽을 보자, 그는 많이 떨리는지 심호흡을 하며 앞만 보고 있었다.

저건 내가 어떻게 해 줄 수 있는 게 아니다.

그리고 시간이 지나면 긴장이 풀릴 테고.

그들의 앞에 놓인 탁자에는 아무런 안주도 없었다.

왜냐하면, 백로주는 그 자체로 시원하고 상쾌한 맛이 있기 때문이다.

또한, 안주 없이 많이 마셔도 속에 부담이 없다.

그래서 담소를 나눌 때 차 대신 마시기에 제격인 술이지.

품평회를 시작할 시간이 되자, 초청객들은 무작위로 이동하면서 술을 품평하기 시작했다.

"음……."

"으음……."

백로주를 마셔 본 초청객들은 알 수 없는 미소를 지으며 평가지를 작성했다.

귀주성 포정사 대인 역시 알 수 없는 침음을 흘렸다.

"이거, 초조하네요."

"뭐가 말입니까?"

내 옆에는 영구진 장인을 응원하기 위해 동혁수 대협이 와 있었다.

"저 녀석의 술을 맛본 분들의 저 미묘한 반응이 긍정인지 부정인지 알 수 없으니 말입니다."

이에 나는 미소를 지었다.

"걱정하지 않으셔도 됩니다. 제가 볼 때는 긍정적인 반응입니다."

"그걸 어찌 압니까?"

"다들 입맛을 다시고 있지 않습니까? 한 잔 더 마시고 싶다는 의미지요."

"아!"

내 말에 동혁수 대협이 고개를 끄덕였다.

그때 그는 어느 한 곳을 보더니 고개를 갸웃했다.

"저 형님들이 왜 여기에……."

"무슨 일이십니까?"

"저기 말입니다."

그가 가리킨 곳에는 어제 봤던 영구상 공자가 있었다. 그 얼굴을 보니 억지로 끌려온 것이 분명했다.

그리고 그 옆에는 닮았지만, 그보다 더 기골이 장대한 거한이 서 있었다.

"구진이의 큰형과 둘째 형입니다."

거한 쪽이 큰 형이구나. 어제 듣기로 이름이 구만이라고 했던가? 그리고 출장 중이라지 않았나?

그때 우리를 발견했는지 그들이 우리에게 다가왔다.

"은서호 소단주 되십니까?"

"아, 네."

"처음 뵙겠습니다. 구진이의 큰형, 영구만이라고 합니다."

그 소개에 옆의 영구상도 마지못해 인사했다.

"구진이의 둘째 형 영구상입니다."

"은해상단의 소단주 은서호입니다."

그렇게 나와 인사를 나눈 영구만 공자가 고개를 돌려 동혁수 대협에게 인사했다.

"오랜만이구나."

"오랜만입니다. 그런데 여긴 어쩐 일입니까?"

"구진이를 응원하러 왔다."

"구진이가 주도가의 길을 걷겠다고 했을 때, 연을 끊겠다고 난리 치시던 건 언제고 이제 와서 응원입니까?"

"반성하고 있다."

"……."

진솔한 대답에 동 대협도 더는 퉁명스럽게 대하지 못했다.

"생각해 보니, 어디서 뭘 하든 나쁜 짓만 하지 않고 몸 건강하면 된 거 아닌가 싶다."

"춘부장께서도 그런 마음이시면 좋겠는데 말입니다."

"오해를 하고 있구나. 아버지께서도 구진이의 이번 품평회 참가를 응원하고 계신다."

"네?"

그런데 뭔가 이상한데?

나는 조심스레 말을 꺼냈다.

"영구진 장인의 춘부장께서는 지금 귀주성에 계시는 것으로 알고 있습니다."

"맞습니다."

"그곳까지 소식을 전하려면 시간이 제법 걸리지 않습니까?"

그 말에 영구만 공자가 대수롭지 않게 대답했다.

"설마, 저희가 구진이를 그냥 내버려두었겠습니까? 미우나 고우나 저희 선주 영가의 식구입니다. 아버지께서는 그 녀석을 보호하기 위해 그 녀석 몰래 처음부터 사람을 붙여 놓았습니다."

"네?"

이에 영구상 공자가 깜짝 놀라 반문했다.

"아버지께서 사람을 붙였다고요?"

"그렇다."

나는 영구만 공자에게 물었다.

"단순히 보호만이 아니라 감시라는 목적도 있었을 거라 봅니다만."

"……부인하진 못하겠군요."

그는 쓴웃음을 지었다.

"저희 가문이 가장 싫어하는 것은 이 나라를 좀먹는 악적입니다. 두 번째는 무언가를 이루기도 전에 도중에 쉽게 그만두는 겁니다."

"……"

"만약 녀석이 악적이 되었다면 저희 가문에서 나서서 베었을 겁니다. 그리고 가문을 나갔다가 금방 돌아왔다면 정말 연을 끊었을 겁니다."

"즉, 그 선함과 의지를 보려고 했다는 겁니까?"

"그런 셈이지요. 결과적으로 녀석에게 좀 가혹한 일이 되긴 했지만 말입니다."

"지금도 사람이 붙어 있겠군요."

"맞습니다. 덕분에 금주령으로 어렵게 생계를 이어 가다가 은해상단이라는 좋은 후원자를 만났다는 이야기를 들을 수 있었습니다."

그는 포권하여 나에게 고개를 숙였다.

"이에, 구진의 형으로서 감사하다는 말씀을 드리고자 찾아왔습니다."

나 역시 그에게 마주 포권했다.

"그런 말씀 마십시오. 좋은 술을 빚는 장인이기에 저희 상단의 이익을 위해 후원하는 것뿐입니다. 그런데 출장 중이라고 들었는데 오늘을 위해 달려오신 겁니까?"

"네. 장계를 올리자마자 퇴궐해서 바로 온 것입니다."

그때 영구만 공자가 옆의 영구상 공자를 보며 고개를 갸웃했다.

"음? 어디 아프냐? 갑자기 왜 그러느냐?"

그도 그럴 것이 그의 얼굴이 삽시간에 검게 죽어 있었기 때문이다.

나는 그 얼굴을 보며 속으로 미소 지었다.

아무래도 감시하는 자가 있다는 것을 모르고 일을 저질렀던 듯하다.

사실 영구진 장인에게 사람이 붙어 있다는 건 이미 알고 있었다.

이상하게 영구진 장인의 주도가 근처를 알짱거리는 자가 있었거든.

그리고 이곳까지 따라왔고.

하지만 위험해 보이진 않았고, 그 기운도 영구진 장인과 비슷하게 느껴져서 모른 체했는데…….

역시 그의 가문에서 붙인 사람이었군.

저번에 영구진 장인이 억류당한 것을 발견했을 때에도

그 기운을 느꼈다.

아마 억류당한 것까지 보고 있었을 것이다.

아직 선을 넘지 않았기에 나서지 않았던 거겠지.

그런데도 내가 바로 영구진 장인을 구출한 것은 주류 품평회 때문이었다.

그쪽에서 나서는 것을 기다릴 여유가 없었으니까.

"혀, 형님, 저는 이만 가 보겠습니다. 갑자기 배가 아파서……."

"그렇게 하거라."

부리나케 달려가는 그를 보며, 뭔가 고소하게 느껴졌다.

쯧쯧. 그러게 왜 그런 짓을 하셨습니까?

영구만 공자는 잠시 품평회를 지켜보다가 일이 있다면서 자리를 떴다.

오늘 품평회는 별다른 일 없이 마무리되었다.

그날 저녁.

품평회를 마치고 돌아왔지만, 장인들은 긴장을 늦출 수 없었다.

남은 술은 모두 황궁에서 걷어 갔다고는 하지만 술을 만들 재료를 지켜야 하기 때문이다.

나는 장인들을 위해 품평회 전날 밤부터 품평회 다음날 아침까지 은풍대 무사들을 동원해 경비를 서도록 했다.

푹 쉬고 품평회에 최선을 다하라는 의미와 수고했다는
의미다.

그래서 영구진 장인 일행도 오늘 밤은 푹 쉴 수 있었다.

"으아아!"

"으허어억!"

나는 씻고 방에 들어간 그들이 침상에 누우며 내는 신
음에 피식 웃었다.

뭐, 오늘 고생 많았으니까.

그리고 초청객들의 반응을 보니 좋은 결과를 기대해도
좋을 듯했다.

내일 품평회에 출품할 이들을 격려하고 장인들의 처소
를 벗어나려 할 때였다.

"도련님! 손님이 오셨습니다요. 영구진 장인의 큰형 영
구만이라고 하면 아실 거라고 하셨습니다요."

잠시 후.

나는 그를 맞이했다.

"어서 오십시오."

"또 뵙는군요. 이렇게 야심한 시각에 찾아뵈어 송구합
니다."

"괜찮습니다. 그리 야심한 시간도 아닙니다."

그와 인사를 주고받으면서 느껴지는 비릿한 냄새.

이거 피 냄새인데?

아…… 영구상 공자가 저지른 짓에 대해 들었나 보군.

피 냄새가 날 정도라면 진짜 제대로 팼나 보다.

"제 동생을 볼 수 있을까요?"

"물론입니다. 들어오시지요."

나는 그를 접빈실로 안내하면서 영구진 장인을 불러오라 명했다.

그리고 접빈실 안에서 영구만 공자와 담소를 나누었다.

잠시 후.

영구진 장인이 접빈실 안으로 들어왔다.

"부르셨다고 들었습니다."

"네."

영구진 장인은 영구만 공자를 보더니 움찔했다.

"혀, 형님……."

"오랜만이구나."

"네."

나는 얼른 영구진 장인에게 말했다.

"아까 말하지 못했는데, 사실 영구만 공자께서는 아까 영 장인을 응원하기 위해 오셨었습니다."

"아, 네. 혁수에게 들었습니다."

"이렇게 빠르게 성과를 내다니 기쁘구나! 아버지께서도 네 이야기를 듣고 기뻐하셨다."

"……."

"그리고 미안하구나."

영구만 공자가 고개를 숙이는 모습에 영구진 장인이 화들짝 놀랐다.

"혀, 형님! 왜 그러십니까?"

"내가 없는 동안 구상이가 너에게 한 짓을 들었다."

"……"

"아버님이 계시지 않은 곳에서 녀석의 방자한 행동을 바로잡지 못한 것은 틀림없는 나의 잘못이다."

"혀, 형님……."

"다시는 이런 일이 없도록 하겠다."

그는 자세를 바로 한 후 그에게 말했다.

"선하게, 몸 건강한 모습으로 다시 보니 좋구나."

그러고는 고개를 돌려 내게 정중히 인사했다.

"늦은 시간에 죄송했습니다. 앞으로도 제 동생을 잘 부탁드립니다."

그렇게 영구만 공자는 북경지부를 나섰다.

그를 배웅하고 다시 처소로 돌아가는 길에 영구진 장인이 내게 말했다.

"둘째 형의 일, 아무래도 혁수가 큰 형에게 말했겠죠."

"아닙니다."

나는 고개를 저었다.

"아까 들으니, 춘부장께서 영 장인을 위해 이미 사람을 붙여 놓고 있었다고 합니다."

"네?"

나는 그에게 아까 영구만 공자에게 들었던 이야기를 해주었다.

내 이야기를 들은 그는 고개를 주억였다.

"아, 그렇게 된 거였습니까?"

그는 감동한 표정이었다.

자신을 버린 줄 알았던 아버지가 사실은 그를 버리지 않았다는 것이 감격스러운 모양이었다.

"그런데……. 둘째 형은 괜찮을까요?"

그 물음에 나는 조심스레 물었다.

"영 장인을 억류하고 그런 무리한 요구를 했는데도, 걱정이 되는 겁니까?"

"그게…… 제 형이라서가 아니라…….."

그는 뺨을 긁적이며 말했다.

"큰형님이 분노해서 주먹을 날리시면 이가 빠지는 정도가 아니라 턱뼈가 부러지거든요."

아…… 걱정할 만하네.

그래서 아까 피 냄새가 났던 거군.

"말씀대로라면 아버지도 이를 알게 되실 겁니다. 그런데 아버지께 맞으면 턱뼈가 부러지는 게 아니라 바스러질 수도 있습니다."

그 정도면 병가를 내야겠군.

.

.

.

시간이 흘러 드디어 품평회의 일차 평가가 끝났다.

그리고 내 예상대로 영구진 장인의 백로주가 백 개의 술 중 하나에 들어갔다.

이제는 술을 만드는 과정을 보여 주고, 그 자리에서 만들어진 술을 평가할 차례다.

술을 만드는 건 짧으면 보름 정도에서 길면 한 달 넘게 걸리기도 한다.

정확한 평가를 위해 백 명의 주도가를 위한 공간이 따로 마련되었다.

그곳은 바로 우리 은해상단 북경지부다.

일차 평가에서 탈락한 주도가들이 돌아가면서 공간적 여유가 생긴 것이다.

그리고 이만한 인원을 보름에서 한 달 동안 지내게 할 곳도 많지 않았고.

내가 후원하는 주도가 중에서 남은 이들은 영구진 장인을 비롯한 스무 곳, 그리고 항주에서는 월주루와 다른 두 곳. 이렇게 스물세 곳이 남았다.

청수상단 산하의 주도가도 열 곳이나 남았다.

놀라운 건 명주를 담그는 주도가가 내 예상보다 많았다는 것이다.

내가 주도가들을 모은다고 모았지만, 내가 미처 후원하지 못한 곳도 많았으니까.

그렇게 최종 품평회가 시작되었다.

나는 술을 빚기 위해 열심히 움직이는 영구진 장인을 보았다.

집중하고 있는 모습이지만, 왠지 그 표정은 무척이나 홀가분하고 시원해 보였다.

아무래도 가족의 인정을 받았다는 것 때문일지도 모르겠네.

술을 빚는 과정은 매우 지루하고 힘겹다.

단 하나의 과정도 허투루 할 수가 없었고, 장인들은 최선을 다해 술을 빚었다.

특별한 문제가 없다면 일차 시험을 통과한 이들의 술은 대부분 제국 백대 명주 안에 들어갈 터.

그중에서 상위 열 개의 술은 우선적으로 이번 외국과의 교역에 포함될 것이다.

물론 우리 은해상단의 경우에는 외국과의 교역권이 있기 때문에 상위 열 개에 포함되지 않아도 배에 실을 수 있다.

그걸 알고 있음에도 저리 최선을 다하는 것은 아마도 장인으로서의 자부심과 자존심 때문이겠지.

장인들이 술을 빚는 동안, 나는 집무실에서 일을 처리하고 있었다.

주류 품평회가 중요한 건 사실이지만, 현풍국주로서의 일을 하지 않을 수는 없으니까.

그리고 곧바로 시문 경연도 있다.

"소단주님!"

갈현 부관이 집무실로 들어와 나를 불렀다.

동 대협 때문에 서향 소저는 내 집무실에 최대한 박혀

있었고, 갈현 부관이 외부와의 소통을 담당하고 있었다.

"무슨 일입니까?"

"방금 술이 완성되어, 시음을 준비하고 있다는 전갈이 왔습니다."

"어떤 술입니까?"

"백로주입니다."

나는 빠르게 하던 일을 마무리하고 북경지부 내에 마련되어 있는 품평회장으로 향했다.

어느새 연락을 받고 온 초청객들이 하나둘 입장하고 있었다.

곧 술맛에 대한 평가가 시작되었고, 영구진 장인이 준비된 술을 술잔에 따랐다.

쪼르륵.

어?

순간 나는 깜짝 놀랄 수밖에 없었다.

어째서…… 저 술 안에 태음빙해신공의 기운이 담겨 있는 거지?

내가 알기로 태음빙해신공은 무척이나 폐쇄적인 무공이다. 그렇기에 제국에서 이를 볼 수 있는 곳은 몇 군데로 국한되어 있다.

하지만 내가 놀란 건 단순히 그 기운이 술에 담겨 있기 때문이 아니다.

영구진 장인과 맹현 모두 태음빙해신공을 익힌 흔적이 전혀 없었기 때문이다.

술에 기운을 담기 위해서는 직접 술에 기운을 집어넣어야 한다.

그리고 지금 이 주변에서 태음빙해신공을 익힌 자는 나와 창인표국의 표사와 표두 정도.

하지만 저들도 정체를 숨겨야 한다는 것을 잘 알고 있으니 그런 짓을 할 이유가 없다.

즉, 영구진 장인이나 맹현이 술에 태음빙해신공의 기운을 담았다는 건데…….

그게 어떻게 가능하지?

내가 놀라는 사이, 그 술을 마신 이들은 감탄사를 내뱉었다.

그렇겠지.

태음빙해신공의 기운이 담긴 술을 마셨으니, 그 상쾌하고 시원함에 온몸이 저릿할 거다.

"이거, 저번에 마셨던 것보다 더 맛이 좋군!"

"그러게 말이야. 앞으로도 자주 마시고 싶구먼."

"그나저나 이 술은 마실수록 머리가 맑아지는 느낌이야."

그렇겠죠.

태음빙해신공은, 정신을 맑게 하는 공능이 있으니 술에 취하지를 않거든요.

그렇게 백로주에 대해 호평이 이어졌다.

품평이 마무리되고 고 상단주와 함께 초청객들에게 인사를 한 후, 돌아오니 영구진 장인과 백현이 자리를 정리하고 있었다.

"고생 많으셨습니다."

"아, 소단주님. 다들 좋게 봐주신 것 같아 다행입니다."

"여러분들이 고생하신 덕분이죠. 이따가 함께 저녁 괜찮으십니까?"

"물론입니다."

"그럼, 이따가 사람을 보내겠습니다."

저녁 식사를 하면서, 그들에게 그 술에 대해 넌지시 물어볼 생각이다.

잠시 후.

북경지부 인근의 주루.

시간에 맞추어 가니, 루주가 달려 나와 나를 반겼다.

"어서 오십시오."

"직접 맞아 주시니 감사합니다."

내가 큰손은 큰손인가 보다. 루주가 직접 나를 기다리다가 맞이해 줄 줄이야.

"요청하신 최상층에 자리를 마련해 놨습니다."

"항상 신경 써 주셔서 감사합니다."

나는 최상층으로 올라가 주변을 살폈다.

호위무사들도 곳곳을 살피고 이상 없음을 알렸다.

식탁 앞에 앉아 기다리고 있자, 팔갑이 영구진 장인과 맹현을 데리고 도착했다.

"어서 오십시오."

"이렇게 좋은 곳에 초대해 주시니 감사합니다."

특히나 맹현은 이런 곳이 처음인지 두 눈이 휘둥그레져서 정신없이 주변을 구경하였다.

"오늘 수고해 주신 두 분께 감사하는 마음으로 준비한 자리입니다. 음식이 입에 맞으셨으면 합니다."

"감사합니다."

곧 음식이 나오기 시작했고, 우리는 식사를 시작했다.

이 자리는 다 같이 즐기고 마시는 회식이 아닌, 일종의 업무 자리.

그렇기에 팔갑과 호위무사들은 같이 먹는 대신 정해진 위치에서 호위를 섰다.

그러면서도 딱히 음식에 대한 아쉬움을 표하진 않았는데, 내가 가능할 때마다 맛있는 음식을 사 주었기 때문이다.

영구진 장인도 잘 먹었지만, 맹현이 특히나 잘 먹어서 기분이 좋았다.

그래도 아직 품평회가 끝나지 않았으니, 과식은 좋지 않다.

내가 가볍게 만류하려고 하는데, 영구진 장인이 먼저 그를 타박했다.

"야, 좀 적당히 먹어라. 뱃속에 걸신이라도 들어앉았냐?"

"맛있잖아요. 그리고 이런 기회가 언제 또 있다고요! 먹을 수 있을 때 먹어야죠."

"그래서 체하면 다 토할 텐데…… 안 아깝냐?"

"아…….."

나는 웃으며 말했다.

"적당히 먹어도 된다. 그리고 이런 기회 앞으로 많을 거다."

"정말이요?"

"그럼. 내가 그런 것으로 거짓말하지 않지."

나는 말을 이었다.

"그리고 체해서 아프면, 무척 고생이니까. 뒷일을 생각해야지."

내 말에 맹현이 말했다.

"어…… 할아버지와 같은 말씀을 하시네요."

"할아버지?"

내 물음에 맹현이 고개를 끄덕였다.

"몇 년 전에 돌아가신 할아버지가 맨날 그랬거든요. 뒷일을 생각해야 한다고요."

"그랬구나."

말이 나왔으니 잘 되었다 싶었다.

"그러고 보니 궁금하네요. 영 장인께서는 어쩌다가 백로주를 만들게 되신 겁니까?"

내 물음에 영구진 장인이 머리를 긁적였다.

"그게 말입니다……."

육 년쯤 전, 신출내기 무관이었던 그는 다른 동료들을

살리고자 미끼를 자처했다고 한다.

"그땐 그 방법밖에 없었거든요. 그렇다고 다른 놈들에게 그 역할을 하라고 할 수도 없었습니다. 그건 죽으라고 등 떠미는 건데, 그래도 제가 가장 생존 가능성이 높았으니까요."

그렇게 미끼가 되어 산길을 달리던 그는 결국 절벽에서 떨어졌다고 했다.

"눈을 떠 보니, 한 노인장이 저를 간호해 주고 있었습니다. 그리고 다리의 부상이 나을 때까지만 그곳에서 머물기로 했습니다."

그 노인의 이름은 맹송.

그곳에는 어린아이가 하나 있었는데, 집을 나갔던 맹노인의 아들이 데려온 아들이라고 했다.

하지만 돌아온 지 얼마 되지 않아 사고로 죽어서 노인과 손자만 남았다고 한다.

"그러다가 맹 어르신이 만든 술을 마시게 되었습니다. 그 술은 제 평생 처음 마셔 보는 술이었습니다. 그 술맛에 반한 저는 맹 어르신께 술을 만드는 법을 알려 달라고 했습니다. 그러자 어르신께서는 주도가의 사람이 되지 않으면 알려 줄 수 없다고 하더군요."

"그래서 가문에 관직을 내놓겠다고 선언한 것입니까?"

"그런 거지요. 하하하."

옆에서 맹현이 거들었다.

"사실, 할아버지는 처음부터 구진 아저씨가 주도가를

맡아 주었으면 했어요. 그렇게 정리정돈 잘하고 깔끔한 사람은 못 봤다고요."

맹현이 말을 이었다.

"할아버지는 항상 잔소리를 달고 사셨어요. 맛있는 술을 빚기 위해서는 청결과 정리정돈이 최우선이라고요. 그걸 못하면 어떻게 손님들이 믿고 먹을 수 있는 술을 빚을 수 있겠냐고."

이에 나는 웃으며 말했다.

"그건 내 조부님도 마찬가지야. 사실 내 조부님께서도 차를 우리는 곳은 언제나 청결해야 한다고 하시거든. 하지만 생각해 보면 맞는 말이지."

나는 고개를 돌려 영구진 장인에게 물었다.

"그런데 혹시 어르신께서 백로주를 어떻게 만들게 되신 건지 아십니까?"

"예. 어르신께서 젊었을 때 북해에서 지낸 적이 있었는데, 그곳에서 배웠다고 들었습니다."

"북해…… 말입니까?"

"예. 저도 그 이상은 잘 모르겠습니다."

그 뒤를 이어 맹현이 설명을 덧붙였다.

"제가 어릴 때 그런 말씀을 해 주신 적이 있어요. 할아버지가 후계자를 남기지 않고 죽으면 백로주의 명맥이 끊기게 될 거라고. 그러면 술 빚는 법을 배우는 것을 허락해 준 궁주님에게 죄송해서 죽어서도 그분을 뵙지 못할 거라고요."

"······!"

그렇다면 백로주는 설풍궁에서 배운 것이 분명하다.

"그럼 백로주라는 이름은 누가 지은 겁니까?"

"술 빚는 법을 알려 주신 궁주님이 그렇게 이름을 지어 주셨다고 들었어요."

·

·

·

식사를 마치고 돌아온 나는 내 방으로 들어갔다.

그리고 내 비고에 넣어 두었던 술병 하나를 꺼냈다.

하얀색의 종이 여러 겹을 겹쳐서 입구를 밀봉한 것이 마치 하얀 연꽃처럼 보였다.

북해에서 자라는 빙련으로만 담을 수 있어서 빙련주라고 부르는 술.

설풍궁이 멸문하며 이 빙련주의 제조법도 소실되었다.

이건 팔백 년 묵은 것으로, 조사님께서 남겨 두신 안배다.

이 술에서 느껴지는 기운과 백로주에서 느껴지는 기운이 무척이나 흡사했다.

맛은 좀 다르지만.

그러고 보니······ 백로주는 술을 빚는다고 하고, 빙련주는 술을 담근다고 했지?

설마······.

그 차이점을 고민하자, 하나의 가설이 내 머릿속에서

맞춰졌다.

빙련주는 단순히 빙련으로 만드는 술이 아니다.

이미 만들어진 술, 즉 백로주에 빙련을 담가 빙련주를 만드는 것이다.

그리고 이번에 만들어진 술은 진정한 백로주다.

그럼 빙련만 있으면, 빙련주를 다시 담글 수 있다는 건가?

하지만 여전히 풀리지 않는 의문 하나.

어째서 이번에 빚은 백로주와 달리 이전에 빚었던 백로주에는 태음빙해신공의 기운이 담겨 있지 않았던 거지?

뭐가 달라진 거지?

그때 문득 일전에 사부님께 들었던 말이 떠올랐다.

"전에 아버지께서는 그런 말씀을 하신 적이 있습니다. 태음빙해신공은 심법이 아닌 행공으로도 이룰 수 있다고 말입니다."

"네? 행공으로 말입니까?"

"네. 그 방법은 유실되어 알 수 없습니다만, 기억을 더듬어 보면 그 행공을 이루기 위해서는 올곧은 마음을 가진 자여야 하며 또한 그 마음에 얽매인 것이 없어야 한다고 하더군요."

"그렇군요."

"하지만 마음에 얽매인 것이 없는 사람은 아마 거의 없을 겁니다. 그러니 소단주님이나 저나 행공은 물 건너갔고…… 열심히 심법을 수련해야겠죠."

"네……."

아마도 백로주를 빚는 것이 일종의 행공이었을 것이다.

혹시 그건가?

이번에 영구진 장인은 가족들이 그를 버리지 않았다는 것을 알게 되었다.

그간 그는 가족에 대한 미안함이나 자신이 가는 길이 맞는지에 대한 망설임을 품고 있었던 모양이다.

그런데 이번에 그 고민이 해결되면서 행공의 완성을 이루게 된 것.

그로 인해 진짜 백로주를 만들 수 있게 된 것이다.

좋은데?

사부님이 아시면 정말 좋아하시겠네.

그리고 설풍궁의 소궁주인 나로서도 좋은 일이다.

문제는 설풍궁을 멸문시킨 자들의 정체도 모르고, 그들을 처리하지도 못한 상황에서 설풍궁의 잔재인 백로주를 널리 퍼뜨려도 괜찮을지 고민이다.

다행인 것은 아직 금주령이 풀리기 전이라 이 술은 외국과의 교역에만 쓰일 거라는 점이다.

금주령이 풀릴 때까지 이 문제를 어떻게 해결할지 고민해 봐야겠다.

그때 팔갑이 다급하게 내 방으로 들어왔다.

"도련님!"

"아, 깜짝이야! 진짜! 놀랐잖아!"

이젠 수시로 기척을 없애네?

나는 얼른 백련주를 비고 안에 넣으며 말했다.

"무슨 일이야?"

"황궁에서 내관이 왔습니다요."

내관이 여기까지? 무슨 일이지?

나는 얼른 의관을 정제하고 밖으로 나갔다.

"황제 폐하께서 하사하신 물건을 가지고 왔습니다."

황제가 나에게 하사하는 물건이라고?

나는 즉시 무릎을 꿇고 두 손으로 내관이 내미는 물건을 받았다.

"열어 보십시오."

황제의 하사품은 긴 상자였다.

조심스레 그 상자를 열어 보자 열 개의 작은 병이 들어 있었다.

그리고 그 병에는 종이가 붙어 있었는데, 마지막 병에는 백로주라고 적혀 있었다.

최근에 두 번째 품평을 마친 열 개의 술을 모조리 거두어 갔는데, 이를 위해서였군.

"혹시, 술입니까?"

"그렇습니다. 이번 주류 품평회를 위해 수고하는 이들에게 하사하는 것입니다."

"황은이 망극하옵니다."

아무래도 이거, 황제가 선심을 쓰는 것 같단 말이지.

그보다 병이 이게 뭐야?

평범한 병에 이름을 적은 종이를 붙이니 별로 멋이 없었다.

문득 좋은 생각이 떠올랐다.

이왕 이렇게 된 거, 각 술에 맞게 특색 있는 병을 만들면 잘 팔리지 않을까?

하지만 문제는 이 안에 포함된 백로주가 널리 퍼지는 상황이다.

나는 내관에게 물었다.

"혹시, 이 술…… 누구누구에게 전달되었습니까?"

"이번 품평회를 위해 고생하는 이들과 삼품 이상의 고관들에게 전달되었습니다."

"……."

그 정도면 수가 그리 많지 않으니…… 우선 안심해도 되려나?

그때였다.

툭, 투둑.

어, 비가 내리네.

예상은 했지만 왜 하필이면 지금 비가 오는 건지…… 옷이 다 젖잖아.

* * *

병부시랑은 집에 돌아왔다.

"오셨습니까?"

"그래, 오늘은 별일 없었느냐?"

그의 물음에 시종이 대답했다.

"네, 집안은 평안합니다."

"단이는…… 괜찮으냐?"

그 물음에 시종은 고개를 조아렸다.

"비가 오기 시작하자, 광증이 시작되어서…… 자해를 하셨습니다."

"……."

"하여 미리 준비한 대로 사지를 결박해서, 다행히 크게 다치지는 않으셨습니다."

"내 못난 딸 때문에 너희가 고생이 많구나."

"그런 말씀 마십시오."

병부시랑은 쓴웃음을 지었다.

그에게는 딸이 하나 있었다.

아들 둘을 내리 낳고 마지막으로 딸을 낳은 것이라, 유독 사랑을 주며 키웠다.

하지만 어느 날.

비가 갑자기 쏟아졌는데, 딸이 흠뻑 젖은 채 돌아왔고 그날부터 광증에 시달리기 시작했다.

비만 오면 스스로를 자해하기 시작한 것.

그게 벌써 몇 년째다.

딸이 혼기가 찬 것도 문제지만, 소중한 딸이 괴로워하고 자해하는 것은 차마 볼 수가 없었다.

"지금은 어찌하고 있느냐?"

"여전히 몸부림치고 계십니다."

은은하게 들려오는 괴성, 아마 딸이 지르는 비명일 터.

대체 무엇이 딸을 저리 괴롭게 하는지 알 수 없어서 더
더욱 마음이 아팠다.

그때 문득, 오늘 하사받은 술이 떠올랐다.

'술이라도 마시게 하면 좀 진정이 될까?'

술을 하사하면서 별다른 말이 없다는 건 이 술은 알아
서 마셔도 된다는 의미다.

그리고 이런 경우에는 그 가족들도 포함이다.

그는 그 술 중에서 품평회의 초청객들이 머리가 맑아지
는 느낌이라며 극찬했던 술을 떠올렸다.

'백로주라고 했지.'

그는 술병 하나를 꺼내 시종에게 건넸다.

"황제 폐하께서 하사하신 술이다. 이걸 단이에게 먹이
도록 해라."

"알겠습니다."

* * *

날이 밝았다.

간밤에 계속해서 내리던 비는 새벽이 되어서야 그쳤다.

비 때문에 술 빚는 것에 문제가 생기는 건 아니겠지?

그런 생각을 하며 강소성의 무동상단으로 서신을 보냈

다. 그들은 도자기로 유명한 상단.

곶감도 때깔이 좋은 곶감이 맛있다고, 각 술에 맞게 특색 있는 술병을 만들기 위함이다.

그리고 운기조식을 한 후 무공을 수련했다.

그리고 아침을 먹은 후 막간을 이용해 용민 무사에게 대월국 언어를 배웠다.

그러던 중.

"도련님! 얼른 나와 오십시오!"

무슨 일이지?

나는 문을 열고 나왔다.

"무슨 일이야?"

"그, 그게, 병부시랑 대인께서 그 따님과 함께 영구진 장인을 찾아오셨습니다요."

뭐?

병부시랑의 딸이라면, 그 광증이 있는?

혹시 영구상 공자가 또 수작을 부리는 건가?

그 일은 이미 마무리된 거 아닌가?

대체 왜 오신 거지?

.

.

.

나는 다급히 주도가들이 모여 있는 숙소로 향했다.

그곳 마당에는 많은 사람이 모여 웅성거리고 있었다.

사람들을 헤치고 들어가 보니 병부시랑이 멱리를 쓴 여

인과 함께 영구진 장인을 마주 보고 서 있었다.

"자네가 백로주를 빚은 장인이 맞는가?"

"그렇습니다."

그 물음에 영구진 장인은 당당하게 대답했다.

"혹시 제가 빚은 술에 무슨 문제가 있었습니까?"

"아니, 그건 아니네. 내가 궁금한 건 그 술에……."

나는 병부시랑이 더 말을 잇기 전에 끼어들었다.

그 뒷말이 다른 이들에게 알려져서는 곤란할 것 같았기 때문이다.

"이게 누구십니까? 병부시랑 대인 아니십니까?"

"음? 은서호 소단주로군."

"예. 저희 영 장인을 찾아오셨다고 들어서 급히 왔습니다."

"맞네. 그와 이야기할 것이 있어 왔네."

"그렇다면 여기 서서 담소를 나누시는 것보다는 안에 들어가시는 편이 좋을 듯합니다. 아직 날도 쌀쌀하니 따님께도 그편이 좋을 듯합니다."

내 제안에 그는 고개를 끄덕였다.

"그게 좋겠군."

그렇게 나는 병부시랑 일행을 접빈실로 안내했고, 팔갑이 다과를 준비해 왔다.

"드시지요."

"고맙네."

나는 병부시랑에게 이 자리에 배석하게 해 달라고 말하

려고 했다.

하지만 나보다 영구진 장인이 더 빨랐다.

"송구합니다만 대인. 여기 은서호 소단주는 저를 후원해 주시는 분입니다. 그렇기에 저의 대소사에 관련한 일도 처리해 주십니다. 그래서 말인데 은서호 소단주님도 이 자리에 배석했으면 합니다."

병부시랑은 그 청을 흔쾌히 받아들였다.

"그렇게 하지."

"감사합니다."

나는 얼른 영구진 장인의 옆에 앉았다.

"내 다시 한번 묻겠네. 자네가 정말 백로주를 빚은 장본인인가?"

"그렇습니다."

대체 무엇 때문에 이리도 몇 번이고 확인하시는 건지 모르겠네.

하지만 나쁜 일은 아닌 듯했다.

만약 문제가 있었다면 금군들이 들이닥쳤겠지.

"백로주는 여기 영구진 장인이 빚은 술이 맞습니다. 그건 어제 품평회 때 이를 지켜본 백 명의 초청객과 이를 지켜본 수많은 이들이 증명할 수 있습니다."

"그렇군."

그는 고개를 끄덕였다.

"내가 이를 재차 확인하는 이유가 있네. 사실…… 내 딸에게는 광증이 있었다네."

"……."

이미 영구상 공자에게 들어 알고 있었지만, 이를 말할 수 없으니 처음 듣는 척해야 했다.

"자해를 하는 광증이었다네. 이유를 알 수 없는 광증으로 무척 괴로워했었지. 그런데 어제 폐하께 하사받은 백로주를 먹였는데…… 광증이 사라졌다네."

"네?"

"그게 무슨 말입니까?"

"자네들도 몰랐나 보군. 여하튼 나로서는 신기하고도 감사한 일이었네. 온갖 약을 다 써 봐도 나아지지 않던 광증이 술 한 모금에 사라지다니 말이야."

영 장인은 여전히 이유를 모르는 듯했지만, 나는 그 이유를 알 것 같았다.

백로주 안에서 느껴졌던 태음빙해신공의 기운 때문이겠지.

병부시랑의 딸이 앓았던 광증은 병이 아니라 세뇌나 저주에 가까운 것이었을 터.

모산파의 도사가 이를 치료해 주었으니까.

태음빙해신공이 담긴 백로주가 비슷한 역할을 한 것이겠지.

하지만 이어진 병부시랑의 말에는 나도 놀랄 수밖에 없었다.

"그동안 어떤 방법을 써도 소용이 없었는데…… 이는 필시 하늘이 점지해 준 인연이네. 그래서 말인데 자네!

내 딸과 혼인해 주게나."

"네?"

"네에?"

아니, 갑자기 왜 이야기가 그렇게 흘러가는 거지?

하지만 이미 이야기가 된 듯, 병부시랑 대인의 딸은 옆에 다소곳이 앉아 있을 뿐이다.

영구진 장인은 당황하여 말했다.

"너, 너무 갑작스러운 말씀입니다. 그리고 대인의 따님은 제게는 너무 과분합니다."

"아니네. 자네가 아니었다면 분명 내 딸은 언젠가 분명 자신의 목숨을 해했을 거네."

그 말을 나는 아니라고 반박할 수가 없었다.

본인의 목숨은 아니었지만, 이를 말리다가 그 남편인 영구진 장인이 목숨을 잃었으니까.

"내 여식의 광증을 고쳐 준 술을 빚은 자네라면 내 여식을 믿고 맡길 수 있네."

병부시랑의 의지는 단호했고, 영구진 장인은 난처한 기색이었다.

이 상황을 보는 나로서는 기분이 참 묘했다.

이전 삶에서 부부의 연을 맺었던 두 사람이, 이번 삶에서도 이렇게 이어지네?

이걸 보면 정말 운명의 상대가 있구나 싶었다.

나로서는 딱히 말릴 이유가 없기는 했다.

이전 삶에서는 부인의 광증 때문에 희생되었지만, 이번

삶에서는 본인이 만든 술 덕분에 그게 해결되었으니 말이다.

병부시랑 대인 정도면 사돈으로서 좋은 집안이기도 하고.

하지만 당황스러워하는 영구진 장인을 위해서는 시간을 만들어 줘야지.

나는 조심스레 말을 꺼냈다.

"저, 대인. 모름지기 혼사라는 건 집안과 집안이 이어지는 큰 일이 아닙니까?"

"그건 그렇지."

"그리고 남녀가 평생의 가약을 맺는 일이기도 합니다. 그러니 좀 시간을 두고 일을 진행하시는 편이 좋을 듯합니다."

"아…… 그렇군! 미안하네. 나도 모르게 너무 성급하게 일을 진행하려 했군."

"아, 아닙니다."

병부시랑의 사과에 영구진 장인이 얼른 손을 저었다.

"그래, 자네의 춘부장께서는 호북성에 계시는가?"

이미 영구진 장인이 호북성의 주도가에서 왔음을 알고 계시는구나.

"아닙니다. 아버지께서는 귀주성에 계십니다."

"귀주성에?"

"그것이……."

영구진 장인이 뺨을 긁적이며 대답했다.

"귀주성의 도지휘첨사로 계십니다."

그 대답에 병부시랑은 두 눈을 깜박이다가 다시 물었다.

"혹시…… 영구상 주사와는 어떤 관계인가?"

"제 둘째 형님입니다."

거기까진 아직 알아보지 않으셨구나. 그러니 저렇게 놀란 표정을 지으시지.

"허! 그랬구먼! 그런데 대체 어디가 아프기에 영 주사가 병가를 낸 것인가?"

그 물음에 영구진 장인은 난처한 표정을 지었다.

왜 병가를 냈는지는 뻔하니까.

그 큰형인 영구만 공자에게 비 오는 날 먼지 나게 맞았는데 멀쩡할 리가 없지.

"송구합니다. 사실 둘째 형님과 별 왕래가 없어서 잘 모르고 있었습니다."

"그렇군."

그나저나 병부시랑은 무척이나 흡족한 표정이었다.

그도 그럴 것이 사위로 삼겠다고 결정한 자가 알고 보니 가문도 제법 좋은 편이었으니까.

．

．

．

그날 저녁.

나는 방으로 돌아와 금령을 불렀다.

"금령아."

"꾸이?"

"은자 먹고 싶지? 심부름 좀 하자."

내 말에 금령이 꾸이 거리며 내 앞의 다탁 위로 올라왔다. 그리고 눈을 반짝이며 나를 보았다.

나는 미리 작성해 둔 서신을 금령의 꼬리에 매어 주며 말했다.

"이거, 사부님께 전해 드리면 돼. 그리고 답장도 받아 와야 해."

"꾸이."

"어서 다녀와."

금령은 곧바로 사부님께 달려갔다.

사부님께서 어디에 계시는지는 잘 모르겠지만 금령이의 속도라면 늦어도 내일은 답장을 받을 수 있을 거다.

다음 날 아침.

"꾸이!"

눈을 떠 보니, 금령이 내 가슴 위에 앉아 나를 내려다보고 있었다.

"으아함, 빨리 왔네?"

나는 하품을 하며 금령이를 쓰다듬어 주었다.

그리고 침상에서 일어나 금령이의 꼬리에 매인 서신을 풀어 읽었다.

[소단주님이 전해 준 소식은 참으로 놀랍군요. 그 백로주는 설풍궁의 설로주가 틀림없습니다.]

설로주?
눈의 이슬이라는 의미인가?

[제 조부님께서 왜 설로주의 제조법을 알려 주고 그 이름을 백로주라고 하셨는지는 모르겠지만, 결과적으로 그 명맥이 이어지게 되었으니 이 어찌 아니 기쁜 일이겠습니까?]

필체를 보니, 사부님께서도 무척 흥분하신 듯했다.

[확실히 그 술에 담긴 기운은 염려할 만한 것이긴 합니다만 이를 꼭 경계할 필요는 없을 듯합니다. 백로주를 만든 장인에게 미안하지만, 어쩌면 이건 설풍궁을 멸문시킨 흉수들을 끌어낼 수 있는 미끼가 될 수도 있습니다.]

역시 나와 비슷한 생각이시군.
설풍궁을 철저하게 파괴한 자들이니 백로주 역시 눈에 거슬릴 터.
그러니 그들은 백로주를 노릴 것이고, 그들을 잡으면 그 정체의 실마리를 얻을 수 있을 테니까.

[그에 대한 건 소단주님이 더 잘 아실 거라고 생각합니다.]

즉, 나에게 이후의 일을 맡긴다는 말씀이시군.

나는 삼매진화를 일으켜 서신을 태웠다.

그럼 이제 운기조식을 해 볼까?

그리 생각하며 일어나려 하는데, 금령이 내 옷자락을 입에 물고 놔주질 않았다.

"왜 그래?"

"꾸이!"

금령은 앞발로 침상을 탁탁 두들겼다.

아…… 아직 은자를 주지 않았구나. 역시 철저한 녀석이다.

.
.

.

어느덧 모든 경연이 끝났다.

최종 우승은 내 예상대로 백로주가 선정되었다. 하여 그는 황제에게 나아가 제일회 주류 품평회에서 최우수 성적을 거두었음을 증명하는 증서와 상금을 받았다.

"참으로 장하다! 앞으로도 좋은 술을 빚을 수 있도록 정진하라."

"황은이 망극하옵니다."

차순위인 우수상은 월주루의 월주와 함께 청수상단 산

하의 주도가에서 출품한 태평주가 선정되었다.

그들 외에 일곱 곳이 명명(名銘)에 선정되었다.

명명이란 이름을 새긴다는 의미.

즉, 기록으로 남겨 제국에 널리 알린다는 의미이기도 하다.

제국의 수많은 주도가들 중에 열 곳 안에 들었다는 것만으로도 대단한 쾌거지.

그렇게 황제를 알현하고 물러 나온 영구진 장인은 비틀거렸다.

"괜찮으십니까?"

"후우, 괘, 괜찮습니다. 긴장이 좀 풀려서 그렇습니다."

그 마음 제가 이해합니다.

저도 황제를 마주할 때마다 긴장되어서 간이 쪼그라들 정도거든요.

그리고 나도 따로 황제를 만나야 한다.

후⋯⋯.

나는 그에게 말했다.

"저 내재를 따라가시면, 됩니다."

"네."

"그럼 이따가 봅시다."

그렇게 그를 보내고 황제의 집무실을 보며 심호흡을 했다.

잠시 후.

나는 황제의 앞에 나아갔다.

극상의 예를 취한 나에게 황제가 말했다.

"고개를 들라."

"황은이 망극하옵니다."

"그래, 이번에 수고가 많았다. 신하들의 반응도 좋고, 민심도 좋아졌다고 들었다. 덤으로 참가비도 꽤 쏠쏠했고."

"그게 어디 이번 일 때문이겠습니까? 모두 황제 폐하의 은덕입니다."

"입에 침이나 바르고 말하지?"

그 핀잔에 나는 입술에 침을 바른 후 말했다.

"사실이옵니다."

황제는 피식 웃고는 화제를 돌렸다.

"네가 올린 서류를 살펴보았다. 이번에 외국과 교역할 술의 술병을 각각 다르게 만들자는 내용이던데, 제법 좋은 생각 같더구나."

"제 의견을 좋게 봐주시니, 정말 기쁘옵니다."

"이대로 추진하도록 하라."

"명 받잡겠습니다. 하오나 폐하."

"뭐냐?"

"예산은 어느 정도로 책정되는 겁니까?"

"예산?"

"네. 자고로 예산이 넉넉해야 이를 진행하는 이들도 걱정 없이 일을 진행할 수 있는 것이라 생각 되옵니다. 마음이 불안하면 작품은 탄생하지 않는 것이라 생각되옵니다."

나는 말을 이었다.

"게다가 이번에 만드는 술들은 외국과의 교역을 위한 것이 아닙니까? 외국에 제국의 위엄을 보이기 위해서라도 잘 만들어야 할 듯합니다."

"그러니까 좀 넉넉하게 돈을 쓰라는 거구나."

나는 대답 대신 고개를 조아렸다.

황제는 잠시 생각하다가 내 청을 승낙했다.

"일리가 있다. 내 넉넉하게 예산을 주도록 하지."

"황은이 망극하옵니다."

"그건 그렇게 하고…… 듣자하니 병부시랑의 여식이 백로주를 마시고 광증을 치료했다던데?"

"……."

역시 내 예상대로, 황제는 이에 대해 물었다.

"아까 영 장인에게 물었는데, 그가 말하기를 그 술을 만드는 과정에서 좋은 기운이 담겼다고 하더군. 그리고 그걸 설명해 준 게 네 녀석이라고 들었다."

아…….

그리 설명해 주긴 했다.

술을 만드는 당사자니 어느 정도는 알고 있어야지.

나는 그에게 제법 상세하게 설명해 주었다. 하지만 외부에서 이에 대해 물어보면 "좋은 기운이 담기게 되었다."라고 말하라고 알려 주었지.

그리고 내가 그리 설명했다고 말하라고도 했고.

내 지시대로 잘했군.

"맞사옵니다."

"내가 따로 알아보니 백로주의 기운이 차가우면서도 맑다고 하더구나. 그리고 네 기운 역시 그렇지."

"……."

이미 황제는 화경의 호위무사를 통해 백로주의 기운 대해 알아본 것이 틀림없다.

진짜 조금도 방심할 수가 없단 말이지.

한편, 미리 사부님께 이에 대해 상의해서 다행이라는 생각이 들었다.

"황제 폐하. 소상도 자세히는 모르오나, 백로주에 담긴 차가운 기운이 정신을 맑게 하는 데 도움을 준 듯합니다."

나는 이에 대해 두루뭉술하게 밝히기로 했다.

원래 미끼는 잘 보이도록 던지는 것이 아니라 잘 보이지 않는 곳에 던지는 거다.

그래야 경계심이 없어지거든.

"제가 그리 추측하는 건, 말씀하셨듯이 제 기운 역시 그런 성질이기 때문입니다."

"그럼 네 녀석이 지닌 기운 역시 그런 공능이 있다는 거군."

"그러하옵니다. 다만, 이에 대해서는 다른 곳에 말씀하지 않아 주셨으면 합니다."

"나도 그 정도의 신의는 있다."

"그래서 폐하를 믿고 말씀드리는 것이옵니다."

왠지 황제 폐하의 눈빛이…… 부담스러웠다. 하여 나는
얼른 첨언을 했다.

"하지만 언제나 그런 능력이 발휘된다고 기대할 수는
없습니다."

"그런가?"

"네. 폐하."

"알겠다. 그리고 며칠 후의 시문 경연에도 최선을 다하
도록 하라."

"명 받잡습니다."

"고생했다. 이만 물러가라."

그렇게 나는 황제 앞에서 물러났다.

영구진 장인처럼 비틀거리지는 않았지만, 긴장이 풀리
니 힘이 쭉 빠지는 건 어쩔 수 없었다.

북경지부로 돌아와 영구진 장인을 찾았는데, 그는 자리
에 없었다.

"영 장인의 춘부장께서 오셨다고 해서 가문의 저택으
로 가셨습니다."

"그렇군요."

나는 내 방으로 돌아와 문서를 펼쳤다.

황궁에서 나오는 길에 받은, 술병 제작을 위한 서류다.

나는 이를 읽어 보다가 한 가지 사실을 깨닫고 한숨을
내쉬고 말았다.

이거…… 내가 해야 하는 일이잖아?

며칠 뒤에 시문 경연인데 나도 모르게 일거리를 가져와
버렸다.

고 상단주님께 넘기…… 아니, 부탁할까?

114장. 비령가 살인사건

비평가 살인사건

다음 날 아침.

고 상단주님께서 북경지부에 방문하셨다.

이번 주류 품평회에 대한 것을 최종적으로 마무리하고 장계를 작성하기 위함이다.

"아, 그러고 보니 이번에 태자 전하께서 말씀하신 초청객의 자격에 대한 시험 말일세."

"네. 이번에 가짜로 집어넣은 곳을 알아차리지 못한 자가 삼분지 일이나 되더군요."

그래서 그들은 자격이 없는 것으로 간주하고, 그들이 한 평가는 이번 평가에서 제외했다.

하여 이번 결과는 일흔 명 정도의 의견을 취합하여 나온 것이라 봐야 한다.

"그들은 다음 품평회에는 초청할 수 없겠지."

"물론입니다."

다행히 그 명단에는 귀주성 포정사 대인이 포함되어 있지 않았다.

즉, 포정사 대인은 다음 해에도 합법적으로 북경에 방문할 수 있는 이유가 하나 더 생긴 거다.

내가 서향 소저를 위해 할 수 있는 일은 아버지의 얼굴을 자주 볼 수 있게 하는 것뿐이라서 말이지.

언제 한 번 귀주성으로 가서 어머니도 뵙게 하고 싶은데…… 쉽지가 않네.

우리는 이야기를 나누며 최종적으로 황제에게 올릴 장계를 작성했다.

결과는 이미 나왔지만, 태자를 통해 정식으로 보고를 해야 했으니까.

그래야 이와 관계된 부서에서도 일을 처리할 수 있다.

"그런데 말입니다. 상단주님."

"왜 그러는가?"

"정녕, 이대로 만족하시는 겁니까?"

"무슨 의미인가?"

"때깔 좋은 곶감이 더 먹음직하다는 말과 금상첨화라는 말이 왜 있겠습니까? 이는 겉모습 역시 중요하다는 것 아닙니까?"

"자네 말이 맞네."

"그만큼 겉모양은 판매에 있어 중요합니다. 하물며 외국과의 교역인데 그냥 평범한 술병에 담아 팔려고 하십니까?"

고 상단주는 아직 감을 잡지 못한 듯 고개를 갸웃했다.

"평범한…… 술병?"

"예. 저는 그게 별로 마음에 들지 않습니다. 병만 봐도 무슨 술인지 알 수 있는 술병이 필요하다고 생각합니다. 하여 황제 폐하의 재가를 얻어 그런 술병을 제조하는 방법을 모색하고 있습니다."

나는 말을 이었다.

"또한, 술병이 그 자체로 예술품처럼 취급되면 그 술의 가치는 훨씬 더 높아질 겁니다."

"일리가 있어."

그제야 내 말을 이해한 듯, 고 상단주는 고개를 끄덕였다.

"그렇게 되면 술병을 장식하거나 전시하기 위해서라도 술을 사게 되겠지."

역시 고 상단주님.

내가 이야기하지 않은 부분까지 생각해 내셨다.

"아무래도 제가 술에 대한 식견이 부족하다 보니 그 술의 풍미를 최대로 끌어 낼 수 있는 모양을 구상하는 것이 힘듭니다. 또한 그 모양이 멋지다고 해도 유통하는데 힘들면 아니 되겠지요. 하지만 상단주님께서는 저와 달리 술을 전문적으로 다루시니 이에 대해 잘 아시지 않습니까?"

고 상단주님의 입매가 위로 올라갔다.

좋아, 넘어오고 있다.

"그래서 말인데, 혹 시간이 되신다면 저와 함께 이 일을 해 보지 않으시겠습니까?"

나는 얼른 말을 이었다.

"이를 위해 황제 폐하께 예산도 넉넉하게 받았습니다."

"얼마나 되나?"

내가 말해 준 액수를 들은 고 상단주님은 눈이 휘둥그레지며 되물으셨다.

"정말인가?"

"네."

"또한, 강소성의 무동상단의 소단주도 불렀습니다."

"오! 무동상단이라면 나도 익히 그 명성을 들어 봤네. 참으로 질 좋은 자기를 생산하는 곳이지."

"그렇습니다. 그리고 저희와 협업을 하는 곳이기도 하지요."

내 말에 고 상단주님은 고개를 주억이셨다.

"이 정도로 준비하고 있는데 내가 어찌 돕지 않을 수 있겠나? 게다가 이번에 외국과 교역할 술 중에는 우리 상단 산하의 술도 있는데 말이지."

"그럼 도와주시겠습니까?"

"알겠네. 내 돕도록 하지."

그 대답에 나는 탁자 아래로 주먹을 꽉 쥐어 보였다.

좋았어!

넘어오셨다!

자연스럽게 일을 넘길 수 있게 되었으니, 나는 이제 시문 경연에 매진하면 되겠군.

고 상단주님께서는 객잔에 머물고 계셨는데, 나는 처소를 북경지부로 옮겨 머무를 것을 청했다.

주류 품평회 때문에 왔던 주도가들이 대부분 내일이면 돌아가니, 머물 곳은 넉넉했기 때문이다.

고 상단주님은 내 요청에 흔쾌히 응하셨고, 이틀 뒤에 오시기로 했다.

우리도 처소를 정리해야 했고, 고 상단주님도 옮길 준비가 필요했으니까.

"그럼 이틀 뒤에 뵙겠습니다."

"참으로 고맙네."

그렇게 고 상단주님을 배웅하고 집무실로 돌아오자, 안에서 서류를 처리하고 있던 서향 소저가 나를 맞이했다.

"고 상단주님과는 이야기를 잘 끝내셨나요?"

"네. 이틀 뒤에 오시기로 하셨습니다."

나는 그녀에게 사과했다.

"미안합니다."

"네? 뭐가요?"

"본의 아니게 밖으로 나가지 못하고 이렇게 안에서만 계시게 해서 말입니다."

"괜찮아요. 일하는 것도 재밌고 해서 별로 답답하거나 그러지 않아요."

일하는 것이 재밌다니…….

하지만 나도 모르게 움찔하고 말았다.

그러고 보니 나도 일을 하다가 재밌다고 생각한 경우가 한두 번이 아니었으니까.

"왜 그렇게 보세요?"

"아무것도 아닙니다."

그때 서향 소저가 주변을 둘러보고 우리 둘뿐이라는 것을 확인한 후 미소 지으며 말했다.

"그나저나 이번 가을에 혼사가 있겠네요."

"네?"

"영구진 장인이요."

"혹시, 보신 겁니까?"

내 물음에 그녀는 고개를 끄덕였다.

"생각보다 빠르게 혼사를 치르는군요. 혹시…… 그 표정은 행복해 보였습니까?"

"네. 무척이요."

그 대답에 나는 흐뭇한 미소를 지었다.

하긴 병부시랑의 여식은 아름답다고 들었고, 그 배경도 훌륭하니까.

서향 소저가 저리 말할 정도면 아주 입이 귀에 걸렸다는 거다.

나중에 실컷 놀려야지.

그리 생각하고 있을 때 밖에서 팔갑의 목소리가 들렸다.

"도련님, 영구진 장인께서 뵙고자 하십니다."

호랑이도 제 말하면 온다더니.

내가 들어오라고 하자, 영구진 장인이 집무실로 들어와 내게 포권하며 말했다.

"소단주님, 아버지께서 만나고 싶어 하십니다."

잠시 후.

나는 북경의 선주 영가 저택 앞에 서 있었다.

"들어오십시오."

"네."

그때와 달리 당당하게 대문을 지나 들어갔다. 그리고 접빈실에 앉아 다과를 대접받으며 잠시 앉아 있을 때 문이 열렸다.

문이 열리며 들어온 자는 장남인 영구상 공자 못지않은 구척장신의 거한이었다.

저분이 귀주성 도지휘첨사시겠군.

나는 자리에서 일어나 포권하여 예를 갖추었다.

"소상, 은해상단의 소단주 은서호가 대인을 뵙습니다."

"나 영구진의 아비 되는 사람이네."

자신의 관직을 먼저 말하지 않는다는 건, 그 사람됨을 나타내는 것.

호걸이시군.

"내, 구진이를 보살펴 준 자네에게 고맙다는 인사를 하기 위해 이리 불렀네. 마음 같아서는 직접 찾아가고 싶었지만, 윗선의 주목을 받는 위치에서 나까지 그러면 좀 부담스러울 것 같아서 말이지."

"소상을 배려해 주시니 감사할 따름입니다."

역시 보는 것과 달리 생각이 깊으셨다.

이 정도는 되어야 고관이 될 수 있는 건가?

"앉아서 이야기하지."

"감사합니다."

나는 의자에 앉았고, 도지휘첨사 대인이 내 앞에 앉으셨다.

"구진이의 혼사에 대해 논의를 했고 이번 가을에 혼례를 올리기로 했네."

"감축드립니다."

"고맙네. 그리고 이는 자네 덕분이지."

"네?"

"구진이가 그러더군. 자네가 있었기에 자신이 걷기로 한 길을 포기하지 않고 정진할 수 있었다고. 그리고 마음의 미련을 털어 내고 술을 빚는 것에 집중할 수 있었다고. 그렇기에 좋은 술을 만들어 냈고 이를 통해 그녀의 광증을 고칠 수 있었던 것이라고."

"……."

나는 멋쩍은 미소를 지었다.

직접 들으니 쑥스럽기는 하지만, 사실인데 뭐.

내가 기여한 것에 대해 부정할 생각은 없다.

"그리고 혁수도 그러더군. 자네 덕분에 둘째가 가두어 놓았던 구진이를 구할 수 있었다고."

아, 요즘 동혁수 대협이 안 보여서 뭐 하고 다니나 했더니…….

"제가 후원하는 장인이니까요. 해야 할 일을 한 것뿐입니다."

나는 그렇게 겸양하고는 화제를 돌렸다.

"그나저나 병부시랑 대인께서 영 주사가 병가를 냈다고 걱정하시더군요."

"아, 그건 걱정하지 않아도 되네. 내가 잘 설명했지. 간만에 부자간의 대련을 좀 했다고."

나는 웃음이 나오려는 것을 참았다.

대련이 아니라, 대련의 탈을 쓴 훈계셨겠죠.

"내 따로 자네에게 줄 수 있는 건 없네. 하지만 언젠가 내 도움이 필요하다면 가문의 기조를 해치지 않는 선에 한 번 도와주도록 하지."

귀주성 도지휘첨사의 도움 약속이다.

이는 필시 나중에 큰 도움이 될 것이 분명했다.

그러니까 얼른 받아야지.

"과공은 비례라 했으니 감사히 받겠습니다."

그 이후로 그와 담소를 나눈 후 다시 북경지부로 돌아왔다.

"그런데 말입니다요."

돌아가는 길에 팔갑이 나에게 말을 걸었다.

"왜?"

"동혁수 대협이나 영구만 공자나 무관이신데, 왜 한 분은 대협이고 한 분은 공자이십니까요?"

어? 그러고 보니 그러네.

잠시 고민하던 나는 그 이유를 알 것 같았다.

동 대협은 서향 소저의 오라버니.

그래서 나도 모르게 그에 대한 존칭이 나온 것 같다.

이거 조심해야지.

팔갑처럼 예리한 자가 있다면 이를 빌미로 비밀을 알아차릴 수도 있을 터.

"팔갑아."

"네?"

"그런 건 좀 진작 말하란 말이야."

* * *

깊은 밤이었다.

한 남자가 북경의 어느 골목을 달리고 있었다.

"허억, 허억."

숨을 헐떡이는 것으로 보아 상당한 거리를 달렸다는 것을 알 수 있었다.

목이 뜨겁고, 심장이 아프고, 다리가 후들거렸다.

그러나 그는 멈출 수 없었다. 그의 뒤를 쫓는 자가 있었기 때문이다.

하지만 그를 쫓는 복면인은 매우 여유롭게 그를 따라오고 있었다.

그렇게 한 시진 동안의 숨 막히는 술래잡기 끝에 결국

그는 막다른 골목에 다다르고 말았다.

그곳에 있는 건, 미리 벽에 써 놓은 시문이었다.

그대의 시문은 땅을 찢고
하늘마저 갈가리 찢었네.
남을 비난하는 자는
본인 역시 비난받을 것을
생각해야 하고
그 비난으로 남을 죽인다면
그 본인도 죽음을 각오해야 함을
정녕 몰랐는가?
다른 자의 마음을 갈가리 찢었으니
그대 역시 갈가리 찢기리라.

그걸 보자 그는 잘 도망친 것이 아니라 상대가 원하는
곳으로 몰이를 당했음을 깨달았다.

바로 이곳으로.

그리고 자신이 왜 이런 꼴을 당하게 되었는지도 알 것
같았다.

복면인이 말했다.

"목숨이 아까우면 비난을 하는 것도 작작했어야지."

"……"

"나를 보낸 자가 누군지 모르겠지? 그렇겠지. 그동안
네놈이 시문으로 비난한 자가 한두 명이어야지."

반박하고 싶지만, 사실이었다.

복면인은 그에게 다가가며 허리의 검을 뽑았다.

스르릉.

서슬 퍼런 소리는 이미 그의 정신을 베었다.

"사, 살려 주게! 살려 주면 다시는 그런 시는 절대 쓰지 않겠네! 아니, 아예 절필하겠네!"

그는 손을 모으고 삭삭 빌었다.

서걱.

하지만 복면인의 검이 움직였고, 남자의 두 손이 잘려 나갔다.

"으아아아악!"

"내 취향은 깔끔하게 목을 베는 건데…… 미안하지만 저기 쓰여 있는 대로 해 줘야 해서 말이지."

  * * *

으아아함!

나는 기지개를 켜며 자리에서 일어났다.

그리고 운기조식을 한 후 연무장으로 나갔다.

서향 소저는 이미 연무장을 달리고 있었다. 진짜 열심이란 말이지.

나 역시 무공을 익히는 것을 게을리할 수는 없다.

오늘은 진호 형이 호북성에서 왔던 이들을 데리고 다시

내려가는 날이다.

하지만 그 일행에 영구진 장인 일행은 포함되어 있지 않았다.

그들은 북경에 양조장을 짓고 그곳에서 술을 빚기로 했기 때문이다.

가을의 혼사도 혼사지만, 시간이 없다.

가장 우수한 성적을 거둔 술이니만큼, 그 물량을 맞추려면 부지런히 움직여야 하거든.

"형, 조심해서 가."

"그래."

"가족들에게 안부 전해 주고."

"알겠다. 너도 몸 건강히 잘 있어라."

"형수님 드릴 선물은 잘 챙겼지?"

"물론이지."

그렇게 진호 형을 배웅한 나는 이제 시문 경연의 준비를 위해 움직여야 했다.

그런데……

응?

왜 진영 대협이 이쪽으로 오는 거지?

잠시 후,

나와 진영 대협은 접빈실에 마주 앉았다.

"고민이 많으신 모양입니다."

내가 먼저 그렇게 물은 건, 정말 그 얼굴에 고민이 많아 보였기 때문이다.

"그렇다네."

"무슨 일입니까?"

"후……."

진영 대협은 바로 대답하지 않고 차를 한 번에 들이켰다.

나는 조용히 차를 따라 주며 그의 입이 열리길 기다렸다.

"살인 사건이 있었네."

"네?"

살인사건은 중대한 사건이지만, 자주 벌어지는 일이기도 하다.

게다가 그건 현청의 관할인데 어째서 진영 대협이…….

그리고 왜 그걸 내게 말씀하시는 거지?

"피해자가 시문 경연에 참가하기 위해 온 자라네."

아…….

내가 알아야 할 일은 맞구나.

"피해자의 이름은 나정수. 평소 남의 시문을 비평하는 시를 많이 써서 남들의 원한을 샀던 모양이네."

"비평시요?"

"비평시라고는 하지만, 따져 보면 비난하는 것에 가까웠네."

"그렇군요."

사실 시문을 비난한다는 건 참으로 힘든 일이다.

시문이란 시인의 감정이 담긴 것이니 이를 비난하는 건

시인의 감정을 비난하는 것이 되어 버리니 말이다.

간이 부은 사람이었구나.

"그런데 문제가 있네."

진영 대협이 저렇게 심각한 표정을 지을 정도의 문제가 대체 뭐지?

"유력한 용의자가…… 남궁세가주의 아들 중 하나라는 것이네."

"……."

심각한 표정이실 만하네.

남궁세가가 어딘가?

현 무림맹주를 배출한 명성 높은 무가다.

게다가 꽤 유서 깊은 무가기도 해서 당금 무림에서 남궁세가는 그 위상이 매우 높다.

그런 남궁세가주의 아들이 용의자라니.

진영 대협은 품에서 종이 하나를 꺼내 보여 주었다.

"벽에는 이런 시가 적혀 있었네."

그 시는 확실히, 죽은 나정수 시인이 다른 이들의 시를 비난한 것에 대해 꾸짖고 있었다.

그리고 그 대가가 죽음이며 갈가리 찢겨 죽을 거라고도 적혀 있었다.

"그리고 피해자는 손목이 잘리고 온몸이 찢긴 상태로 그 시문이 적힌 벽에 기대어져 있었지."

"……."

나도 모르게 미간을 찌푸릴 정도로 수법이 상당히 잔인

했다.

"이를 발견한 이들 중에는 혼절한 이들도 있었네."

"그럴 것 같습니다."

"게다가…… 더 큰 문제는 그가 살해된 곳이 북경의 오통가(五通街)라는 점일세."

오통가는 다섯 군데로 통하는 길이라는 의미인 만큼 북경에서도 복잡하기로 유명한 곳이다.

까딱하면 다른 길로 빠지기 때문에 그곳을 오통미로(五通迷路)라고도 부른다.

"네? 오통가에서 말입니까?"

내가 놀란 이유는, 그곳이 내성 안이었기 때문이다.

북경에는 내성과 외성이 있다.

내성은 황궁이 있는 곳인 만큼 그 치안 유지가 철저하다.

그런 곳에서 끔찍한 사건이 벌어졌으니 조용히 지나갈 수가 없겠지.

"폐하께서는 이 일에 대해 철저하게 조사하라 명하셨다네. 어떻게 해서든 범인을 잡아야 하네."

이번에 죽은 자가 비록 비판의 강도가 좀 세긴 했어도 중범죄를 저지른 자도 아니었을뿐더러 무림인도 아니었다는 것.

그리고 황실의 이름으로 열리는 시문경연에 참여하기 위해 북경으로 온 자가 내성에서 살해당했다는 게 문제다.

황제로서 도저히 좌시할 수가 없는 것이지.

"그런데 왜 남궁세가의 자제가 유력한 용의자가 된 것

입니까?"

"가장 큰 이유는 피해자에게 남은 흔적이 남궁세가의 무공이라는 것이네. 또한 그도 시문 비평의 대상이었다는 점과 그로 인해 언젠가 피해자를 죽여 버리겠다고 말했다는 증언도 있었고."

진영 대협이 말을 이었다.

"또한, 간밤의 행적이 불분명하네. 어디에 있었는지 제대로 대답을 하지 않고 있거든."

확실히 그 정도면 범인으로 특정될 만하네.

"하지만 그러면서도 절대 그자를 죽인 건 아니라고 잘라 말하고 있네."

진영 대협은 한숨을 내쉬며 머리를 싸맸다.

"진짜 골치가 아프네. 가장 유력한 용의자는 맞긴 하지만, 그를 처벌한 후에 진짜 범인이 밝혀진다면 남궁세가에서 어찌 나오겠나?"

"아…… 정말 골치 아프겠네요."

내가 볼 때 황제는 이번 사건을 빌미로 남궁세가와 무림맹주의 기를 누르실 생각인 듯했다.

하지만 잘못되면 오히려 황제 쪽이 큰 손해를 볼 수도 있는 일.

그 상황에서 진영 대협은 무사할 수 있을까?

하나 마나 한 물음이지.

"그래서 말인데…… 자네가 나를 좀 도와주면 안 되겠나?"

"저보다 이 일에 더 적임이신 분이 있지 않습니까?"

"형부상서 대인 말인가?"

"네."

육식공이라 불리는 형부상서인 방효명 대인의 특기가 바로 범인을 찾아내는 것 아니던가?

"물론, 가장 먼저 그분을 찾아갔었지. 하지만…….."

"……?"

"지금 맡고 계신 일이 있다면서 자네에게 부탁하라고 하시더군."

"네?"

"자네라면 충분히 해결할 수 있을 거라고 말이야."

"……."

후, 방 대인…… 왜 그러셨습니까?

저 엄청 바쁘고 또 남궁세가와 관련된 일에는 나서고 싶지 않단 말입니다.

그래, 그게 솔직한 마음이다.

내 이전 삶에서 나를 죽인 남궁강 상단주도, 그리고 무림맹주도 남궁세가의 사람이다.

그래서인지 남궁세가와 관련된 일에는 나서고 싶은 생각이 없었다.

"제발 부탁하네."

하지만, 나에게 간절히 매달리는 진영 대협을 모른 척할 수도 없다.

도의적인 문제도 있지만, 몇 년 동안 애써 쌓아 온 신뢰를 무너트리는 것도 엄청난 손해기 때문이다.

"내 이리 부탁하겠네."

"후, 알겠습니다."

나는 고개를 끄덕였다.

"미력하나마 한 손 보태도록 하겠습니다."

"정말 고맙네."

"그럼 우선 여쭤보겠습니다. 남궁세가의 자제는 왜 북경에 온 것입니까?"

남궁세가는 안휘성에 있다. 남궁세가의 사람이 북경에 올 일이 없을 텐데.

"그게…… 시문 경연에 참가하기 위해서라고 하네."

남궁세가의 사람이 시문 경연에 참가한다고?

무가의 사람이 시문 경연에 참석한다는 게 흔한 일은 아니지만 없는 일도 아니다.

제갈세가의 태상가주님 역시 시문을 좋아하시니까.

이번에도 경연의 심사자로 초청하니 흔쾌히 받아들이셨지.

"그렇다면, 현장을 먼저 본 후 피해자의 시신을 보고 그 후에 남궁세가의 자제를 만나 보도록 하겠습니다."

이는 남궁세가의 자제와 대화하면서 내 판단이 흔들리는 것을 막기 위함이다.

이런 일에서는 객관적으로 상황을 봐야 하니까.

나는 말을 이었다.

"하지만 아시다시피 며칠 후가 시문 경연이니만큼 제

가 시간을 온전히 뺄 수는 없습니다."

내 말에 진영 대협이 말했다.

"아, 그거라면 걱정하지 않아도 되네. 이미 태자 전하께서 세빈상단의 인계성 공자에게 사정을 말씀해 주시기로 하셨으니까."

"⋯⋯."

철저하시군.

잠시 후.

외출 준비를 한 나는 진영 대협을 따라나섰고, 곧 오통가에 도착했다.

금줄이 쳐져 있고, 금군들이 그곳을 지키고 있었다.

그리고 여전히 느껴지는 비릿한 혈향을 보면, 상당히 많은 출혈이 있었음을 알 수 있었다.

그리고 일반 포졸이 아닌 금군들이 이곳을 지키고 있는 것만 봐도 이번 일에 황제가 얼마나 진심인지 알 수 있고.

"으. 상당히 끔찍합니다요."

팔갑의 말대로였다.

벽에 써진 시문에 피가 튀었고, 그 앞의 땅은 아직 치우지 않은 핏자국이 선명했다.

내 뒤의 여응암 무사가 말했다.

"이 정도라면 일부러 치명상을 입히지 않고 고통스럽게 죽였다고 봐야 할 듯합니다."

"저도 그리 생각합니다."

먼저 손목을 자르고, 고통에 몸부림치는 피해자가 피를 많이 흘려 죽도록 한 것이겠지.

그만큼 원한이 강한 자의 소행이라는 의미다.

나는 고개를 들어 벽에 쓰인 글자를 보았다.

그 글자를 살펴보던 중, 말라붙은 먹물에서 무언가를 발견했다.

"이건…… 나무줄기 조각이군요."

"나무줄기라고?"

"네. 나무줄기를 찢어 그것으로 붓을 삼아 이 시문을 쓴 것입니다."

"왜 하필이면 나무줄기를 쓴 것인가?"

"필체를 숨기기 위해서입니다."

획을 제대로 쓰기 힘들고 뻣뻣하기에 필체가 정확히 나오지 않기 때문이다.

"이렇게 글자가 딱딱 끊어져 있지 않습니까?"

"그게 그래서였군."

하지만 이 벽의 시문은 중요한 증거다.

시문에는 보통 일종의 표식이 숨어 있기 때문이다.

그래서 재작년에 추일공이 송록 시인의 시를 훔쳤을 때, 관객들이 이를 이상하게 여긴 것이다.

하지만 정작 그 시문을 지은 자는 그 표식을 모르지.

이 시를 적은 자가 직접 죽인 건 아니라고 해도 이 시를 지은 자가 범인이라는 건 틀림없다.

그리고 분명히 이번 시문 경연에 참가할 것이다.

나는 내 호위들과 함께 주변을 샅샅이 살펴보았다. 그리고 진영 대협에게 말했다.

"그럼, 이제 시신을 보러 가죠."

"이쪽이네."

진영 대협이 나를 안내한 곳은 북경의 현청이다. 그곳에 마련되어 있는 별관으로 향하자 비릿한 혈향이 느껴졌다.

하지만 묘한 향냄새가 같이 섞여 있었다.

"향내가 상당하군요."

"시신이 썩는 것을 늦추는 효과가 있습니다. 그리고 삼주 뿌리를 섞어서 악취를 제거합니다."

뒤에서 들리는 목소리에 뒤를 돌아보니, 한 남자가 서 있었다.

진영 대협이 그에게 나를 소개해 주었다.

"이자는 은해상단의 은서호 소단주이네. 도움을 받기 위해 함께 왔네."

"처음 뵙겠습니다. 이 현청의 오작인 천숙이라 합니다."

오작인은 시신을 만지는 일을 전문으로 하는 자들로서, 시신을 수습하고 사인을 밝히는 일도 같이 한다.

"나정수의 시신을 보여 주게."

"네."

그는 고개를 끄덕이고는 나를 보며 물었다.

"좀 잔인한데, 괜찮으시겠습니까?"

아무래도 내 겉모습이 유약해 보이기 때문이겠지.

"괜찮습니다."

"이쪽으로 오십시오."

그는 우리를 한 방으로 안내했다.

그곳에는 시신 한 구가 기다란 탁자에 눕혀져 있었다.

와······.

진짜 그 벽에 써 놓은 대로 해 놨네.

"만져봐도 됩니까?"

내 물음에 천 오작인은 움찔했다. 내가 그리 말할 줄은 몰랐겠지.

"아, 네."

일반인과 달리 무림인에게 시신을 만지는 건 그리 특별한 일이 아니다.

나는 상인이지만, 무림인이기도 하니까.

"음······ 확실히 남궁세가의 무공이군요."

남궁세가의 무공에 대해서는 정말 잘 안다고 자부할 수 있다.

왜냐고?

내가 남궁세가의 사람에게 죽었으니까.

남궁세가의 무공은 양강의 무공이다. 그리고 남궁세가의 무공은 뇌(雷)로 설명할 수 있다.

하늘에서 번쩍 내려치는 번개의 빠름과 파괴력을 조합해서 화려함까지 갖춘 것이 남궁세가의 무공이니까.

남궁세가의 무공은 중검과 쾌검 두 가지가 섞여 있는

검이다.

그래서 남궁세가의 무공에 당한 자들은 비교적 출혈이 많은 편이다.

동시에 치료하기에도 힘들고.

정파의 무공 치고는 좀 잔인한 편이다.

나는 상처 쪽에서 고개를 돌려 얼굴을 살폈다.

잔뜩 일그러진 표정은 죽을 때 얼마나 고통스러웠는지 여실히 보여 주고 있었다.

천 오작인이 말했다.

"이자가 죽기 전에 한 시진 정도는 쫓겨 다녔을 겁니다. 사람이 뛰게 되면 심장은 빠르게 뜁니다. 그 상태에서는 출혈 역시 더 많아지죠."

"일부러 그리했다는 겁니까?"

"네."

천 오작인이 말을 이었다.

"그리고 보시면 아시겠지만, 먼저 두 손을 자른 후에 몸을 베었던 거로 보입니다. 이유는 알 수 없지만, 그 역시 고통을 주기 위함이라고 생각됩니다."

"어째서입니까?"

"사람이 다치면 본능적으로 손으로 그 상처 부위를 감싸지 않습니까?"

"아……."

"보통 원한이 아니고서야 이리하지는 않을 겁니다."

내 생각도 그러했다.

그런데 남궁세가의 자제에게 그 정도의 원한이 있다고?
이제 직접 그를 만나 봐야겠다.

잠시 후.
나는 현청에 딸린 심문실로 향했다.

"아! 진짜! 내가 안 죽였다니까요!"
"조사하면 다 나옵니다."
"조사해 봐요! 제발! 해 보고 나서 묻든지 하라고요!"

그 목소리에 진영 대협이 설명했다.
"아무래도 심문 중인 듯하군. 잠시만 기다려 주게."
진영 대협이 안으로 들어가더니, 이내 나와서 내게 손
짓했다.
"들어오면 되네."
"네. 죄송하지만 저 혼자 들어가도 되겠습니까?"
"그렇게 하게."
진영 대협은 선선히 내 청을 받아들였고, 나는 혼자 안
으로 들어갔다.
내가 혼자 들어가는 건 경계심을 허물기 위해서다.
이럴 때 얼굴을 쓰는 거지.
심문실은 딱 내가 생각하는 분위기였다.
딱딱한 의자와 서탁.
그리고 그 앞의 의자에 결박된 용의자.

내가 안으로 들어가자 그는 나를 보더니 이내 반색했다.

"어! 나, 당신 누군지 압니다. 선협미랑 대협 맞죠?"

"그렇게 불리죠. 하지만 저는 당신이 누군지 모릅니다. 이름이 어찌 됩니까?"

이미 알고 있기는 하지만, 이렇게 통성명을 하는 건 관계를 맺을 때 중요한 일이다.

"제 이름은 남궁양입니다."

"그럼 남궁양 공자라고 부르면 될까요?"

"네."

"우선, 잠시 내공을 확인해 봐도 되겠습니까?"

"제 내공을요?"

그는 난감한 표정을 지으며 머뭇거렸다.

그도 그럴 것이 신뢰하는 사이가 아니라면 공력을 확인하게 하지 않는다.

그런 상황에서 갑작스럽게 공격할 수도 있고, 본인의 실력을 들키게 되니까.

"왜 망설이시는 겁니까?"

"그게……."

"어쩌면 혐의를 벗게 되실 수도 있습니다. 그리고 제 입으로 이런 말을 하기 부끄럽지만, 선협미랑이라는 불리는데…… 그 이름을 걸고서라도 나쁜 짓은 하지 않습니다."

내 말에 그는 한숨을 내쉬며 고개를 끄덕였다.

"그렇게 하십시오."

나는 그에게 다가갔고, 손목을 잡고 그 내공을 확인했다.

어…….

지금 내가 느끼는 것이 맞는 건가?

나는 손을 떼며 그에게 물었다.

"지금 공자의 연치가 어찌 됩니까?"

"열아홉입니다."

열아홉 살인데도 절정이라고?

아무리 남궁세가에 절정의 무인들이 많다고 하지만, 열아홉 살에 절정에 오른 이는 거의 없을 것이다.

— 공자의 경지가 절정이 맞습니까?

내 전음에 그는 움찔하더니 이내 전음으로 대답했다.

— 네.

— 놀랍군요.

— 놀라신 것을 보니 역시나 어제 금의위 대협이 제대로 알아보질 못하셨군요.

하긴 진영 대협이 절정에 오르긴 했지만, 아직 얼마 안 됐지.

이렇게 내공을 측정하는 건 상대적으로 경지가 높아야 정확하니까.

그의 전음이 이어 들려왔다.

— 저기…… 제가 절정인 거 비밀로 해 주시면 안 될까요?

— 어째서입니까?

- 제가 절정인 것을 세가 사람들이 몰랐으면 하거든요.
- 그럼, 지난밤에 어디에서 뭘 했는지 말한다면 비밀로 해 주도록 하죠.
- 그건…….

내 물음에 그는 그저 고개를 숙일 뿐이었다.

대체 어디서 뭘 하다 왔기에 말하지 못하는 거지?

그때 진영 대협이 안으로 들어왔다.

"아, 심문은 잘 되고 있나? 아무 소리도 들지 않아서 들어왔네."

"송구합니다. 지금 심리전 중이었습니다."

"허! 이런! 미안하네."

"괜찮습니다. 그보다 대협께 부탁이 하나 있습니다."

"무엇인가?"

"그 사망자가 비판한 자들의 명단이 필요합니다."

나는 북경지부로 돌아왔다.

그를 만나 본 나는 확신할 수 있었다. 남궁양 공자는 범인이 아니다.

절정의 경지라면, 사망자의 상처가 그 정도일 리가 없기 때문이다.

그보다 더 낮은 경지의 누군가가 범인이다.

왜 본인의 경지를 밝히지 말아 달라는지는 알 수 없지만, 그의 내공 수준을 밝히지 않고 혐의를 벗기기 위해서는 지난밤의 행적을 알아내야 했다.

그래야 진범을 찾을 수 있으니까.

정보대를 불러야겠군.

은해상단의 정보대는 몇 년 전부터 꾸준히 성장한 덕분에 지금은 제국 곳곳에서 활발히 활동하고 있었다.

내가 힘을 쓰면서 이전 삶에서보다 상당히 빠르게 발전한 것이다.

그리고 지금, 그 덕을 톡톡히 보고 있었다.

"진유 무사님."

"부르셨습니까?"

"이 서신을, 청야루에 은밀하게 전달해 주십시오."

"알겠습니다."

북경의 청야루.

그곳은 우리 상단 정보대의 북경 거점이다.

하지만 나는 최대한 그곳을 잘 이용하지 않았다.

원체 세간의 주목을 받다 보니, 그러다가 그곳의 정체가 밝혀질까 저어한 것이다.

꼭 필요할 때에는 진유 무사를 통해 은밀히 정보를 부탁하곤 했다.

이번 일은 그들의 도움이 꼭 필요하다.

다음 날, 진영 대협이 또 나를 찾아왔다.

"황제 폐하께서 부르시네."

"네."

오늘쯤 부르시지 않을까 생각했는데 역시나 내 예상이

맞았군.

나는 의관을 정제한 후 진영 대협을 따라 황궁으로 향했다.

그리고 황제에게 극상의 예를 올리자, 황제는 나에게 말했다.

"고개를 들라."

"황은이 망극하옵니다."

"그래, 네가 진영을 도와 비평가 살인사건의 진상을 해결하기 위해 애쓰고 있다고 들었다."

이번 사건이 비평가 살인사건으로 명명되었나 보구나.

"소상이 도움이 된다면 당연히 해야 하는 일이라 생각합니다."

"말은 잘 한다."

황제는 피식 웃으셨다.

"보나마나 지금 해야 할 일도 많은데, 일이 또 생겼다고 속으로 징징대고 있을 것이 뻔한데 말이지."

헉……

어떻게 아셨지?

혹시 황제 말고도 다른 직업이 있으신 거 아니야?

예를 들면 돗자리 하나만 있으면 되는 직업 같은 거?

"그래, 하나 물어보자. 네 생각에 지금 잡아 놓은 녀석이 범인 같으냐?"

황제의 눈에는 기대감이 어려 있었다.

내 입에서 "맞습니다. 그자가 범인입니다."라는 말이

나오기를 기대하시는 거겠지.

하지만 그럴 수는 없다.

그게 지금 당장은 황제의 마음을 흡족하게 할 순 있어도 훗날 뒷감당이 어렵다.

"아닙니다."

"아니…… 라고?"

"네."

나는 고개를 끄덕였다.

"소상의 판단으로, 그자는 범인이 아닙니다."

황제는 실망한 기색을 보였다.

이를 빌미로 무림맹과 남궁세가를 압박하고 위축시킬 계획이셨을 텐데, 그게 무산되니 실망하신 거겠지.

"어째서냐?"

"그자의 실력은, 범인의 실력보다 더 좋기 때문입니다."

"흐음…… 그런가?"

이를 비밀로 해 주기로 했지만, 황제 앞이다.

게다가 황제에게는 화경의 고수가 붙어 있는데, 어찌 비밀로 할 수 있을까?

"다만, 그자는 본인의 실력을 공개하면 무죄로 풀려날 수 있음에도 이를 숨겨 달라 부탁했습니다."

"……이상한 부탁이군."

"하여 지금 다른 증거를 찾고 있습니다."

"그 새끼, 쓸데없이 내 사람을 고생시키는군."

그 중얼거림에 나는 순간 내 귀를 의심했다.

방금 내 사람이라고 하신 건가?

그 때문에 잠시 멍하니 있었는데, 황제가 내게 물었다.

"그래서, 그 증거는 찾을 수 있을 것 같으냐?"

"네. 간밤의 행적을 알아내려고 노력 중에 있습니다."

"간밤의 행적?"

"예. 그자가 간밤의 행적도 말하지 않으려고 하고 있습니다. 그래서 이를 알아내면 그자의 무죄를 밝히고, 범인도 찾을 수 있지 않을까 합니다."

"쯧!"

황제는 혀를 찼다.

"그거 어지간히도 손이 많이 가는 새끼군."

나는 슬쩍 옆의 태감을 일별했다.

이미 황제 폐하의 거친 말투에 초탈하신 듯한 표정이셨다.

"하지만 그 녀석이 밝히고 있지 않다는 건, 그것도 말하지 말아 달라고 부탁할 가능성이 높지 않으냐?"

"그건, 당시의 행적을 알아내고 나면 어떻게든 될 겁니다."

"그래. 그건 네가 알아서 잘하겠지. 그나저나 조금 아쉽게 되었군."

"황제 폐하. 소상 한 말씀 올리겠습니다."

"그래, 말해 봐라."

나는 조심스레 말을 꺼냈다.

"꼭 그자에게 죄가 있어야만 무언가를 얻어 낼 수 있는
건 아니지 않습니까?"

"그건 무슨 의미냐?"

"죄가 없어도, 없는 대로 무언가를 얻어 낼 수 있습니
다."

나는 말을 이었다.

"공치사를 좀 하시지요."

내 말에 황제는 잠시 생각에 잠겼다가 이내 씨익 웃으
며 나를 바라보셨다.

"이 새끼, 이거⋯⋯."

황제의 눈빛이 왠지 금령이가 금원보를 바라보는 눈빛
같이 느껴지는 건 내 착각일까?

"은서호 소단주."

"네! 폐하."

"너는 그자의 무죄를 밝히는 데 최선을 다하도록 해라.
네 말대로 하려면 우선 그자의 무죄를 밝혀야 하니 말이
다."

"명 받잡습니다."

.

.

.

나는 북경지부로 돌아왔다.

"소단주님, 송록 시인께서 오셨습니다."

갈현 부관이 나에게 송록 시인이 왔음을 알려 주었다.

"지금 어디 있나요?"

"숙소에서 쉬고 계실 겁니다."

"그럼 잠시 접빈실에서 만나자고 전해 주십시오."

"알겠습니다."

송록 시인은 재작년에 열린 시문 경연에서 우승했다.

그리고 계약대로 우리 은해상단에 소속되어 전국을 돌아다니며 활약했다.

그리고 이번 시문 경연에서도 심사를 맡게 되었다.

전에 진호 형이 올 때 함께 와야 했지만, 일이 생겨서 뒤늦게 온 것이다.

먼저 접빈실에서 기다리고 있자니, 곧 송록 시인이 접빈실로 왔다.

"어서 오십시오."

"기다리게 해서 송구합니다."

"아닙니다. 그리 오래 기다리지도 않았습니다. 앉으십시오."

곧 팔갑이 다과를 내왔다.

"드시지요."

"감사합니다."

"그나저나 못 본 사이에, 제법 건장해지셨습니다."

처음 봤을 땐 삐쩍 마르고 퀭해 보였는데, 지금은 몸에 살이 붙어서 훨씬 건강해 보였다.

그는 머쓱하게 웃으며 대답했다.

"이게 다 소단주님 덕분입니다."

"저는 아직도 그때만 생각하면 가슴이 철렁합니다. 웬 남자가 북경지부의 공사 현장에서…….”

"으어어으아으!"

그의 흑역사를 언급하는 내 말에 송록 시인은 두 팔을 허공에 내저으며 말했다.

"그, 그건…….”

"왜 그러십니까?"

"그, 그건 부디 잊어 주십시오.”

"그걸 어찌 잊습니까? 그 공사장에서 송 시인이 지은 시가 얼마나 아름다웠는데요.”

"…….”

내 말에 그는 한숨을 내쉬며 투덜거렸다.

"소인을 놀리는 것이 그리도 재미있으십니까?"

"미안합니다. 요즘 도통 웃을 일이 없어서 말입니다.”

분위기는 적당히 풀었으니, 이제 본론이다.

내가 일부러 송록 시인을 놀리면서까지 분위기를 띄운 건, 내가 꺼낼 본론이 그리 즐거운 이야기가 아니기 때문이다.

"내일부터 시문 경연입니다.”

"네.”

"내일도 작년과 마찬가지로 시문 경연의 심사를 맡게 되셨으니 잘 부탁드립니다.”

"여부가 있겠습니까?"

그는 포권하여 내게 살짝 고개를 숙여 보였다.

"올해는 작년과 재작년과 달리 전 제국을 대상으로 하기에 그 참가자가 무척이나 많습니다."

"괜찮습니다. 시문을 감상하는 건 소인의 즐거움입니다. 게다가 이렇게 시문경연의 심사자로 초청된 것은 명예 아닙니까?"

나는 그 말에 웃으며 고개를 끄덕였다.

그의 말이 맞으니까.

나는 표정을 진지하게 바꾸었다.

"사실, 북경에서 얼마 전에 흉흉한 일이 있었습니다."

"흉흉한 일이라면?"

"시문경연에 참석하기 위해 북경에 왔던 문인 하나가 잔인하게 살해당했습니다."

"저런!"

나는 그에게 이번 일에 대해 대략적으로 설명을 했다. 물론 기밀에 속하는 건 말하지 않았다.

내 설명을 들은 그는 고개를 주억였다.

"나정수 시인이라면 저도 압니다. 살해당한 자를 두고 이런 말을 하기에는 뭣하지만, 심보가 제법 고약해서 좋아하지는 않았습니다. 그런 잔인한 죽음을 맞이했다는 것이 별로 놀랍지도 않군요."

송록 시인이 이리 말할 정도면 시인들 사이에서 제법 악명이 높은 자였나 보군.

"대체 얼마나 혹평을 심하게 했기에 그런 겁니까?"

"솔직히 그의 시문은 비평이 아니라 비난이었죠."

그는 나정수 시인의 비평 방법에 대해 설명해 주었다.

"그자는 누군가의 시를 두고 이를 비난하는 시문을 지어 사람들이 많이 오가는 거리에 붙여 둡니다."

허…….

공개적으로 망신을 준다는 거잖아?

진짜 송록 시인의 말대로 심보가 고약한 자였구나.

그렇다면 벽에 그런 시가 쓰여 있던 건, 단순히 그자에게 그가 죽는 이유를 알려 주기 위해서만은 아니었다.

평소 그자가 했던 그대로 되돌려준다는 의미도 있었던 것이다.

"그 비평시를 보면, 진짜 사람이 이렇게까지 해야 하나 싶을 정도로 악랄해서…… 결국 그 수치심을 이기지 못하고 죽음을 택한 자도 여럿이나 됩니다."

"그럼에도 비평을 멈추지 않은 것입니까?"

"예. 그는 사람이 죽어도 그 시인이 그 정도밖에 되지 않는 근성 없는 자였기 때문이라고, 자신이 그리하지 않아도 언젠가 극단적인 선택을 했을 자들이라고……."

"……."

와, 쓰레기였네.

송록 시인이 왜 그렇게 나정수 시인에 대해 달갑지 않아 하는지 알 것 같았다.

"혹시 송 시인께서도 그자에게 당한 적이 있습니까?"

"다행히 저는 없습니다."

"그건 다행입니다."

하긴······ 송록 시인의 시는 완벽에 가깝다고 찬사를 받을 정도니까.

"사실, 송 시인께 부탁드리고 싶은 것이 있습니다."

"무엇입니까?"

"우선, 이것을 봐 주시겠습니까?"

나는 나정수 시인이 죽은 곳에 적혀 있던 시문을 옮겨 적은 것을 그에게 내밀었다.

"아······ 이거 혹시?"

그걸 보자마자 뭔지 알아차린 듯, 다시 나를 보았다.

"맞습니다. 아까 말씀드린, 그 현장에 적혀 있던 시문입니다."

나는 말을 이었다.

"시문에는 그 사람 고유의 표식이 묻어난다고 알고 있습니다."

"맞습니다. 본인은 잘 모르지만, 다른 사람들이 보면 보이는 게 있습니다."

"심사를 보던 중에, 이 시문과 같거나 비슷한 표식을 지닌 시를 짓는 자가 있다면 저에게 알려 주십시오."

"그자가 살인범이라는 겁니까?"

"네."

송록 시인의 말에 나는 고개를 끄덕였다.

"솔직히 죽은 나정수 시인은 인간으로서는 별로인 자였지만, 그래도 범인은 잡아야 하지 않겠습니까?"

"알겠습니다."

내가 그에게 이를 부탁하는 이유는, 그 일 때문에 경연장에 오랫동안 있을 수 없기 때문이다.

반면 송록 시인은 심사자니만큼 모든 참가자의 시문을 들을 수 있고, 보다 정확하게 판단할 수 있을 테니 말이다.

"제 청을 들어주시니 감사합니다."

"별 말씀을 다 하십니다. 제가 도움이 된다면 당연히 도와 드려야지요. 제 생명의 은인 아니십니까?"

다음 날, 시문 경연이 시작되었다.

나는 시문 경연을 조금 지켜보다가 현청으로 향했다. 남궁양 공자를 살피기 위해서다.

"오셨습니까?"

내 얼굴을 익힌 현청의 이들은, 나에 대해 협조하라는 진영 대협의 당부를 기억하고 있는지 제법 친절하게 대해 주었다.

"남궁양 공자는 어디에 있습니까?"

"뇌옥에 있습니다."

그 말에 나는 뇌옥으로 향해, 그곳에 갇혀 있는 남궁양 공자에게 다가갔다.

"드시겠습니까?"

내 존재를 알아차린 그가 어두운 표정으로 물었다.

"무엇입니까?"

"강정입니다."

나는 이곳에 올 때 챙겨 온 강정을 보여 주었고, 그걸 본 남궁양 공자는 눈을 빛냈다.

"사…… 사양하지는 않겠습니다."

배가 고플 테지.

나는 그에게 강정을 내밀었고, 그는 그 강정을 받아 펼친 후 먹기 시작했다.

오독, 오도독,

맛있게 강정을 먹는 소리를 들으며 그를 보았다.

아마 그가 남궁세가의 사람이 아니었다면, 그냥 일반 백성이었다면 지금 저렇게 멀끔진 못했을 거다.

그 정도 증거면 고문을 하며 당장 사실대로 불라고 했겠지.

이전에 유소악 내총관이 당했던 것처럼 말이지.

모든 사람을 똑같이 대해야 마땅하지만, 솔직히 그러기는 쉽지 않으니까.

그건 그렇고 문득 궁금한 것이 생겼다.

"남궁양 공자."

"네?"

"그 능력이라면 얼마든지 이 뇌옥에서 탈옥할 수 있을 터인데, 그럼에도 이리 얌전하게 뇌옥에 있는 이유가 뭡니까?"

"가문의 이름에…… 먹칠하면 안 되니까요."

가문의 명예 때문이었던 건가?

"그리고……."

그는 작은 목소리로 말을 이었다.

"제가 가문의 명예에 먹칠을 하면 아버지에게 무척 혼이 날 겁니다. 그러면 어머니께서 무척 슬퍼하시겠죠."

"그렇군요."

나는 그 앞에 쪼그려 앉으며 말했다.

"오늘 시문 경연이 시작되었습니다."

"그렇군요."

생각보다 담담하다.

"아직 시문 경연의 일차 예선이 끝난 건 아니니, 지금이라도 누명이 풀리면 참가할 수 있습니다."

"……."

"그래서 말인데, 그날 밤에 어디서 무엇을 했는지 이야기할 생각은 아직 없는 겁니까?"

"……."

고집도 세네.

대체 무슨 일이 있었기에 저러는 거지?

나는 자리에서 일어났다.

"내일 또 들르죠."

그는 아무 대답도 하지 않았다.

"주군, 청야루에서 답신이 왔습니다."

북경지부로 돌아온 내게 진유 무사가 다가와 서신을 내밀었다.

[오늘 밤, 여지루에서 뵙겠습니다]

여지루는 북경의 주루 중 한 곳이다.

양고기 교자가 특히 유명하지.

잘됐네. 오랜만에 회식이나 해야겠군.

밤이 되었다.

나는 여지루로 향했고, 최상층으로 올라갔다.

"양고기 교자와……."

나는 음식들을 주문했고, 곧 음식이 나왔다. 그때 한 기녀가 우리에게 다가왔다.

"차 한 잔 올리겠습니다."

나는 그 기녀의 기운을 느꼈고, 피식 웃으며 말했다.

"오랜만에 뵙습니다. 춘일."

내 말에 그는 피식 웃으며 말했다.

"여전히 무서울 정도로 감이 좋은 분이군요."

내 말에 주변 사람들은 깜짝 놀라며 혀를 내둘렀다. 확실히 대단하긴 하다.

절정 무사까지 속일 정도니까.

"북경에 계셨습니까?"

"네. 한 보름 되었습니다. 그래서, 남궁양 공자에 대해 알고 싶으시다고요?"

"네."

"그렇다면 이것부터 말씀드려야겠군요. 남궁양 공자는

목숨이 위태로운 상황입니다."

"……네?"

아니, 그건 또 무슨 소리야?

나는 춘일에게 재차 물을 수밖에 없었다.

"현재 남궁양 공자가 살인사건의 용의자이기 때문에 목숨이 위태롭다고 말씀하시는 겁니까?"

"설마요."

하긴, 그런 것 때문에 목숨이 위태롭다고 하지는 않았겠지.

"앉아도 되겠습니까?"

"아, 네."

내 옆자리에 앉아 있던 팔갑이 눈치 빠르게 일어나 자리를 양보했고, 춘일이 내 옆에 앉았다.

"우선 그 배경부터 설명 드리죠. 남궁양 공자는 가주의 열일곱 번째 부인의 아들입니다."

이미 부인이 열일곱 명이나 있구나. 아니, 남궁양 공자의 나이를 생각해 보면 그보다 훨씬 많겠지.

내가 죽기 전에 들었던 남궁세가주의 부인이 마흔 명 정도였나?

여하튼 남궁세가주의 여자 문제는 제법 유명했다.

하지만 정식으로 인정받은 부인은 세 명뿐이고, 그 외에는 다 첩이다.

그가 건드렸다가 아이를 가진 여자만 마지못해 부인으로 받아들인 것이니까.

어쨌든 가주의 핏줄을 바깥에 버려둘 수는 없으니 말이
지.

그 말은 즉, 그것보다 더 많은 여자를 건드렸다는 말이
기도 하다.

심지어 환갑이 훨씬 넘은 나이에 열두 살짜리 부인을
맞이해서 세간의 화제가 된 적도 있다.

그나저나 그 부인들 얼굴은 다 기억하고 있나 몰라.

춘일이 말을 이었다.

"그런데 어릴 적부터 남궁양 공자의 재능이 남달랐던
모양입니다."

"그렇습니까?"

"아시다시피 남궁세가의 기조는 강자존입니다. 즉, 가
주의 직계 혈족 중에 가장 강한 자가 가주가 되는 것이
죠."

아…….

무슨 상황인지 알 것 같았다.

"남궁양 공자의 무공 재능이 남다르다 보니 가주가 그
를 매우 총애하고 있습니다만…… 그게 다른 아들들의
경쟁심과 시기심을 자극하고 있는 것이죠."

"그래서 다른 아들들이 그를 죽이기 위해 호시탐탐 기
회를 노리고 있다는 겁니까?"

"네. 그렇습니다."

이전 삶에서 남궁양 공자가 별 시답잖은 잡기에 열중한
이유가 이거였군.

본인이 재능을 더 드러냈다가 죽기라도 하면 어머니가 슬퍼할 건 당연하고, 남궁세가에서 쫓겨나게 될 것이 분명하니까.

솔직히 남궁양의 어머니가 현재 남궁세가에서 살 수 있는 건 그를 낳았기 때문이다.

그러니, 남궁양이 죽는다면 그녀에게 더 이상의 가치가 없으니 약간의 돈을 주고 쫓아낼 것이 자명하지.

후, 왜 이렇게 마음에 안 드는 가문이 많은지…….

그 이야기를 들으니 문득 득행상단의 문주성 공자가 생각나네.

득행상단주의 열일곱 번째 아들이었지.

음, 열일곱이라는 숫자에 뭐가 있는 건지…….

지금 객잔 운영은 잘 하고 있나? 언제 한 번 들러봐야겠다.

그나저나 왜 그가 자신의 경지를 비밀로 해 달라는지를 알 것 같았다.

그가 절정의 무인이라는 것이 알려진다면 그의 삶은 더 더욱 피곤해질 테니까.

참…….

재능이 있어도 그걸 펼칠 수 없는 환경이라니.

재능?

순간 든 생각에 나는 춘일에게 물었다.

"남궁양 공자의 시문에 대한 재능은 어떻습니까?"

"형편없습니다."

"네?"

"아마 출전해도 일차 경연에서 떨어질 겁니다."

그러고 보니…….

남궁양 공자는 시문 경연에 참가하지 못하는 것에 대해 그다지 큰 실망감을 표하지 않았었지.

그렇다면…… 시문 경연은 북경에 오기 위한 핑계였을까?

남궁세가의 구성원들은 가주의 허락을 받지 않고서는 안휘성 밖으로 벗어날 수 없으니까.

그렇다면 그가 밝히지 않은 간밤의 행적이야말로 그가 북경에 온 목적일 터.

"혹시 남궁양 공자와 북경 사이에 뭐 연관되는 것 없습니까?"

"연관되는 거라…….

"아니면 남궁세가와 연관되는 거라도 좋습니다."

잠시 생각하면 춘일이 대답했다.

"아, 그러고 보니 그분이 북경에 있군요."

"그분이라면?"

"남궁세가에서 쫓겨난 전대 가주의 동생 말입니다."

.

.

.

잠시 후.

여지루에서의 회식 겸 춘일과의 접선을 마친 나는 북경

지부로 돌아왔다.

"도련님, 이제 주무실 시간입니다요."

"아직 해야 할 일……."

내 말에 팔갑이 말했다.

"내일 아침 일찍 깨워 드릴 테니, 지금은 주무시는 게 좋을 듯합니다요. 지금 자고 일찍 일어나나, 늦게 자고 원래 일어나는 시간에 일어나시나 일하시는 시간은 똑같은 거 아닙니까요?"

"……."

할 말이 없네.

나는 얌전히 씻고 침의로 옷을 갈아입은 후 침상에 누웠다.

"후-!"

팔갑이 등잔의 불을 끄고 나갔다.

나는 침상에 누워 오늘 춘일에게 들었던 말을 떠올려 보았다.

남궁세가 전대 가주의 동생이라…….

그러면 무림맹주의 동생이고, 남궁양 공자의 작은 조부가 된다는 건데.

아!

내 이전 삶에서 그에 대해 들었던 기억이 났다.

그의 이름은 남궁연.

잘은 모르지만 간과할 수 없는 중죄를 저질러 가문에서 제명되었다고 했다.

그리고 당연히 무공 역시 폐해졌다. 즉, 단전이 폐해진 것이다.

그렇게 쫓겨났지만, 북경에서 살아가다가 노환으로 사망했다고 들었다.

아직도 살아 있다는 건…….

음?

그러면 단전이 폐해진 사람 치고 장수한 건데?

무림인은 내공을 수련하기 때문에 일반인에 비해 장수하는 경우가 많다.

하지만 내공이 폐해지면 그 여파로 인해 약해지고 빨리 죽는다.

그걸 생각해 보면 남궁연 어르신이 장수한 건 신기한 일이다.

무슨 특별한 방법이라도 있나?

아무튼, 만약 지난 밤에 남궁양 공자가 남궁연 어르신을 만난 것이라면 그렇게 입을 꾹 다물고 있는 것도 이해가 되었다.

가문의 죄인을 만나다니!

그건 그 자체로 큰 문책을 받아도 할 말이 없는 일이니까.

이게 가장 가능성이 큰데, 한 번 찔러볼까?

다음 날 아침.

아침을 먹고 외출하려는데, 진영 대협이 나를 찾아왔다.

"대협을 뵙습니다. 좋은 아침입니다."

"그래, 좋은 아침이네."

"그런데 이 아침부터 방문하시다니. 무슨 일이라도 있습니까?"

내 물음에 그는 고개를 끄덕였다.

"남궁세가에서 사람을 보냈다고 하네."

"네? 남궁세가에서 말입니까?"

"그래. 남궁세가에서 대리인으로 가주의 동생을 보냈고, 아마 내일쯤 도착할 듯하네."

하긴 남궁양은 서자일지언정, 남궁세가의 일원이며 현 가주가 총애하는 자식 중 하나다.

그런 만큼 직접 사람을 파견해서 일을 처리할 만하지.

그러면 진영 대협이 그를 상대하겠구나.

남궁세가주도 아니고, 그의 동생이니 진영 대협보다 높은 사람이 나설 필요까진 없으니까.

"그래서 말인데, 지금 진행이 어찌 되고 있나?"

"상황을 정리하여 오늘 오후에 제가 찾아뵙도록 하겠습니다."

"알겠네."

나는 부리나케 현청으로 향했다.

시간이 별로 없다.

곧 나는 현청에 도착해 곧바로 뇌옥으로 향했다.

"남궁양 공자."

"선협미랑 대협. 또 오셨네요."

나는 시간이 없었기에 바로 본론을 꺼냈다.

- 남궁연 어르신을 만난 것입니까?

"......!"

내 전음에 그의 얼굴이 딱딱하게 굳었다.

그래, 이게 정답이구나!

- 그리고 북경에 온 이유는 사실 그분을 만나기 위해서였죠? 시문 경연은 핑계였을 뿐.

"......."

입술을 깨무는 그의 모습에 나는 혀를 차며 고개를 저었다.

"쯧쯧."

"......?"

나는 한숨을 내쉬었다.

- 그렇게 쉽게 감정을 드러내다니, 어떻게 그 남궁세가에서 살아남으려고 합니까?

- 그렇...... 군요.

나는 그에게 상황을 설명해 주었다.

"내일, 남궁세가에서 사람이 온다고 합니다."

"네?"

"남궁세가주의 동생분이 오신다고 하더군요."

내 말에 그는 창살을 잡으며 전음을 보냈다.

- 제, 제발 부탁입니다! 그것만을 절대로 말하지 말아 주십시오!

나는 가만히 그를 바라보다가 그에게 물었다.

– 그럼, 그분을 왜 만났는지 말해 주십시오.

– 그건…….

– 그것마저도 말하지 않는다면, 나는 공자의 모든 비밀을 밝힐 수밖에 없습니다. 죄 없는 자를 처벌할 수는 없는 일 아닙니까?

"……."

잠시 고민하던 그는 고개를 끄덕였다.

– 알겠습니다.

– 참고로 말씀드리면, 저는 상인입니다. 그래서 진실인지 거짓인지 파악하는데 아주 능숙합니다.

나는 빙긋 웃어 보였다.

– 그러니까 애초에 속일 생각은 하지 마십시오. 저는 성격이 아주 더러워서, 그러시면 진짜 모든 것을 까발릴 테니까요.

내 말에 그는 움찔하더니 몸을 부르르 떨었다.

음? 갑자기 왜 저래?

남궁양 공자는 전음을 보냈다.

– 사실, 작은 조부님께서 가문에서 제적되신 이유는 당시 인근 마을 주민 몰살 사건의 범인이라는 이유 때문입니다. 하지만 저는 그것이 모함이라는 것을 알고 있습니다.

그는 나에게 당시의 일을 설명했다.

아직 재능이 개화되지 않았던, 어릴 적 남궁양 공자에

게 작은 조부는 숨 쉴 수 있는 쉼터였다고 한다.

그리고 그에게 무공을 배우면서 일취월장했고, 가문의 기대까지 받게 되었다고.

공식적인 건 아니지만, 비공식적인 사제 관계였던 듯했다.

그러던 어느 날, 남궁연 어르신이 인근 마을 주민을 몰살한 범인으로 지목되었고 그렇게 가문 내의 재판이 진행되었다고 한다.

그가 걱정된 남궁양 공자는 몰래 남궁연 어르신이 갇혀 있는 뇌옥으로 찾아갔다고 한다.

- 그곳에서 저는 작은 조부님께 진상을 들을 수 있었습니다. 자신은 흑도의 인물을 쫓던 중에 그곳을 발견했다고. 그리고 자신이 그곳으로 간 것은 함정에 빠진 것이었다고 말입니다.

- 그럼 누명을 쓰고 그리되신 겁니까?

- 네.

그는 말을 이었다.

- 하지만 작은 조부님께서, 이 사실을 저만 알고 있으라고 하셨습니다. 그 사실을 입 밖으로 내면 저도 작은 조부님과 같은 꼴을 면치 못할 거라고 말입니다.

"……."

- 그리고 작은 조부님께서는 할 수 있으면 자신이 죽기 전에 찾아오라고 하셨습니다. 반드시 전해 줘야 할 것이 있다고 말입니다.

– 그래서 그분을 뵈었습니까?

– 네. 하지만 작은 조부님께서 무엇을 전해 주셨는지에 대해서는 말씀드릴 수 없습니다.

– 알겠습니다.

내가 순순히 수긍하자 오히려 그의 눈이 커졌다.

– 왜 그렇게 보십니까?

– 그래도 저는 몇 번 재차 물으실 거라고 생각해서…….

나는 피식 웃었다.

– 사제 간에 전해진 비밀을 묻는 건 무림의 도리가 아니지 않습니까?

내 말에 그는 뺨을 긁적였다.

– 감사합니다.

그나저나 이렇게 되면 그 일은 증거로서 사용할 수가 없다.

후, 황제 폐하의 말대로인가?

나는 속으로 한숨을 내쉬며 그를 보았다.

초롱초롱 빛나는 눈동자에 담긴 것은 희망과 삶에 대한 열정이다.

내가 이전 삶에서 듣기로, 쓸데없는 잡기에 전념하며 매사에 의욕이 없어 결국 남궁세가주는 그에 대한 기대를 접었다고 했지.

혹시 이전 삶에서는 그가 북경으로 올 방법이 없었고, 결국 남궁연 어르신을 뵙지 못했던 것이 아닐까?

그리고 본인의 상황에 낙담하고, 형제들의 견제에 지쳐

열정을 잃어버린 것일지도 모른다.

그러나 지금은 이전 삶과 달라진 것이 있었다.

내가 송록 시인을 위해 시문 경연을 기획했고, 그게 이번에는 제국 전역을 대상으로 하니까.

그나저나 이 정도면 남궁세가의 이들 중에서도 제법 싹수가 있어 보인다.

그리고 남궁세가의 일원 중 하나에게 은혜를 입혀 놓는 것도 나쁘지 않겠지.

비록 서자에다가 다른 형제들에게 목숨을 위협당하고 있다지만, 저런 재능과 눈빛을 가지고 있으니.

또한, 그에게서 느껴지는 맑은 기운은 나도 모르게 기분이 좋아질 정도다.

앞으로가 기대되는 인재.

— 남궁양 공자.

— 아, 네.

— 저와 거래 하나 하시겠습니까?

* * *

남궁양은 한숨을 내쉬었다.

대체 상황이 왜 이리되었는지 알 수 없었다. 하지만, 이 상황이 그에게 꼭 나쁜 것만은 아니었다.

혼자 조용히 뇌옥에 있을 수 있었기에, 그의 작은 조부인 남궁연에게 전수받은 것을 정리할 수 있었기 때문이다.

그리고 작은 조부는 자신에게 신신당부했다.

"네 조부를 믿으면 안 된다."

자신의 조부라면, 전 남궁세가주이자 현 무림맹주.

정파 무림의 정신적인 지주이기도 한 그를 믿지 말라는 것이 이해가 되지 않아 그 이유를 물어보았지만, 남궁연은 한숨을 내쉬며 말했다.

"그냥, 이번만은 이유를 묻지 말거라."

남궁양은 더 이상 묻지 못했다.

왠지 더 이상 물으면 안 될 것 같았기 때문이다.

'그나저나…… 대체 어떻게 해결해 주신다는 건지?'

그는 방금까지 은서호가 있던 곳을 바라보았다.

'진짜 묘한 대협이야.'

대체 어떻게 알았는지, 자신이 비밀로 하고 싶었던 그 날 밤의 일을 알고 있었다.

사실 그는 그에게 남궁연과의 일에 대해 거짓을 말하려고 했었다.

하지만 그의 경고에 자신도 모르게 소름이 돋았다.

그리고 본능적으로 알아차렸다.

은서호의 말을 무시하면 어마어마한 대가를 치르게 될 거라는 것을.

하여 그는 사실대로 말했다.

솔직히 그는 남궁연이 자신에게 무엇을 전수했는지까

지 캐물을 거라 생각했다.

하지만 은서호는 그러지 않았다.

그저 그에게 거래를 제안했을 뿐.

"제가 당신을 무죄방면 되게 해 드리죠."

"혹시 그걸 말하려는 겁니까?"

"아뇨. 그것을 비밀로 한 채 무죄방면이 되게 해 준다는 겁니다."

"그게 가능합니까?"

"물론입니다. 하지만 이는 거래입니다. 그런 만큼 제가 원하는 것을 공자도 이행해야 합니다."

"무, 무엇을 원합니까?"

"제가 원할 때 도움을 주셔야겠습니다."

"정말 그것뿐입니까?"

"네."

"……."

"공자의 가문에서 파견한 자가 내일 도착하는데, 그에게 꼴사나운 모습을 보이고 싶지 않겠죠."

"무, 물론입니다."

그 제안에 결국 그는 은서호가 그 자리에서 작성하여 내민 계약서에 수결할 수밖에 없었다.

그렇게 몇 시진이나 지났을까?

어느새 해가 지고 있었다. 그때 간수가 그에게 다가오며 말했다.

"남궁양 공자. 나오십시오."

"네?"

"무죄가 밝혀졌습니다. 축하드립니다."

그 계약을 맺은 지 몇 시진이나 되었다고 무죄 방면이 된 것인지 알 수 없었다.

그가 얼떨떨한 기분으로 뇌옥에서 나오자, 은서호가 그를 반갑게 맞아 주었다.

"고생 많으셨습니다."

왜인지, 그 부드러운 미소에 저도 모르게 몸이 떨렸다.

* * *

나는 남궁양 공자를 데리고 인근 객잔으로 향했다.

아무리 그를 좋게 평가하고, 거래를 하기로 했다고 해도 그를 우리 북경지부로 데리고 가고 싶지는 않았기 때문이다.

그에 대한 신뢰도 아직 부족하지만, 남궁세가의 인물들이 북경지부에 들어오는 게 더 싫었다.

내가 너무 속이 좁다고?

현 무림에서 남궁세가의 위상은 그야말로 하늘을 찌를 정도다.

당연히 그 소속 인원들의 태도도 오만방자하기 이를 데 없고.

그런 자들이 상인을 좋게 봐 줄까?

제멋대로 북경지부를 휘젓고 다닐 터.

그런 꼴은 절대 못 보지.

게다가 과거 나를 죽인 남궁강 상단주가 속한 가문이며, 그 지시를 내린 맹주 역시 남궁세가의 전대 가주다.

솔직히 마음 같아서는 나 몰라라 하고 싶지만…….

상인으로서 그럴 수가 없으니까.

그래도 나름 최고급 객잔으로 그를 데리고 왔다.

장작더미에 누워 쓸개를 입에 문 것 같은 기분이네. 젠장.

나는 마음을 가라앉히고 상황을 냉정하게 보았다.

남궁양의 정신적인 스승인 남궁연 어르신이 억울하게 누명을 쓴 건 분명 남궁세가의 누군가의 농간이 분명했다.

게다가 오랜 시간 멸시를 받아 오기도 했다.

그렇기에 남궁양은 남궁세가의 사람이지만, 남궁세가를 탐탁지 않게 여기고 있지.

자고로 적의 적은 아군이라고 했다.

그러니 복수를 위해 그를 내 편으로 끌어들이는 것은 지극히 올바른 처사다.

나는 부드러운 미소를 띠며 말했다.

"이쪽입니다."

"아, 네."

"남궁세가의 저택에 전령을 보내 두었습니다. 공자를 데리러 이곳으로 올 것입니다."

"가, 감사합니다."

그는 내 말에 떨떠름한 표정을 지었다.

시문 경연을 위해 북경으로 올 때도 혼자 오지 않았다고 한다.

하긴 가주가 그를 혼자 북경으로 보냈을 리가 없지.

보호를 위해서든 감시를 위해서든 호위무사들과 시종이 동행했을 것이다.

당연히 이 북경에도 남궁세가의 저택이 있고, 남궁양 공자는 거기에서 묵고 있었다.

그렇기에 남궁세가에 상당히 빠르게 소식이 전해진 것이기도 했다.

그런데…… 자신들이 모시는 공자가 뇌옥에 갇혀 있는데 사식이라도 넣어 줘야 하는 거 아니야?

전에 강정을 가져다줬을 때 알아차리긴 했다.

제대로 먹지 못하고 있었음을.

솔직히 뇌옥에 갇힌 자에게 주는 식사는 결코 좋다고 볼 수 없다.

그나마 남궁세가의 자제라고 적당히 챙겨 주긴 했겠지만, 그 정도로 한창 나이인 그의 배가 채워질 리 없지.

나는 그를 대하는 시종이라든지 호위무사들의 태도를 알 것 같았다.

열일곱 번째 부인의 자식이니 구박하고 싶지만, 가주가 총애하니 그럴 수도 없고…….

문책받지 않을 정도로만 그를 모셨을 테고, 남궁양 공

자도 그들을 신뢰하지 않았을 터.

그들이 형제 중 누군가의 사주를 받고 본인을 해하려고 할 수도 있으니까.

아! 어쩌면 남궁양 공자가 뇌옥에 오지 말라고 했을 수도 있다. 사식에 독을 섞어 줄 수도 있으니까.

왠지 측은하네.

"다른 이들이 오기 전에, 대화 좀 합시다."

"아, 네!"

내가 남궁양 공자를 데리고 객잔으로 온 것은 긴밀한 대화를 하기 위해서다.

그렇다고 현청에서 대화하는 것도 좀 그렇고.

우리는 객실로 들어갔다.

제법 고급스러운 객실에 그는 살짝 부담스러워 하는 눈치였다.

우리는 탁자를 사이에 두고 마주 앉았다.

"우선, 남궁양 공자가 말하지 않는 그 날 밤의 행적에 대해서는 따로 말을 맞춰 두었습니다."

"네?"

"그날 밤 공자는 근처의 월선루에 갔다가 기녀에게 퇴짜를 맞고 돌아간 것입니다."

내 말에 그는 두 눈을 끔벅이다가 입을 열었다.

"아, 아니, 그래도 기루는……."

"그 정도는 되어야 그동안 입 꼭 다물고 있던 것이 설명되지 않겠습니까? 그 사실이 부끄러워 말하지 않았다고 하면 됩니다."

"……그, 그렇군요."

"그 정도는 별일 없을 겁니다. 그냥 주변 어른들이 여자를 좋아하길래 호기심이 생겨서 가 본 거라고 하십시오. 그러면 그냥 가벼운 일탈로 여기고 넘어갈 겁니다."

아마 이번에 찾아온 이도 그냥 그러려니 할 거다.

남궁세가주의 형제들 모두 여자 편력이 엄청나니까.

"뭐, 나중에 기루에 함께 가자고 할 수도 있겠지만, 그때는 적당히 핑계를 대고 피하시면 됩니다. 당시에 부끄럽기도 했고, 이제는 목표를 이루기 전까지는 여색을 멀리하기로 했다고."

"알겠습니다."

"뭐, 가고 싶으면 가셔도 되고요."

"아, 아닙니다! 그럴 생각 없습니다!"

내가 그 증거를 만들기 위해서 돈을 얼마나 썼는데.

그래, 이게 다 투자다.

그나저나 남궁양 공자가 범인이 아니라면, 직접 나정수 시인을 죽인 자는 대체 누구지?

남궁세가의 무공을 익힌 일류 정도의 무인이라…….

남궁세가의 사람이 살인 청부를 했다는 것을 남궁세가에서 알면 어떤 반응을 보이려나?

그때 문밖에서 서우 무사의 목소리가 들렸다.

"주군, 남궁세가의 저택에서 사람이 왔습니다."

"아, 들어오라고 하세요."

그리 말하며 남궁양 공자에게 전음을 보냈다.

– 우리의 계약을 잊지 마시고, 실수 없이 하십시오. 그
쪽이 실수하면 나도 곤란해집니다.

– 알겠습니다.

.

.

.

다음 날.

진영 대협이 나를 찾아왔다.

"좋은 아침입니다."

"그래, 좋은 아침이네."

그런데 진영 대협의 표정이, 별로 좋은 아침은 아닌 듯
했다.

"무슨 일 있으십니까?"

"남궁세가에서 사람들이 왔네."

"아, 그렇습니까?"

"하여 나는 그들에게 현청으로 오라고 했네. 그런데,
나보고 직접 남궁세가의 저택으로 오라는군."

"네?"

나는 잠시 말문을 잃었다.

그러니까…… 지금 기싸움을 하겠다는 거야?

어이없네.

현재 남궁양 공자는 무죄로 판명된 상태.

그렇다고 해서 우리가 굽히고 찾아가면 "감사합니다."

라는 말 대신 "수고했네."라는 말만 듣게 될 터.

"아무리 저쪽이 남궁세가주의 동생이라고는 하나, 나 역시 금의위의 간부일세. 이쪽에서 찾아가서는 황제 폐하의 체면이 상하게 될 터인데…… 어쩌면 좋겠나?"

저기, 그런데 대협.

그걸 왜 저에게 물어보십니까?

자꾸 이러시면 제가 많이 곤란합니다.

하지만 그렇다고 나도 모른다고 내빼기에는, 내가 들인 수고가 아깝지.

잠시 고민하다가 묘안을 떠올렸다.

"진영 대협. 피해자의 상흔 분석 자료. 아직 가지고 계시지요?"

"물론이지."

"그들에게 전령을 보내십시오. '살해당한 피해자의 상흔을 분석한 결과 남궁세가의 무공이 쓰였음이 확실하다. 하여 이에 대한 책임을 묻고자 하니 당장 현청으로 출두하라. 만약 출두하지 않는다면 이는 남궁세가의 구성원에 대한 관리를 포기했다는 것으로 간주하여, 이후로는 남궁세가의 구성원이 추포되었을 때 가문에 통보 없이 처벌하겠다.'라고 말입니다."

내 말에 진영 대협은 눈을 빛냈다.

"오! 뭔가 일이 난감해지면 자네를 찾아가 보라고 하셨는데, 역시 그 말씀은 옳았네."

"네? 누가 그런 말씀을 하신 겁니까?"

"황제 폐하시네."

"……."

나는 조용히 고개를 들어 하늘을 보고 심호흡했다.

그리고 다시 고개를 내리며 말했다.

"그럼 저는 시문 경연장으로 가겠습니다."

"아닐세. 자네는 나와 함께 현청으로 가면 되네. 이미 태자 전하께 말씀드려 놓았으니 그곳에 가지 않아도 되네."

진짜 쓸데없는 곳에서 철저하시다니까.

나는 진영 대협과 함께 현청으로 향했다.

그리고 남궁세가의 대표로 온 자에게 보내는 서신을 작성해서 보냈다.

정확하게 한 시진 후.

"험! 허험!"

한 중년인이 현청에 방문했다.

"남궁세가 가주님의 대리로 온 장로 남궁건지라 합니다."

"오시느라 고생 많으셨습니다. 진영이라고 합니다."

역시 내 예상대로다.

그런 서신을 받고도 오지 않을 리가 없지.

그러니까 왜 되지도 않는 기싸움을 벌이느냐고.

그냥 순순히 왔으면 이렇게 꼴이 우스워지지 않았을 텐데 말이지.

나는 속으로 웃음을 삼키며 인사를 했다.

"처음 뵙겠습니다. 은해상단 소단주 은서호라고 합니다."

"응? 웬 상인이 이곳에 있나? 쯧쯧, 끼어들 곳 아닌 곳 구분도 못 하나?"

그 타박에 진영 대협이 부드럽게 말했다.

"무림에서는 선협미랑이라 불리는 분입니다."

"......!"

"그 위명을 빌리고자 제가 이 자리에 청했습니다."

나는 거기에 한마디를 덧붙였다.

"과분하게도, 맹주님께서 저에게 직접 선협미랑이라는 명호를 주셨지요."

사실 그 전부터 그리 불렸지만, 지금은 그게 중요한 게 아니지.

저 콧대를 누르는 게 중요할 뿐.

"그, 그런가? 험험, 실례했네."

"괜찮습니다."

진영 대협이 말했다.

"그럼, 안으로 들어가서 이야기하시지요."

"그러지."

우리는 현청의 접빈실로 향했고, 현청의 하녀가 차를 가져다주었다.

진영 대협이 먼저 말을 꺼냈다.

"서신으로 전했다시피 이번에 살해된 피해자를 살해한 흔적에서 남궁세가의 무공의 흔적을 발견했습니다."

그는 준비한 듯 침착하게 반박해 왔다.

"본가의 무공이라는 것을 어찌 확신하십니까?"

"제가 그리 실력 없는 자로 보였나 봅니다. 저도 오랜 시간 칼밥을 먹은 몸입니다. 그리고 수많은 무인들과 검을 섞어 보았죠."

그는 말을 이었다.

"아시다시피 남궁세가의 무공은 특징이 확실합니다. 저희도 자세히 살펴보고 그 흔적이 남궁세가의 무공이라고 판단을 내린 것입니다."

"크음……."

남궁건지 장로는 말문이 막힌 듯 침음을 흘렸다.

"그리고 저는 이 사태에 대해 남궁세가에서도 책임을 져야 한다고 생각합니다."

"어떻게 책임을 지라는 겁니까?"

"남궁세가의 무공을 사용한 살인범을 잡아야 하지 않겠습니까?"

"……."

잠시 생각하던 남궁건지 장로는 고개를 끄덕였다.

"그건 본가로서도 당연히 해야 하는 일입니다."

저게 고민까지 하고 나올 대답인가?

남궁세가의 무공을 익힌 자에 대한 관리 역시 저들의 담당인데 말이지.

나는 진영 대협에게 전음을 보냈다.

– 지금입니다.

진영 대협은 작게 고개를 끄덕이고는 자연스럽게 말을

이었다.

"이번에 범인으로 몰렸던 남궁양 공자의 무죄를 밝히느라 힘들었습니다."

"아, 들었습니다. 제법 애를 쓰셨다지요."

"사실, 진범을 밝히는 것이 현청과 저희의 임무이고 그 임무를 다했을 뿐입니다만……."

진영 대협은 남궁건지 장로를 보며 말을 이었다.

"이를 통해 느끼신 점이 없으십니까?"

"무슨 말을 하는지 잘 모르겠습니다."

"그럼 확실하게 직접적으로 말씀드리지요."

"경청하겠습니다."

"황제 폐하께서는 공명정대하신 분입니다. 비록 무림에서 자꾸 영역을 침범하여 괘씸하게 여기실지라도 사사로운 감정으로 이를 핍박하시는 분은 아니지요."

이제 결론이다.

"즉, 지금 황제 폐하께서 무림에 압박을 가하는 건 그만한 이유가 있기 때문입니다."

"……."

"그러니, 황제 폐하께서 자비를 베푸실 때 이쪽 영역을 침범하지 않았으면 합니다."

황제 폐하께서 이번 일을 통해 얻으려 하시는 것.

그건 바로 까불지 말라는 경고이다.

"이에 대해 부디, 오해 없이 전해 주셨으면 합니다."

저들은 황제의 경고를 진지하게 새겨들어야 할 것이다.

황제는 한다면 하는 분이니까.

그분이 마음만 먹으면 수십만 황군이 무림을 토벌하게 될 테니까.

잠깐, 혹시…… 저들이 황궁에 자꾸 집적거리는 이유가 그 황군을 본인들이 조종하기 위해서는 아니겠지?

설마 했지만, 아무리 생각해도 찜찜했다.

이전 삶에서 있었던 일들을 생각하면 그냥 넘길 일은 아니니까.

황후가 죽고 후궁 중 하나가 황후가 되었으며, 황후의 죽음에 상심한 황제가 정사를 돌보는 일에 서서히 소홀하게 된 일련의 일들이 그 수십만 황군을 손에 넣기 위해서였다면?

문득, 선일 형님이 과거를 볼 때 내가 손을 써서 치워 버렸던 자들이 떠올랐다.

그때부터 시작된 계획의 치밀함과 은밀함에 소름이 끼치네.

와…… 무서운 새끼들.

하지만 단지 그뿐일까?

뭔가, 그것 말고도 다른 목적이 있을 것 같단 말이지.

그렇게 약간의 기싸움과 협박이 섞인 담소를 마치고 남궁세가의 이들은 북경의 저택으로 돌아갔다.

그리고 진영 대협이 나에게 말했다.

"오늘 고생 많았네."

"별 말씀을 다하십니다."

"과공은 비례라고 했네. 자네 덕분에 저들에게 숙이고 들어가지 않을 수 있었네. 만약 저들의 의도대로 했다면 황제 폐하께 책망을 들었을 거네."

진영 대협은 몸을 부르르 떨었다.

"으! 그 생각만 하면 간담이 다 서늘해지는군."

내가 그 기분을 알지.

"그나저나 남궁양 공자가 무죄 방면되었으니 수사는 다시 원점이군."

"그렇습니다만 너무 낙담하지 마십시오. 그만큼 진짜 범인을 잡을 가능성이 생겼다는 의미기도 하지 않습니까?"

"그렇긴 하지."

"그럼 저는 이만 가 보겠습니다."

나는 현청을 나섰고, 시문 경연장으로 향했다.

명색이 시문 경연을 주최한 상단의 대표인데, 아무리 바빠도 얼굴은 비춰야지.

시문 경연에 참가하는 자들의 수가 워낙 많았기에 시문 경연의 일차 경연만 해도 며칠이나 걸렸다.

심사자들이 고생이 많네.

남궁양 공자는 내일 시문 경연을 치를 수 있게 되었다. 그리 핑계를 대고 북경에 온 이상 시문 경연을 치르지 않을 수가 없으니까.

"오늘은 이것으로 일차 예선의 셋째 날을 마치겠습니다."

저녁을 먹을 때가 되었을 때 사회자가 그리 선언했다.

참가자들은 삼삼오오 모여 식사를 하고 담소를 나누기 위해 자리를 떴다.

나는 심사를 맡은 이들과 인사를 나누고 몇 가지 협의까지 마친 후에야 경연장을 떠날 수 있었다.

그때 송록 시인이 나에게 다가왔다.

"저, 소단주님."

"네, 무슨 일입니까?"

"알아냈습니다."

그 말에 오늘의 피로가 싹 사라지는 기분이 들었다.

범인이 누군지는 몰라도, 나를 귀찮게 한 대가는 톡톡히 치르게 해 주지.

(은해상단 막내아들 23권에서 계속)